JN421977

봉필현 단편소설집 2

가난한 자를 위한 슈바이처의 꿈

봉 필 현 지음

도서출판 동 강

봉필현 단편소설집 2

가난한 자를 위한 슈바이처의 꿈

P 머리말

책을 쓰지 않는 작가가 어찌...

어느덧 2021년도 후반기다.

2019년 말에 코로나가 발생하여 전 세계가 코로나 감염으로 인해 몸살을 앓고 있다.

백신이 나왔다고는 하지만 아직 공급 부족 탓인지 확실히 코로나를 잡기까지는 시간이 필요할 것 같다.

하루라도 빨리 코로나가 종식되어 사람들이 편안히 사는 시대가 열리기를 간절히 바라는 마음이다.

이러한 때에 책을 낸다고 하니 "이렇게 어수선한 때에 책을 내 팔리기나 하겠어?" 하는 사람도 있다.

그러나 책이란 재난이 닥쳤다고 멈출 수 있는 것이 아니다.

지금까지 전쟁이 있어도 책은 출판이 되었고 재난이 있어도 멈추지 않았다.

어떤 시련 속에서도 책은 출판이 되어야 하는 것이다.

그것은 문화의 연속성을 위해서도 필요하기 때문이다.

만약 책이 출판이 되지 않는다면 문화의 연속성이 끊기기 때문이다.

즉 문화의 암흑기를 맞을 수 있기 때문인 것이다.

책이란 한 시대의 유행과 문화를 설명할 수 있는 재산인 것이다.

책에 출판이 없다고 생각해 보라.

아무리 미디어가 발달한 시대라고 하지만 후세에 전하는 매체로서는 책만 한 것이 없다.

아무리 힘들어도 어떠한 상황에서도 작가는 작가 정신을 살려 책을 써야한다.

책을 쓰지 않는 작가가 어찌 작가라고 말 할 수 있겠는가?

나는 오늘도 작가의 사명감을 가지고 이 시대의 문화를 후세에 전하는데 게을리 하지 않을 것이다.

2021년 가을에.... 봉 필 현 배상

Contents
(차례)

1

그 여름과 가을 사이

봉필현 단편

1 그 여름과 가을 사이

"혹시 박필준 선배님 아니세요?"

지하철 2호선을 타고 삼성역에서 신도림역으로 가는 중이었다. 약 한 시간 전 점심식사를 하였기에 식곤증이 몰려와 졸고 있을 때였다. 그때에 누가 와서 나의 어깨를 툭치며 묻는 것이다. 나는 졸음 끝이었기에 얼떨결에 한다는 대답이'누구세요?'였다.

"저 혹시 옛날 K대학 다니셨던 박필준 선배가 아닌가, 해서 물어봤어요. 제 이름은 민설아라고 해요. 혹시 민설아라고 기억하시는지요?"

"민설아? 맞아. E대학 민설아. 나 박필준도 맞아. 야 이거 오랜만이네."

"나 선배님 바로 맞은편에 앉아 있었는데 졸고 있는 모습이 꼭 선배님이더라구요."

"아니 그런데 우리가 왜 지하철에서 만나게 된 거지?"

"왜요? 우리가 지하철에서 만나면 안 되는 이유라도 있어요?"

"그건 아니지만, 설아는 특별한 사람이잖아."

"다 옛날 말이에요. 난 왕관을 버린 공주랍니다. 호호호."

"도대체 뭐가 뭔지 모르겠어."

"선배님, 그런 이야기 고루하니 나중 만나서 이야기하기로 해요. 지하철 안에서 그런 이야기 그렇잖아요."

"무슨 말인지 알았어."

"그나저나 선배님, 계신 곳 연락처나 줘요."

"거기 오려고? 으이그 그러지마. 난 거지야."

"선배님이 언제는 부자였어요?"

"허허허, 허긴 그래. 우리 다음 역에서 내려 커피나 한잔 할까?"

"오늘은 제가 시간이 안돼요. 내가 연락처 달라고 했잖아요."

내가 명함을 주니 그녀는 내려야 한다며 동대역문사문화공원에서 내렸다.

"선배님, 내가 곧 연락 할게요."

그리고 일주일이 지난 후 그녀에게서 전화가 왔다. 다음날 열두시까지 온다는 것이었다. 출발할 때 전화 할 테니 문자로 주소 좀 보내달라는 것이었다. 주소를 보내고 열두시 좀 넘어 그녀가 도착했다. 민설아, 그녀와 헤어지고 십여 년 만에 지하철에서 만나고 일주일이 지나 다시 만나게 된 것이다. 그녀가 이곳에 왔을 때는 여름도 막바지로 치닫고 있던 팔월의 여름이었다. 열대야가 기승을 부려 밤에 잠을 설치는 날이 많았지만 입추가 지나고 말복이 지나니 아침과 저녁으로는 시원한 바람이 불었다. 그녀가 열대야로 인해 잠을 설쳐 그런지는 모르나 지하철에서 만났을 때보다는 얼굴에 피곤이 묻어나 있었다.

"피곤해 보이는데?"

"맞아요. 지금 많이 피곤해요."

"피곤한데 뭐 하러 왔어."

"십년 만에 만났는데 그간의 소식이 궁금해 무리해서 왔어요. 그간 어떻게 지냈어요."

"그런데 어떻게 된 거야. 대학원에 가고 나서 소식이 끊겼잖아."

"그럴 일이 있었어요. 선배님께는 죄송해요."

사실 그녀는 나의 연인이었다. 그녀가 부자 집 딸이라는 것을 나는 처음엔 전혀 몰랐었다. 내가 처음 그녀를 알게 된 것은 K 대학 3학년에 복학을 했을 때 만나게 된 여자친구였다. 고등학교 때부터 함께 학교를 다녔던 김범수란 친구가 함께 군대에서 전역을 하고 복학도 함께 했는데 그 친구가 어느 날 미팅이 있다는 것이었다.

"박필준, 토요일 태능에 있는 불암산 자락의 S 대학 산정에 있는 호숫가에서 미팅이 있어. 남자 3명, 여자 3명이야. 꼭 나오도록 해."

나는 김범수의 일방적인 통보를 받고 토요일 S 대학 산정에 있는 호수로 나갔다. 그러나 약속보다 일찍 나갔던 관계로 김범수와 다른 일행들은 도착 전이었다. 나는 호숫가를 걸으며 물가를 유유히 유영하는 잉어들을 관찰하고 있을 때였다.

"말씀 좀 묻겠는데요. 여기 S대학 호숫가 맞나요?"

나는 나에게 묻는 건가? 하고 뒤를 돌아보니 아름다운 한 여자가 옥을 굴리듯 아름다운 목소리로 나에게 묻고 있는 것이었다. 한마디로 첫인상이 매우 좋았던 것이다. 입고 있는 티셔츠를 보니 가슴에 E대 뺏지를 달고 있었다. E대 학생이구나, 생각하며 어쩌면 같은 일행일지도 모른다는 예감이 들어 내가 먼저 그녀에게 물었다.

"혹시 미팅에 오신 것이 아닙니까? 나도 친구인 K대 김범수 부탁으로 오늘 이곳에 오게 되었는데, 그 친구는 아직 도착 전이네요."

"아, 맞아요. 그럼 김 선배하고 친구예요? 그러고 보니 우린 같은 일행이네요. 반가워요. 전 민설아예요."

하고 손을 내민다.

"하하하, 이거 보통 인연이 아닌걸요. 전 박필준입니다."

그렇게 우연히 만나게 되어 대학을 졸업할 때까지 축제나 미팅에 참가할 때는 항상 파트너로 참석을 하게 되었다. 그러던 그녀가 대학을 졸업하고 대학원에 입학을 하였다. 그러던 그녀가 어느 날부터인가 대학원을 휴학하고 일방적으로 소식을 끊었던 것이다. 그 이후부터 십여 년간 지하철에서 우연히 만났을 때까지 설아의 소식은 알 길이 없었다. 내가 그녀에 대하여 아는 것은 K그룹의 고명딸이라는 것 외에는 더 이상 아는 것이 없었다. 그런 후 나는 대학 졸업 후 직장을 잡아 국내 근무를 하다가 해외로 파견이 되어 오래도록 해외생활을 했다. 그러다 회사를 사직하고 개인 사업을 하다가 경제 불황으로 회사를 접고 쉬고 있는 중이었다. 내가 그간 설아에 대하여 알고 있는 것은 대학원을 휴학 후 결혼을 했다는 소문만 들었을 뿐이었다. 그녀는 나에게 있어 대학 시절의 여자였지만 기억 속에는 좀 특별한 여자로 남아 있었다. 그래서 나는 막연하지만 언제인가는 그녀를 한번은 만나야 한다는 생각을 가지고 있었다. 그런데 우연하게 지하철에서 그녀를 만나게 된 것이다. 지하철에서 만난 것은 생각지도 못했던 만남이었고 또 지하철 안이라 승객들이 의식돼 그간 궁금했던 일들을 묻고 싶은 충동은 있었지만 참고 집으로 온 것이다. 그녀가 핑계든 아니든 무엇인가 분명히 할 말은 많을 것이라는 것을 나는 알고 있었기 때문이다. 아니나 다를까 그녀가 나에게 온 목적을 말했다.

"선배님, 그동안 소식 없이 지낸 것 죄송합니다. 그간 있었던 이야기는 나중에 할게요. 오랜만에 만났는데 부탁할 것이 있어서 왔어요. 다른 사람은 몰라도 선배님은 들어줄 것 같아서요"

"그렇게 말하니 오늘은 일단 아무것도 묻지 않겠어. 무슨 부탁인데? 내가 들어줄 수 있는 것이라면 들어줘야겠지."

"돈이 좀 필요해요. 선배님께서 큰돈은 없을 것이라는 것 잘 알아요. 그리고 십여 년 만에 만나서 돈 빌려 달라는 이야기 아닌 줄 잘 알아요."

"돈? 부자 집 딸이 웬 돈 부탁이야?"

"그건 우리 아빠 돈이지 내 돈은 아니잖아요."

사실 나는 돈이 조금은 있었다. 부모님이 유산으로 물려준 작은 땅에 물류센터가 들어서게 되어 보상금으로 받은 돈이었다. 그간 시골에 사는 형님이 그곳에 농사를 지었었는데 물류센터가 들어서니 보상금을 받아 보내준 것이었다. 그 돈을 아이들에게 나누어 주고 조금 남은 것이다. 그 돈은 얼마 전 암으로 사별(死別)한 아내가 잘 간수하고 있다가 아이들이 성인이 되면 주라고 부탁했던 돈이다. 아이들은 아내가 죽고 장모와 처가에서 함께 살고 있었다. 그런 사정을 그녀는 알 리 없었다. 그러나 나로서는 그녀가 재벌 부모 밑에서 살면서 고명딸로 막대한 유산을 물려받을 것은 물론이려니와 물 쓰듯 돈을 썼을 텐데 나 같은 사람에게 돈을 빌려 달라고 하는 것이 나로서는 그녀에 대한 미스터리일 수밖에 없었다. 나는 아무 것도 묻지 않으려 했지만 돈을 어디에 쓰려는지 용도는 알아야 할 것 같았다.

"돈을 어디에 쓰려고 그러지?"

"식당을 하려고요. 보시다 시피 지금까지 여기저기 알바를 하며 살았는데 작으나마 내가 직접 작은 식당이라도 하고 싶어요."

나는 그녀의 말을 듣고 정말 믿기지 않는 그녀의 변화에 반신반의 하는 심정이었다. 옛날 대학 시절의 그녀를 생각하면 내가 꿈을 꾸고 있는 것 같은 착각을 일으킬 정도였다.

"꼭 식당을 해야 해?"

"선배, 먹고 사는데 내가 무엇을 한들 어때요. 도둑질 빼고 열심히 살면 잘사는 것 아닌가요? 그러나 돈이 문제였지요. 그런데 우연히 지하철에서 선배를 만나게 된 거에요. 선배라면 돈이 있을 것 같아 내가 선배에게 이러면 안 되는데 하며 얼굴에 철판을 깔고 왔어요."

설아의 이야기를 듣고 보니 생각은 틀린 것 같진 않았다.

"생각은 괜찮네. 그렇다면 식당은 어디에다 내려고?"

"종로 6가 식당골목이에요."

"식당 같은 건 경험이 없잖아. 그리고 무엇을 하려고 한다면 부모님이 재벌 그룹을 운영하고 있는데 부모의 도움을 받으면 쉬울 텐데, 힘든 길을 택해서 가려고 하는 것은 왜지?"

"선배 말 맞아요. 저 식당 같은 거 전혀 경험이 없고 저의 아빠 재벌기업 회장 맞아요. 그런데 왜 재벌인 부모의 도움을 받지 않고 힘든 길을 가려고 하는 거냐고요? 자존심 때문이에요."

그녀의 말은 의외였다. 자존심 때문에 재벌 기업인인 부모에게 도움을 받지 않겠다는 것이었다. 그래서 궁금해 다시 물었다.

"먹고 사는 일을 자존심 때문에 부모님의 도움을 포기한다는 것이 말이 되나?"

"선배, 전 그래요. 선배께서 그게 저에 대하여 모르는 부분이랍니다."

그렇게 말하면서 그녀는 자신이 왜 그렇게 살지 않으면 안 되었는지를 다 털어 놓았다.

그녀가 대학을 졸업하고 대학원 경영학과에 다니고 있을 때였다. 고명딸이었기에 경영학을 공부해 회사와 아버지의 도움이 되고자 했던 것이다. 그래서 대학원에 나가며 외국의 바이어를 만나면 영어회화가 필수라 생각해 지인의 소개로 P시에서 영어회화를 가르치는 미국원어민 강사를 알게 되었다. 하루는 미국인 강사와 공부를 마치고 P시에서 괜찮다는 공원에 놀러간 것이 그녀의 인생을 송두리째 바꾸게 된 동기가 되었다. 영어회화를 마치고 강사와 함께 놀이동산을 거닐고 있을 때에 불량배들을 만나게 된 것이다. 불량배들은 술이 약간 취한 상태였는데 불량배들 중 한 명이 설아를 보고 대뜸 하는 말이 욕설이었다.

"야, 이년아, 너 양갈보지?"

"양갈보라니요? 무슨 말씀을 그렇게 험하게 하세요?"

"야, 이년아, 네가 양갈보가 아니면 왜 미국 놈과 함께 다녀?"

그러자 그녀의 옆에 있던 미국친구가 화를 내며 말했다.

"말 좀 가려서 못해요? 이년아, 양갈보?"

그는 한국어를 할 줄 아는 사람이었다. 그러자 불량배가 말했다.

"이거 뭐야? 양코배기 주제에 한국말을 할 줄 아네. 그래 네가 달려들면 어떻게 할 거야?"

하며 빈정거리는 것이었다. 그러자 미국친구는 몹시 화가 나서 말했다.

"이 원숭이 같은 쌔끼 설아씨에게 사과해. 사과하지 않으면 죽여 버릴 거야."

하며 불량배들에게 대들었다. 그러자 불량배들이 영어 강사의 얼굴을 주먹으로 때렸다. 그러자 한 대 맞은 영어 강사도 주먹을 쥐고 대들어 큰 싸움이 되고 말았던 것이다. 그러나 영어 강사는 애초부터 불량배들의 적수가 되지 못했다. 또 그들은 여러 명이었기에 미국인 강사의 힘으로는 그들을 당해낼 수 없는 싸움이었다. 그는 일방적으로 두드려 맞을 수밖에 없었다. 그러자 설아가 달려들어 싸움을 말리려 했지만 흥분한 불량배들을 떼어 놓을 수가 없었다. 말 그대로 미국친구는 묵사발이 되고 있었다. 그냥 놓아두면 죽을 것만 같았다. 설아는 겁이 더럭 났다. 그녀는 울면서 지나가는 사람들에게 도와달라고 애원을 했지만 불량배들을 무서워해 흘끔거리며 모른 채 지나가 버리고 만다. 그러자 그녀는 사람들에게 도움을 요청해도 소용이 없음을 알고는 그들에게 달려들었다.

"도대체 지나가는 사람을 왜 붙들고 시비를 걸고 폭력을 휘두르는 거예요? 경찰에 신고 할 거예요."

"하하하, 경찰에 신고? 그럼 신고해봐."

그러면서 그들은 더 무지막지하게 영어강사에게 폭력을 가했다. 정말 주먹은 가깝고 법은 멀기만 하다는 말이 틀린 말이 아니었다. 그들은 곧 영어강사를 죽일 것만 같았다. 그렇게 절박한 순간이 지나가고 있었다. 그때였다.

"야, 이놈들아, 그만두지 못해. 너희들 뭐하는 놈들이야? 깡패야?"

그러자 불량배들이 휘두르던 주먹을 멈추고 그들에게 호통친 사람을 쳐다본다.

"넌 뭐야? 애들하고 친구야?"

하고 말하는 순간 어느새 걷어찼는지 말하던 녀석이 턱을 감싸고 길에 나뒹굴고 있었다. 말 그대로 전광석화와 같은 몸놀림이었다. 그들 패거리는 여덟 명이었는데 그들은 그 젊은 사람을 빙 둘러싸고 덤벼들기 시작했다. 그러자 그는 쓰고 있던 썬그라스를 벗어 설아에게 맡긴다.

"아가씨, 이 썬그라스 좀 부탁합니다."

하고는 싸움을 빨리 끝내고 싶었는지 조금의 여유도 주지 않고 그 여덟 명을 순식간에 해치우고 말았다. 실로 부지불식간에 일어난 일이었다. 여기저기 넘어져 있던 불량배들이 하나 둘 일어나 그 젊은이 앞에 무릎을 꿇고 빈 것은 설명할 나위도 없는 일이었다.

"아이쿠 형님, 저희들이 형님을 몰라 뵙고 죽을죄를 졌습니다. 용서해 주십시오."

그러자 젊은이가 말했다.

"나에게 빌지 말고 저 사람들에게 빌도록 해라. 너희들이 때린 사람은 외국인이야. 저런 외국인이 자기 나라에 가서 한국을 뭐라고 말하겠어. 너희들 같은 쓰레기 놈들이 나라 망신을 시키는 거야. 네놈들 나는 쓰레기다 하고 세 번씩 외쳐봐."

그러자 처음엔 망설이는 듯 하다가 그들은 젊은이가 아무 말 없이 쏘아보니 일제히 소리를 지른다.

"나는 쓰레기다. 나는 쓰레기다. 나는 쓰레기다."

하고 외쳐대는 것이었다. 그들이 그렇게 외쳐대고 설아와 미국친구에게 사과를 하고 있을 때 그 젊은이는 아무 일 없었다는 듯 일어나 걸어가고 있었다. 설아는 그를 그대로 보낼 수가 없었다.

"여보세요. 잠시 저 좀 보고 가세요. 그렇게 고맙게 저희들을 도와주시고 그냥 가시면 어떻게 해요."

"크게 칭찬 받을 일을 한 것도 아닙니다, 잠시 싸움을 말렸을 뿐이요."

"그러지 말고 저에게 연락처라도 주시고 가시기 바랍니다."

그렇게 만난 인연이 설아의 남편이었던 최재명이었다. 그의 인물은 잘생긴 데라고는 한 군데도 없었지만 후덕하게 생긴 모습이 선하게 보였다. 그러나 최재명은 나중에 알고 보니 P시와 S시를 주름잡고 있던 폭력배의 보스였다. 그러나 설아는 순식간에 폭력배를 제압하고도 공치사는 고사하고 내색조차도 않는 최재명에게 한 순간에 반해버리고 말았다. 한마디로 한방에 훅 가버리고 말았다고 하는 표현이 맞을 것이다. 당시에 그녀 곁에 아무리 훌륭한 사람이 있었다 해도 최재명에게 반해버린 그녀의 마음을 돌려놓을 사람은 없었을 것이다. 그런 그녀에게 나와 같은 존재는 아무 것도 아니었던 것이다. 그녀는 자신이 한 번 좋아하는 일은 누가 말려도 꺾을 수 없는 성격이었다. 그 당시 절체절명의 순간에 그들을 구한 최재명은 그녀의 눈에는 하늘에서 내려온 정의의 사도로 보였을 것이다. 그리고 그녀가 최재명과 만나며 느낀 이미지는 불량배를 응징 할 때와는 다르게 다정다감했고 마음 씀씀이가 넓은 사람이었다. 그녀는 재명과 만나면 만날수록 재명의 매력에 빠져들었다. 그녀는 재명과 결혼을 결심하고 재명과 함께 부모를 찾았다. 그러나 재명이 부모 없이 보육원에서 자란 근본도 모르는 출신인데다 조폭의 보스였으니 재벌그룹 집안인 설아 부모의 눈에 재명이 눈에 들어올 리 없었다. 둘은 서로 사랑을 하면서도 결혼 허락을 받을 수가 없게 되자 설아는 모질게 결심을 하고 부모의 반대에도 불구하고 재명이 나간다는 교회에서 목사님을 주례로 초빙해 결혼을 강행한 것이다. 그러자 아버지는 화가 잔뜩 나서 말했다.

"나는 깡패 두목을 사위로 둘 생각이 없다. 끝내 네가 내 반대에도 불구하고 저 녀석과 결혼을 했으니 너는 오늘부터 내 자식이 아니다. 내 눈에 흙이 들어가기 전에는 다시는 너를 보지 않을 것이다."

"아빠, 죄송해요. 전 그 사람과 헤어질 수 없어요. 부모 없이 자랐고 조폭이라지만 착한 사람입니다. 전 재벌 집에 태어나 지금 것 아쉬움 없이 살아왔어요. 그러나 재벌 집 자식이라 해서 특권층이라고 생각한 적은 단 한 번도 없었습니다. 지금 세상에는 재벌 집 자식들이라 해서 특권의식을 가지고 갑질 하면서 사는 사람이 얼마나 많아요. 전 그런 사람들과 같은 인간이 되긴 싫었어요. 아빠, 지금 것 고생하지 않고 살 수 있도록 키워 주셔서 감사합니다. 전 이제부터 제가 사랑하는 재명씨와 살면서 제 힘으로 제 인생을 개척해 보렵니다. 아빠의 도움 없이 성공하면 떳떳하게 그때 찾아뵐게요."

설아가 나에게 이야기 해주겠다한 답이 여기에 있었다. 그녀는 재벌 집에서 태어났지만 재벌 집 자식처럼 살아오지 않았다. 가까운 친구들도 그녀가 재벌 집 딸인 줄을 모를 정도였으니 말이다. 그녀가 대학에 다닐 때 빨간 승용차를 타고 다닐 때도 그녀는 재벌 집 딸이란 것을 말한 적이 없었다. 그냥 조금 사는 집의 딸이려니 생각할 정도였다. 당시 웬만한 부자 집 아이들은 승용차를 몰고 학교에 등교를 했으니 말이다. 그녀가 재벌 집 딸이라는 것을 아는 것은 내가 그녀의 가장 친한 이성이었기에 유일하게 아는 사람이었다. 그녀는 그렇게 재명과 결혼 후 그녀의 남편 재명은 조폭 생활을 청산하고 P시에 작은 오토바이 대리점을 개업해 딸을 하나 낳고 행복하게 잘 살고 있었다. 그러던 어느 날 남편인 재명이 말했다.

"설아야, 우리 오늘 나이트 클럽에 한 번 가지 않을래?"

"웬 나이트야?"

"그간 고생만 했잖아. 이젠 오토바이 가게도 자리가 잡혔고 하니 오랜만에 나이트라도 한 번 가서 기분이나 한 번 내보는 게 어떨까 해서."

"그래요. 자기가 가자는데 못갈 것도 없지. 호호호."

나이트에 가니 많은 사람들이 무대 앞에 나와 춤을 추고 있었다. 테이블에 앉아 맥주를 시켜 놓고 마시고 있던 재명이 말했다.

"우리도 나가서 신나게 흔들어 볼까?"

"난 싫어. 당신이나 나가서 춰요."

"그럴까. 그럼 자긴 거기 앉아 나 춤추는 것 보고 있어."

하고 재명이 나가 춤을 추기 시작했다. 나가서 춤을 춘지 30분이나 되었을까, 별안간 재명이 가슴을 부여안고 쿵~ 하고 쓰러진다. 사람들이 급히 달려들어 심폐 소생술을 하고 119 앰브런스가 달려와 병원으로 옮겼지만 재명은 끝내 소생하지 못하고 죽고 말았다. 정말 허무한 죽음이었다. 여기까지가 그녀가 나한테 들려준 이야기였다. 그 후 그녀의 힘으로는 오토바이 대리점을 운영할 수가 없었다. 대리점을 다른 사람에게 넘기니 재명과 간신히 장만한 집을 은행에서 융자해 낸 가게였기에 우선 은행 빚부터 갚아야 했다. 그러고 나니 남은 건 융자끼고 샀던 작은 빌라 한 채였다. 그것도 팔아 봤자 몇 푼이나 손에 쥘지 모를 일이었다. 무엇인가를 해야 하는데 주먹에 쥔 것이 없으니 막막했다. 여기저기 다니며 닥치는 대로 아르바이트를 했다. 딸이 더 크기 전에 돈을 모아야 했다. 그러면서 요리 학원에 다니며 요리를 배웠다. 자격증도 땄다. 그러나 작은 식당이라도 억대가 들어야만 할 수 있다는 걸 알 수 있었다. 모아둔 돈을 다하니 아직도 억대에는 조금 모자랐다. 아버지께 부탁하면 어떨까 생각을 하지 않은 것은 아니었다. 그러나 그것은 그녀의 자존심 문제였다. 잘 되어서 나타난다 했는데 죽어도 초라한 모습으로 나타나긴 싫었다. 그래서 고민 중이었는데 하늘의 뜻이었는지 우연하게도 지하철에서 나를 만나게 되었다는 것이었다. 누가 말하길 인연이 아닌 사람은 아무리 만나고 싶어도 만날 수 없지만 인연인 사람은 어떻게든 만나게 된다는 것이다. 그렇게 설아와 나는 다시는 만나지 못할 인연으로 생각하고 서로가 상대에 대해 희미해져갈 무렵인 8월 하순에 또 다른 인연이 시작된 것이다.

"아버지께서도 아이 아빠가 죽었다는 것을 알고 계시나?"

"아빠께는 아예 연락도 하지 않았어요. 어차피 당신의 눈에 흙이 들어가기 전에는 보지 않는다 했으니까요."

"그래도 일단 연락은 드렸어야지."

"아마 다 알고 계실거에요. 아마 나를 지금도 끊임없이 지켜보시며 내가 어떻게 어려움을 이겨 내는가 지켜보고 계실 겁니다. 우리 아빠 그런 분이에요. 선배님, 나 지금은 재벌 집 딸 아니에요. 아버지에게 쫓겨난 지 오래됐어요. 호호호."

"결혼은 오래 전에 했다는 말은 어렴프시 들었던 것 같아. 그때 나는 충격이었지. 그럼 지금은 어떻게 살고 있어?"

"지금까지 알바하며 돈을 모아 식당 하나 차리려고 발버둥치고 있잖아요. 어떤 삶을 살면 어때요. 어떻게 살았느냐가 중요한 게 아니에요? 이건 내가 택한 삶이에요."

"난 이해가 되질 않아서 그래."

"그러면 선배는 왜 이렇게 살아요?"

"내가 어때서?"

"선배가 이렇게 살 사람 아니잖아요. 나도 선배님이 이렇게 사는 게 속상해요. 내 잘못도 크잖아요."

나는 그녀가 그렇게 말하는 데는 대답할 말이 궁했다. 그래서 그동안의 지나간 이야기를 내가 먼저 말해주어야 한다고 생각했다.

내가 지난 3월에 후배인 정인영이란 후배가 운영하는 공장이 있는 양주로 오게 된 이야기부터 시작했다. 이곳으로 거처를 옮긴지도 꽤 시간이 흘렀다. 이곳은 정인영이 운영 하는 섬유공장이었다. 그러나 운영 자금 문제로 공장을 가동 못하고 문을 닫아 놓고 있었다. 그는 여러 종류의 원단을 새롭게 가공해 원단시장의 도매상에 공급을 하고 있었는데 몇 번을 실패하다 보니 공장을 돌릴 자금이 바닥이 났던 것이다. 이번엔 새로운 패턴의 원단을 연구 끝에 완성해 히트를 칠 수 있는 기회인데 운전자금이 없어 제품 생산을 못한다며 우회적으로 도움을 나에게 요청하고 있었다.

"형님, 내가 이번에 아주 괜찮은 것을 연구해 히트를 칠 수 있을 것 같은데 운전자금이 없어 생산을 못하고 있어요."

"얼마나 필요한데 그래?"

"큰돈도 필요 없어요. 일천 만원 안쪽이면 돼요."

"아니 공장을 그리 오래 했으며 그만한 돈도 없어 공장을 닫아놓아?"

"몇 번 실패하다 보니 회생하기가 쉽지 않네요."

"돕고는 싶지만 내가 돈이 있어야 돕지."

"선배님이 절 도와주실 수 있어요."

"어떻게?"

"선배님이 사시는 이 집 보증금을 빼서 저에게 빌려 주세요."

그는 내가 살고 있는 원룸 방에 와서 하는 말이었다. 원룸의 보증금을 빼주면 공장 운전자금으로 돌려 돈을 벌 수 있다는 것이었다.

"그럼 나는 어디에서 살고?"

"그래서 제가 선배님에게 제안을 하는 거 에요."

"어떻게?"

"선배님은 월세를 내고 살지만 저희 회사로 가면 월세는 내지 않고 살아도 됩니다."

그곳엔 그 친구가 만들어 놓은 컨테이너 박스가 있었는데 그곳에 방 두 개를 꾸며 놓고 있었다. 그 친구의 말은 하나는 자기가 쓰고 하나는 나보고 쓰라는 것이었다. 그러나 나로서는 시내에 접근하기가 멀었고 마음에 썩 들지 않았다. 그러나 그의 사정을 뿌리칠 수 없어 6개월만 머물기로 하고 왔던 것이다. 공장은 한적한 시골마을에 있어 전원 풍경이라 나로서는 당분간 있기에는 나쁠 것 같지 않았다. 공장이래야 직원도 없이 후배가 혼자 일을 하고 있어 자유로운 분위기에서 내 일을 할 수 있는 장점이 있어 좋았다. 그러던 어느 날 시내에 일을 보기 위해 지하철을 탔다가 지하철 안에서 설아를 만나게 된 것이다.

내가 왜 이곳 컨테이너 박스에 살게 되었는지를 설명해 주고 나니 설아나 나나 더 이상의 이야기가 남아있지 않았다. 그녀는 나의 이야기를 다 듣고 배가 고프다며 저녁을 먹자고 했다. 나는 도로 건너편에 기사식당으로 그녀를 안내했다. 된장찌개와 구운 생선을 시켜 먹었다. 식사가 끝나자 내가 물었다.

"내가 돈이 조금 있으니 쓸 만큼 보낼 테니 가서 계좌 보내줘."

"선배님, 죄송하고 고맙습니다. 시간이 있으면 더 있다 가고 싶지만 내일 오픈 준비를 위하여 가야만 해요. 자주 올 거 에요. 그리고 고마워요."

나는 설아를 보내고 다시 혼자가 되었다. 이곳에는 두 마리의 개가 있었다. 한 마리는 잡종견이었고 한 마리는 순수 혈통의 사냥개였다. 나는 그 개들과 장난을 치며 보내는 시간이 많았다. 때론 두 마리의 개들과 달음박질을 하며 운동 효과를 내고 있었다. 개들과의 운동이 끝난 후 샤워를 하고 창가에 있는 책상에 앉아 집필을 하고 있었다. 그녀가 다녀간 지 한 달여가 지나 전화가 걸려 왔다. 얼마 전 식당을 오픈하고 성업 중이라는 것이었다. 지금 서울에서 출발을 했으니 잠시만 기다리라는 것이었다. 그동안 심심하기도 했는데, 잘되었다는 생각이 들었다.

"선배, 나 지금 출발하면 한 시간이면 도착할거에요."

"응, 알았어."

나는 창가에 앉아 집필(執筆)을 하고 있었지만 혼자 외로웠던 나에게 그녀가 온다는데 집필(執筆)이 제대로 될 리가 없었다. 그렇게 지루한 시간이 지나고 한 시간 정도가 지나 그녀가 타고 오는 차가 창밖으로 보인다. 창으로 그녀의 도착을 확인하고 나는 느긋하게 컴퓨터 앞에 앉아 글을 쓰고 있었다. 잠시 후 컨테이너 박스의 문을 두드리는 소리가 들렸다. 그녀의 도착을 알리는 소리였다. 그리고 문이 열리며 그녀가 안으로 들어왔다.

"선배님, 별일 없었어요?"

"왔어?"

그렇게 대답하고 우두커니 서 있으니 그녀가 말했다.

"왜 시큰둥해요? 제가 온 게 싫으세요?"

"무슨 말이야? 내가 글을 쓰느라 집중하다 보니 멍해졌나 봐."

나는 그녀에게 싫지 않은 거짓말을 하고 있었다.

"아, 그렇겠다. 글에 집중하다보면~ 여기 먹을 것 사왔어요."

하면서 그녀는 던킨도넛츠를 내놓았다. 그녀는 던킨도넛츠를 좋아해 항상 사가지고 다녔는데 오늘도 여느 때와 마찬가지로 던킨도넛츠와 아메리카노 커피를 사들고 온 것이다.

"밥을 먹어야지 이런 것을 먹으면 건강에 좋지 않아."

"이렇게 다니다 보면 점심 먹을 시간이 별로 없어 그냥 도넛츠와 커피로 때울 때가 많아요."

"그런 것은 건강관리에 좋지 않으니 될 수 있는 한 식사를 하도록 해."

"알았어요. 저에게 관심 있으니 잔소리 하는 거죠? 호호호."

"좋을 대로 생각해."

"선배, 이렇게 시골에 있으면 뭔가 재미있는 게 있어야 되지 않아요?"

"그러면 우리 한탄강에 가서 민물고기나 잡아다 매운탕 끓여 먹을까?"

"그것도 괜찮을 것 같네요."

이렇게 의견의 일치가 이루어지자 한탄강으로 민물고기를 잡으러 갔다. 한 시간 가량을 차를 몰고 가니 8월 초이지만 마른 장마여서 강가에는 물이 많이 흐르지 않았다. 강가 뚝 방은 노란 달맞이꽃 군락지였다. 노란 달맞이꽃 군락지에서 나는 향기가 코를 자극한다. 차에서 내려 뚝 방을 따라 조금 올라가니 한탄강 상류에 막아 놓은 보에서 폭포를 이루며 물이 떨어져 내리고 있다. 보통 물이 떨어져 내리는 곳에 고기가 있게 마련이다. 여름 가뭄이 들어 강에 물이 많지를 않아 고기를 잡기에는 안성맞춤이다. 폭포가 떨어지는 곳에 그물을 넣으니 고기가 그득 잡힌다. 몇 번을 그렇게 뜨니 꽤 많은 고기가 가져간 그릇에 그득하다. 상상외로 짧은 시간에 많은 고기를 잡은 것이다. 집으로 돌아와 수돗가에 앉아 고기의 배를 따고 깨끗이 닦았다. 그리고 무와 파를 썰어 넣고 마늘과 고추장 등 양념을 넣은 다음 고기를 넣었다. 거기에 밀가루 반죽을 해 수제비도 떠 넣었다. 잠시 후 맛난 민물 매운탕이 만들어졌다.

"한번 매운탕 맛 좀 볼 거야?"

"네."

하며 그녀가 입을 벌인다. 내가 스푼으로 매운탕 국물을 떠서 그녀의 입에 넣어주었다.

"아, 맛있어요. 어쩌면 이렇게 매운탕을 맛있게 끓일 수가 있어요? 호호호."

"옛날 시골에 살 때 해봤던 민물 매운탕이지. 밥도 다 됐으니 밥을 퍼줄게 매운탕과 먹어봐."

내가 밥을 퍼서 그녀 앞에 놓고 민물매운탕도 밥 옆에 놓아주었다.

"아, 맛있어. 너무 맛있어. 선배도 같이 들어요."

"알았어."

하고 나도 그녀의 맞은편에 앉아 매운탕을 함께 먹었다. 그날 저녁은 정말 세상에서 가장 맛있는 저녁식사였다고 기억이 될 것이다. 처음 나에게 돈을 빌리러 왔을 때와는 천양지차의 모습이었다. 식사가 거의 끝나갈 무렵 그녀가 말했다.

"선배, 식당 개업한 것 손님이 많아요. 다 선배님 덕이에요"

"아직은 시작이니 몰라. 지금처럼 맛과 친절하면 계속 잘 될 거야."

오늘은 고기도 잡을 수 있어서 너무 좋은 하루였어요. 고마워요."

그녀와 식사를 마칠 무렵 그녀의 휴대폰으로 전화가 걸려왔다.

"응, 엄마 멀리와 있는데 바로 갈게."

아마 그녀의 딸에게 온 전화 같았다.

"저 빨리 가야 되겠는데, 설거지는 하고 가야지요. 선배에게 설거지를 하게 하면 안 되지요."

"바쁜데 그냥 두고 가. 설거지는 내가 해도 돼."

"무슨 말씀이에요. 아무리 바빠도 제가 하고 갈 거예요."

하며 그녀는 방에서 좀 떨어진 싱크대로 그릇을 가져가 기어이 설거지를 한다. 설거지를 마친 그녀가 차에 오르며 말했다.

"선배, 식사 후 차라도 한잔 하며 천천히 가려 했는데 애가 빨리 오라고 난리를 치니 어쩔 수 없이 가야겠어요. 식당이 바쁜 것 같아요. 다시 시간 내어 올게요."

"내 걱정은 하지 않아도 돼."

그녀는 차에 올라타며 말했다.

"너무 외로워하지 말아요. 또 올게요."

"알았어."

대답은 그렇게 했지만 그녀가 다녀가면 홀로 남은 나는 또 쓸쓸할 수밖에 없다. 그때마다 나는 개를 데리고 달음박질을 치는 게 고작이었다. 그렇게 개들과 뜀박질을 하고 나면 외로운 마음이 조금은 풀렸다. 그녀는 그렇게 떠난 후 시간 별로 카톡으로 그녀의 근황을 전해 왔다. 말하자면 지금쯤 어느 지점에 도착을 했다든가 차가 밀려 앞으로 차가 전진 하지 못한다는 등 그런 류의 문자였다. 그녀는 쉴 새 없이 쫑알거리는 스타일이었는데 나는 그녀가 쫑알거리는 것이 싫지 않았다. 그래서 그녀와 있으면 지루하지 않았다. 그녀는 얼굴의 윤곽이 뚜렷했는데 그러면서도 귀여운 구석이 많은 여자였다. 그녀와 있으면 한 때는 파트너였다는 것이 실감이 났다. 그녀는 그 먼 서울에서 내가 있는 곳까지 오는 것에 대하여 불평 한마디 없었다. 왔다 하여도 열악한 컨테이너 박스와 주방시설도 제대로 갖춰지지 않은 곳을 그녀는 그렇게 자주 와줬다. 그러니 나로서는 시골과 같은 곳에 귀양살이라도 하고 있는 것 같았지만 그녀가 자주 와줬기에 외롭다든가 하는 일은 전혀 느끼지 못했다. 도리어 나는 그녀에게 미안함만 느낄 뿐이었다. 그녀는 그렇게 오면서 나에게 미안한 마음을 가지고 있었던 듯하다. 사실 식당을 하겠다고 빌려간 돈을 갚지 못하고 있었기 때문이다. 그러나 내가 그녀에게 돈을 빌려주었을 때는 받을 생각으로 준 것이 아니었다.

나와 그녀가 그렇게 지내는 동안 인영은 섬유 샘플을 만들어 시장에 풀었다. 물론 어느 정도 기대를 가지고 샘플을 낸 것이다. 그러나 그 해는 인견사가 많이 나가는 해였는데 인영은

폴리에스터를 선택했으니 잘못 집은 것이었다. 그가 만든 원단은 시장에 풀었지만 전혀 반응이 없었다. 그러자 그는 나를 볼 낯이 없었는지 공장엘 들어오지를 않았다. 나는 배신감을 느꼈지만 오죽하면 그렇겠나 하며 이해하려 했다. 그래도 나는 인영을 원망하지는 않았다. 얼마나 없으면 큰돈도 아닌데 들어와 내 얼굴을 보지도 못하는 심정은 어떨까 하고 도리어 그를 걱정했다. 원래 빚을 못 받으면 스트레스가 쌓여 몸을 망친다. 받지 못할 것이라면 내 몸을 위해 빨리 잊는 것이 상책인 것이다. 그렇게 후배에게 돈 받는 것을 포기하고 발길 닿는 곳으로 간다고 간곳이 독산동이었다. 오피스텔이었는데 조금은 허름한 곳이었지만 내가 지내기에는 불편한 점은 없었다. 그곳에 내가 터를 잡자 설아는 서울이라며 가까워졌다고 좋아하는 것이었다. 그녀는 독산동에도 변함없이 다녀갔다. 그렇게 독산동에 온지가 엊그제 같은데 벌써 구월 초였다.

설아는 이제 홀로 서기에 성공한 것이다. 그러나 식당을 하기 전까지는 앞길을 장담할 수 없었다. 그녀는 나를 찾아오기 전까지는 그랬다.

"선배, 요즘은 사는 게 재미있어요. 선배님 만난게 행운이었어요."

자존심이 강했던 그녀는 다른 사람들이 자신의 처지를 아는 것을 가장 경계했다. 그녀는 그 당시가 가장 힘들었던 시기였다. 그러나 형편이 달라지니 이젠 재벌 집 딸이 아니라도 당당해진 느낌이다. 적어도 내가 보기엔 그랬다. 그러던 그녀가 구월이 오면서 소식이 끊겼다.

그녀와의 로맨스가 시들해졌다고 보는 것이 맞을 것이다. 그것은 꼭 그녀의 사정 때문은 아니었고 나에게도 삶의 다른 방향이 정해진 면도 있었기 때문이다. 그러던 어느 가을이 열리는 9월의 초가 끝나갈 무렵이었다. 그녀에게서 전화가 걸려왔다.

"여보세요."

"선배, 저예요."

"응, 설아가 오랜만이야."

"선배, 기다렸지요? 죄송해요. 찾아뵙는다고 하면서 찾아뵙지도 못하고 시간만 흘렀어요. 불원간 한번 찾아뵙고 드릴 말씀이 있어요."

"궁금한데, 무슨 일인데?"

"사실은 아빠가 내가 어느 정도 성실하게 사는 것을 알고 계셨대요. 저를 더 강하게 성장시키고자 보고만 있었다고 하네요. 이젠 저도 나이가 들었으니 한번 보자고 하네요. 제가 선배 이야기도 하니 선배도 한번 같이 뵙자고 했어요. 꼭 같이 오라 했어요."

"내가 뭐라고 나까지 오라고하신대."

"아무 말 없이 함께 가주면 안돼요? 아빠께 갈 때 모시러 갈게요."

하고 전화를 끊는다. 〈끝〉

2

뜨이

봉필현 단편

2 뚜이

뚜이가 한국으로 가는 날이다. 그가 하노이 공항에서 비행기에 탑승할 시간을 기다리고 있자니 왜 그리 시간은 가지 않고 가슴은 두근거리고 숨이 막히는지 모르겠다. 그녀는 베트남 빈농에서 태어나 21살이 될 때까지 부모님 농사를 도와주다 얼마 전부터 해변 관광 도시인 하롱베이 안마 시술소에서 안마를 시작했다. 그녀가 한 달 죽도록 일해 받는 월급은 고작 6만원(한화)에 불과 하다. 죽도록 일해 벌어서 집안 식구가 한 달 먹고 살기도 빠듯하다. 그러나 뚜이가 이곳에서 일을 하는 것은 월급보다 손님이 주는 팁이 더 많기 때문이다. 한 달 팁으로 받는 돈이 월급보다 더 많기 때문이다. 그녀의 나이는 이제 21세지만 그 나이에 집안의 가장이 된 것이다. 아버지는 아직도 젊은 47세인데 사업구상을 한다며 매일 집에서 놀고만 있다. 그런 일은 뚜이의 아버지만 그런 것이 아니다. 마을에 사는 대부분의 아버지들은 거의가 그렇다. 사업구상이라고 하지만 말이 좋아 사업구상이지 실제로는 놀고먹는 일이다. 농토라도 있는 집은 그런대로 괜찮지만 뚜이의 집은 조상에게 물려받은 유산이란 것은 전혀 없다. 농촌에 살아서 농사꾼이란 소릴 듣지 사실은 농토 한 평 없는 전형적인 빈농이다. 너무도 가난하게 살았기에 원래 그러려니 하고 부모 원망 한번 하지 않고 살았던 것이다. 뚜이가 한국에 가게 된 것은 순전히 우연이었다. 다른 아가씨들이라면 그 나이면 한국으로 시집을 간다고 하는데 뚜이는 결혼하고는 전혀 상관없이 한국으로 가게된 것이다. 베트남에 여행을 온 사람을 안마를 해주게 된 것이 동기였다. 매일 한국 사람들에게 안마를 해주고 있지만 처음 방에 들어갈 때부터 그 손님이 마음에 와 닿는 것이었다. 온화한 얼굴에 손님 중 가장 젊고 점잖게 보이는 사람이었다. 그 사람은 두 번째 테이블에 있었는데 뚜이가 그 방에 제일 먼저 들어가며 인상 좋은 그 손님을 먼저 택한 것이다. 뚜이는 손님을 많이 대해봤지만 자신의 마음에 드는 손님을 받았을 때는 기분이 좋아 힘이 들지 않지만 마음에 들지 않는 손님을 받았을 때는 힘이 들었다. 손님 중에는 치근덕거리는 손님도 있었다. 그럴 때는 한국 사람에 대한 인상이 흐려지기도 했다. 그러나 이 손님은 안마를 받는 동안 일체 한마디의 말도 하지 않았다. 그리고 안마가 끝난 뒤 뚜이가 이곳에서 받아본 팁 중 가장 많이 준 사람이었다.

"힘들었지?"

하며 웃는 모습이 뚜이의 마음을 움직였다. 그렇게 많은 사람들을 안마를 하며 대해봤지만 이 손님처럼 마음이 가는 손님은 지금껏 없었다. 그래서 그녀는 그에게 명함을 한 장만 달라고 부탁했다.

"오빠, 너무 좋아요. 명함 한 장 주면 안 돼?"

그녀는 한국말을 배웠지만 발음이 한국 사람들이 듣기에는 어눌한 느낌이 드는 말투였다.

"명함? 명함을 뭐하게?"

"오빠가 너무 좋은 것 같아 명함을 한 장 갖고 싶어요."

"호, 그래? 그거야 어려운 것은 아닌데."

하면서 그는 밝게 웃으며 지갑에서 명함을 꺼내 뚜이에게 건네주었다. 명함에는 그 사람의 사진이 선명하게 박혀 있었다. 전에 찍은 사진인지 사진의 모습은 장발을 한 모습이 지금의 모습과는 전혀 달라 보였다.

"박영학?"

뚜이가 명함을 받아 들고 손님의 이름을 불렀다.

"한글을 읽을 줄 알아?"

하며 손님이 물었다.

"네, 여기 안마하는 회사가 한국 사람이 운영 하는 건데 이곳에서 한국말을 가르쳐 주어요."

"호, 그래?"

"여기서 일하는 친구들은 모두 한국말과 글을 다 알아요. 근데 이게 오빠 맞아?"

그녀는 명함에 있는 박영학의 사진을 보며 물었다. 명함속의 박영학은 지금의 머리 스타일이 아니고 전에 장발을 하고 찍은 사진이었기에 지금 하고 있는 단정한 머리와는 거리가 있었다.

"맞아. 왜 아닌 것 같아?"

"머리가 길어 지금 얼굴과는 많이 다른 것 같아요."

"그런데 이름이 뭐지?"

"뚜이라고 해요. 뚜이."

"호~ 뚜이."

"네.""그런데 뚜이는 베트남 사람이 맞아?."

"베트남 사람이 아닌 것 같아요?"

"한국사람 같아서. 처음 봤을 때는 한국 사람인줄 알았거든."

"이곳 베트남 친구들도 저보고 한국사람 같다고 해요."

"호, 그렇지? 내 눈이 틀린 것은 아니었어. 뚜이는 유전자 검사를 해봐야 되겠어."

"그게 뭔데요?"

"유전 형질을 규정하는 인자인데. 본체는 디엔에이(DNA)이며, 부모가 가지고 있는 무수한 형질은 이것을 통하여 유전 정보로 자식에게 전해진다고 하지. 그건 부모에서 자식으로 물려지는 특징 성격, 생김, 형질을 만들어 내는 유전정보의 단위인데 그것으로 친자를 확인할 수 있는 것이지."

"그런데 나는 친자 확인 할 수 있는 사람이 없는데요."

"난 뚜이가 너무도 한국 사람과 닮아서 유전자 검사를 해보라 한 거야."

그녀의 모습은 박영학이 말 한 것처럼 사실이었다. 비록 안마 시술소에서 안마를 하고 있었지만 한국인의 외모에 키도 컸고 상당한 미녀였다. 안마 시술소에 있지 않고 제대로만 가꿨다면 한국에서 잘나가고 있는 탈렌트 뺨칠 미모였다. 그녀는 박영학이 한국인의 피가 섞인 것 같다는 말을 하자 자신의 집안 내력을 모두 말 하는 것이었다.

"아, 오빠, 고마워요. 그리고 맞아요. 할아버지가 한국 사람이었대요. 언젠가 엄마가 말해 줬어요. 할머니가 아버지를 가졌을 때 할아버지가 전쟁 중에 돌아가셨대요."

"어쩐지 그랬구나. 내 눈이 틀리진 안았어. 난 내가 뚜이를 처음 보는 순간 한국인이라는 생각을 했지."

"어째서요?"

"한국말에 피는 물보다 진하다는 말이 있지. 그러니까 한국 사람인 내가 한국인의 피가 흐르는 뚜이를 알아보는 것은 당연한 일 아니겠어? 혹시 아버지도 한국사람 같지 않아?"

"오빠가 어떻게 알아요? 맞아요. 우리 아버지 한국 사람과 똑같아요."

뚜이는 박영학의 말을 듣기 전부터 자신의 뿌리는 한국에 있다는 것을 알았지만 오늘 이 손님의 말을 들으며 자신의 뿌리는 한국이라는 것을 강하게 느끼며 한국의 피가 자신의 몸에 흐르고 있다는 것에 대하여 강한 자부심이 생겼다. 지금까지 할머니는 전혀 그런 말을 해주지 않았지만 가끔 할머니는 한국 군인과 함께 찍은 사진을 소중하게 간직하고 있는 것을 본적이 있었다. 할머니는 가끔 식구들이 없을 때는 몰래 그 사진을 꺼내보며 눈물짓는 것을 뚜이는 보았던 것이다. 그러나 아버지는 가난한 빈농에서 태어난 사람이었기에 공부도 제대로 하지 못해 자신의 뿌리를 전혀 생각도 해본 적이 없는 사람이었다. 그러나 뚜이는 아버지에게 자신의 뿌리에 대하여 한 번도 물어본 적이 없기에 아버지가 알고 있는지는 알 수가 없었다. 박영학은 그날 안마를 받은 후 일행들과 함께 떠났다. 떠나며 그는 뚜이에게 말했다.

"뚜이, 혹시 한국에 오고 싶으면 나에게 전화 해."

"네, 오빠. 고마워요."

"수고하고 잘 있어."

그렇게 박영학은 뚜이와 헤어진 후 일행들과 함께 하롱베이를 관광 후 베트남을 떠났다, 뚜이는 박영학의 명함을 받고 헤어진 후 계속해 그 안마소에서 안마를 하는 일에 종사 하였다. 그러나 안마를 해 매일 돈은 벌었지만 돈은 모아지지 않았다. 하루 벌어 하루 먹고 살면 그만이었다. 그렇게 명함을 주었던 박영학과 헤어진지도 1년이란 세월이 흘렀다. 그동안 뚜이는 박영학의 명함을 꺼내보고 전화를 할까 망설이길 수도 없이 반복했다. 그러나 생각일 뿐 실천에 옮기질 못했다. 그러나 그녀가 결심을 하고 전화를 하게 된 것은 더 이상 베트남에서는 자신의 꿈을 이룰 수 없다는 것을 깨달은 후였다. 베트남에서 더 있어봤자 어린 나이에 시집을 가야 할 것이고 시집을 가면 가난뱅이에게 가서 평생 고생하다 죽을 것은 빤한 일이었다. 그날 밤 그녀는 결심을 하고 박영학에게 전화를 하기로 마음을 먹고 그의 명함을 찾아 휴대폰 번호를 눌렀다. 뚜~ 뚜~ 길게 신호가 간다. 뚜이의 가슴은 두루 방망이질을 친다. 처음 하는 전화에 상대방인 박영학이 어떤 반응을 보일 것인지 걱정이 앞서기 때문이었다. 안마 시술소에서 손님과 안마사로 잠깐 만났던 사이인데 제대로 기억이나 하고 있을 런지도 모를 일이었다. 그러나 그렇게 망설이고 있다가는 평생이 가도 이 암담한 현실을 벗어날 수 없는 일이었다. 그러나 신호는 가는데 상대가 전화를 받지 않으니 겁이 더럭 났다. 얼른 전화를 끊고 망설이며 다시 한 번 생각을 했다. 그녀는 일단 또 다시 부딪쳐 보자는 마음으로 박영학의 휴대폰 번호를 눌렀다. 몇 번인가 긴 신호가 간 후에 박영학이 전화를 받았다.

"여보세요? 박영학입니다."

"오빠?"

"누구시죠?"

"저는 베트남 하롱베이에서 만났던 뚜이라고 해요."

"아~ 베트남 하롱베이 뚜이?"

"네."

"아~ 뚜이, 반가워. 뚜이. 그 동안 별일 없이 잘 있었어?"

다행이 박영학은 뚜이를 잊지 않고 기억하고 있었다.

"오빠 건강하시죠?"

"응, 그런데 뚜이가 웬일이지?"

"오빠가 나한테 한국에 오고 싶으면 전화 하라고 하셨잖아요."

"응, 내가 그랬던가? 맞아, 내가 그랬던 것 같아. 하여튼 반가워."

"오빠, 나 한국에 가고 싶은데 나 좀 한국에 초청해 주면 안돼요?"

"응, 그러면 뚜이가 할 수 있는 일을 좀 알아보고 연락해 줄게."

뚜이는 전화를 끊고 가만히 박영학과의 통화를 생각하니 기분이 매우 좋았다. 자신이 전화를 하면 박영학이 어떤 태도로 전화를 받을까 걱정을 했는데 의외로 반가워하는 것 같았기 때문이다. 그녀는 박영학과의 통화 후 하루 왼 종일 기분이 좋았다.

한편 서울의 박영학은 베트남을 다녀와 자신의 일에 바쁘게 살고 있었다. 그가 써서 발표한 소설이 대히트를 치는 바람에 그동안의 무명작가에서 유명 작가로 신분상승이 되어 여기 저기 불려 다니는 귀한 존재가 되었다. 신문사 문화부에서 인터뷰가 있고 방송국의 대담 프로에 나가기도 하고 매일이 바쁜 일상이 이어지고 있었다. 그렇게 바쁜 일상 속에서 살고 있을 때 베트남의 뚜이에게서 전화가 왔던 것이다. 박영학은 그렇지 않아도 베트남에 살고 있는 한국인 2 ~3세들의 생활상을 조명해 보고 싶어서 구상을 하고 있었다. 베트남에 살고 있는 한국인들의 이야기를 쓴다는 것은 진짜 한국 사람들의 이야기가 아니고 베트남전의 부산물로 탄생한 한국인 2세들과 3세들의 이야기를 조명해보려는 구상이었다. 그런 생각을 가지고 있을 때 뚜이가 전화를 했던 것이다. 그는 뚜이를 한국으로 초청을 하기로 마음을 굳혔다. 그녀를 초대해 베트남에서 한국인의 핏줄로 태어나 자라면서 겪어야 했던 에피소드나 아니면 한국인 혼혈아로써 받았던 놀림이라든가 아니면 한국인의 피가 흐른다는 자부심과 같은 것들을 어떻게 가지고 있는가를 쓰고 싶었기 때문이다. 그는 베트남의 뚜이를 초청하기로 마음을 굳히고 그녀에게 초청장을 보내기로 했다. 물론 그녀에게 무엇을 어떻게 해주겠다는 뚜렷한 복안은 없었다. 그녀가 와서 할 일은 오고 나서 정하기로 했다. 그녀를 한국에 초청을 한 후에 그녀가 좋아하는 일을 그녀와 함께 구상해 볼 참이었다. 새해 봄의 4월이다. 그녀가 박영학의 초청으로 한국으로 오는 날이다. 박영학은 일찍 인천공항으로 가기 위해 아침 일찍 일어나 종로에서 공항으로 가는 리무진 버스를 타고 출발을 했다. 약 40분 정도 걸려서 리무진 버스는 인천국제공항에 도착했다. 박영학은 버스에서 내리자마자 공항 대합실로 들어갔다. 행여 뚜이가 먼저 비행기에서 내려 길을 몰라 헤매면 어쩌나 하는 걱정 때문이었다. 그러나 그가 휴대폰의 시계를 들여다보니 아직 하노이에서 도착하는 비행기는 아직 시간이 남아 있었다. 그는 시간을 보내기 위해 공항 이곳저곳을 돌아다니다 보니 하노이 발 비행기가 도착했다고 방송이 나오고 있었다. 그는 공항을 빠져 나오는 여행객을 유심히 보고 있었다. 행여 잘못 봐 뚜이를 잃어버릴 수 있다는 생각 때문이었다. 비행기가 도착했다는 방송이 있은 후 30여 분이 지나서 뚜이는 여행용 가방을 끌고 나오고 있었다. 뚜이는 박영학을 찾는지 여러 곳을 두리번거리며 나오고 있었다. 그런 뚜이를 발견한 것은 박영학이었다. 그는 반가움에 뚜이를 향하여 크게 소리를 지르며 뚜이를 불렀다.

"어이, 뚜이."

"어? 오빠아."

뚜이는 무거운 여행용 가방을 끌고 반가워하며 박영학을 향하여 달려 왔다. 둘은 약 일년 6개월여 만에 만나는 것이었다. 그들은 반갑게 손을 맞잡고 그동안에 있었던 서로의 안부를 물었다.

"별일 없었지?"

"오빠는요?"

"나야 당연이 없지."

그들은 30여년의 나이 차가 있음에도 여느 연인처럼 느껴질 정도였다. 약 일 년 육 개월 만에 보는 뚜이는 베트남에서 안마를 할 때의 아가씨가 아니었다. 그때보다 훨씬 성숙해 보였고 키도 후리후리한 것이 생각보다 훨씬 미녀였다. 약간 어눌한 한국말의 발음만 뺀다면 누가 뭐라고 해도 멋진 한국 아가씨였다. 영학은 그녀에게 차가 있지만 일부러 차를 가져오지 않았다고 이야기 하고 공항 리무진 버스를 함께 탔다. 그가 사는 집은 서울 도봉산 자락에 있는 2층 집이었는데 뚜이가 오면 뚜이를 위해 2층은 영학이 쓰고 1층은 뚜이가 쓰기에 편리하게 꾸며 놓았다. 베트남 시골집에서 살기만 했던 뚜이로 서는 한국의 집이 이렇게 화려한 줄은 꿈에도 몰랐는데 막상 와서 보니 그녀가 보기에는 집이 너무 환상적이어서 놀라고 있는 것 같았다.

"오빠, 집이 너무 좋아요. 그리고 너무 멋있어요."

"뚜이, 한국 집은 모두 우리 집과 비슷해."

"정말이에요? 한국은 정말 잘 사는 나라네요."

"하하하, 보통 이렇게들 살아."

"그런데 뚜이는 한국에서 무엇을 하고 살건 지 생각은 해봤어?"

"아니요. 그런 생각은 못했어요. 한국에 대해서 아는 것이 없어서요. 이곳에 와서 생각해 보기로 했어요."

"그래, 그러면 며칠간 집에서 쉬며 여독이 풀리면 나하고 서울 시내를 한번 돌아보고 생각해 보기로 하자."

"네, 알았어요."

뚜이는 서울에 도착한 후 피곤했는지 계속 잠만 자고 있었다. 그렇게 일주일이 지난 어느 날 나에게 물었다.

"오빠, 오늘부터 나 서울 구경 시켜줄래요."

"그렇게 해도 되겠어? 피곤하지 않아?"

"네 이젠 피곤이 다 풀렸어요."

그녀는 영학과 함께 며칠간을 서울 거리를 구경하고 다녔다. 고궁도 다니고 여러 곳을 구경시켜 주었다. 특히 인사동

골목을 다닐 때는 한국의 풍물을 보면서 신기해하기도 했다. 그녀는 한국에 와서 가장 빨리 적응을 한 것은 음식 문화였다. 처음엔 베트남 음식을 찾았으나 시간이 가며 베트남 음식보다는 한국 음식을 더 좋아했다. 특히 불고기와 전주비빔밥을 좋아 했지만 특히 김치는 반찬 중에서는 빼놓을 수 없는 그녀가 가장 좋아 하는 음식 중 첫 번째 메뉴였다. 영학은 그녀의 식성을 보며 느끼는 것이 있었다. 역시 피는 물보다 진하다는 것이었다. 그녀가 한국인의 피를 가졌기에 식성이 한국인의 식성으로 바뀐 것이다. 영학은 뚜이에게 물었다. 베트남에 있는 어머니에게 물어 할아버지의 성씨와 이름을 알려 달라고 하였다. 그러면 그녀의 친척들을 알 수가 있을 것이었다. 그런 일이 있고 며칠 후 뚜이가 영학을 보자고 했다.

"오빠, 먼저 번 할아버지 이름을 알아 달라고 했지요. 할아버지 이름은 배정학 이래요."

"배정학, 알았어."

하고는 박영학은 생각했다. 월남전에서 전사한 사람인데 그 후손이 베트남에서 이렇게 잘 자라 있으니 얼마나 좋은 일일까, 젊은 나이에 후손도 없이 죽을 수도 있는데 그의 씨가 베트남에서 자라고 있었다면 얼마나 좋은 일인가. 영학은 거기까지 생각을 하자 하루라도 빨리 배정학이란 사람의 신원을 파악해 보기로 했다. 뚜이 어머니의 고향이 캄란이라고 했으니 배정학이란 사람은 분명히 해병대였을 것이 분명했다. 그렇다면 그의 소속은 청룡부대였을 것이다. 거기까지 생각이 미치자 뚜이의 할아버지를 찾는 일은 그리 어렵지 않은 일이 될 것 같았다. 영학은 자신의 일이 바빴으므로 사람을 시켜서 알아보기로 했다.

그는 흥신소에 그 일을 맡기기로 했다. 그동안 뚜이는 서울 시내를 돌아보고 하고 싶은 일을 정했는데 머리를 만지는 일인 미용 일을 하고 싶다고 했다. 영학은 뚜이가 하고 싶다는 일을 하도록 도와주기로 했다. 그래서 뚜이는 요즘 미용학원에 나가 열심히 미용을 배우고 있었다. 그녀는 미용에 소질이 있었는지 머리를 만지는데 비상한 재주를 가지고 있었다. 학원이었지만 그녀가 만져준 사람들은 모두 만족감을 표현하는 것이었다. 그녀는 학원을 수료 후 바로 취직이 되었다. 취직이 되자마자 미용실에서는 모두 그녀에게 머리를 해달라고 하는 단골손님이 생기기 시작했다. 그렇게 미용실에 나간 지 6개 월 여가 되어 가고 있을 때였다. 그날도 일을 마치고 퇴근을 하고 있는데 어느 남자가 헐떡거리며 뛰어와 뚜이의 앞을 막아서는 것이었다.

"저, 잠깐만요,"

뚜이가 놀라 물었다.

"나 말이에요?"

"그럼 여기 또 누가 있습니까?"

"왜요?"

그러자 그가 명함이라며 뚜이 앞에 내밀었다.

"나 한국 방송국에 있는 프로듀서 유한빈입니다."

"프로듀서가 왜 저를 보자고 해요? 저는 미용사인데 머리할 일이 있어요?"

"이번에 제가 연출하는 드라마에 신인을 뽑고 있는데 그 배역에 아가씨가 적격일 것 같아 캐스팅을 하고 싶어 달려 온 겁니다. 그동안 미용실에서 일하는 모습을 지켜보다가 퇴근할 때 만나려고 했는데 잠깐 한 눈 파는 새에 없어져 급하게 쫓아온 겁니다.”

“그게 무슨 말이에요? 전 미용실에서 일을 하고 있지만 무슨 일이 있으면 집에 가서 오빠와 상의를 해야 해요.”

“좋습니다. 그러면 제가 오빠란 분을 직접 만나보지요.”

“그래도 되시겠어요?”

“사실 시간이 없거든요, 배역에 맞는 신인을 찾으려고 했는데 마땅한 신인이 눈에 띄지를 않아요. 그런데 미용실 앞을 지나다 아가씨가 눈에 띤 겁니다. 쇠뿔도 단김에 빼랬다고 지금 당장 오빠라는 분을 만나러 갑시다.”

뚜이는 오늘은 안 된다고 했지만 유한빈은 막무가내였다. 할 수 없이 집까지 유한빈을 데리고 올 수밖에 없었다. 영학이 있는지 몰라 뚜이가 2층으로 올라가니 마침 영학은 집에 있었는데 막 들어와 샤워를 하고 있었다.

“오빠, 나 왔어요. 손님도 함께 왔는데 씻고 잠시 내려오세요.”

“응, 알았어.”

뚜이는 1층으로 내려와 유한빈에게 말했다.

“오빠 샤워하고 있어요. 조금만 기다리세요. 커피 한잔 드릴까요?”

“네, 좋아요. 한잔 주세요.”

유한빈이 커피를 기다리고 있을 때 샤워를 마친 영학이 2층에서 내려왔다. 영학을 본 유한빈이 깜짝 놀라며 깍듯이 인사를 한다.

“어, 작가님, 안녕 하세요?”

“아니, 유 PD가 우리 집엔 웬일이요?”

"여기가 작가님의 댁이었어요? 그러면 어떻게 된 거죠?"

그때 뚜이가 커피를 가지고 오며 유한빈과 영학이 이야기를 하는 것을 보고 놀라고 있었다.

"오빠, 그럼 이 사람과 아는 사이에요?"

"잘 알고 있는 사이지. 그런데 어떻게 된 거야."

그러자 유한빈이 말했다.

"작가님 동생이라면 잘 되었네요. 사실은 이번 드라마가 작가님의 작품이잖아요. 그 작품속의 여주인공에 동생 분을 캐스팅하려고요."

"그게 사실이야? 그런데 뚜이는 연기 경험이 전혀 없는데."

"처음부터 잘하는 사람이 있어요? 하면서 느는 거지요."

"그래? 그럼 유PD가 물건 한번 만들어봐. 하하하"

"네, 그렇게 한번 해보겠습니다."

유한빈이 연출을 맡은 작품은 내가 써서 공전의 히트를 치고 있는 작품인 "해명태자와 다물"이라는 드라마였다. 그 작품에서 뚜이에게 유한빈이 맡기려는 배역은 해명태자의 상대역인 아란비 공주의 역이었다. 드라마 속의 배역과 뚜이의 인상이 맡아 떨어진다는 것이었다. 그때부터 뚜이의 일상이 바빠졌다. 다니던 직장을 그만 두고 그녀가 맡은 배역의 드라마에 신경을 써야 했기 때문이다. 드라마는 6개월 이후에나 방영이 될 예정이라고 했다. 겨울에 방영할 예정인 드라마이기에 봄, 여름, 가을 분은 미리 촬영을 해야 했기 때문이었다. 뚜이가 '해명태자와 다물'의 드라마 촬영에 바쁜 나날을 보내고 있을 때 영학에게 한통의 전화가 날아 들었다.

"박영학씨지요?"

"네, 그렇습니다만..."

"안녕하세요. 여기는 OO흥신소입니다. 지난번에 부탁했던 배정학이란 월남전 참전용사의 신상명세를 입수하였습니다. 만나서 자세한 이야기를 드리려고 전화를 드린 겁니다."

"그렇습니까. 그러면 어디로 나갈까요?"

"충무로가 어떠신지요?"

"네 그렇게 하겠습니다."

영학은 충무로에서 만날 장소와 시간을 약속했다. 영학이 만날 장소에 나가니 영학을 미리 알고 흥신소 직원은 영학을 향하여 정중히 인사를 한다.

"박영학 작가시지요?"

"네, 그렇습니다. 혹시 OO흥신소에서 나오셨나요?"

"네, 그렇습니다."

흥신소 직원은 그동안 조사한 배정학이란 사람의 신상에 대하여 자세히 알아 가지고 왔던 것이다. 배정학은 청룡부대의 일원으로 월남에 파병돼 귀국을 얼마 남기지 않은 상태에서 전투에 참여 했다가 전사했다는 것이었다. 그러나 베트남에 그가 남겨놓은 가족 같은 것은 알 수가 없고 국립묘지에 가면 그의 묘비가 있다는 것이었다. 영학은 일단 혼자 가서 배정학이란 사람의 묘비를 확인하여야 하겠다고 결심하고 국립묘지로 향했다. 과연 그곳에는 병장 배정학의 묘라고 표시가 되어 있었다. 영학은 간단하게 묵념을 올리고 국립묘지인 현충원을 나왔다. 그리고 영학은 자신이 할 일이 하나 더 남아 있다는 것을 알았다. 그것은 배정학의 집을 찾는 것이었다. 흥신소 직원이 준 주소는 영학이 살고 있는 곳에서 그리 멀지 않은 수유동이었다. 영학은 그리 멀지 않은 곳이라 바로 그 집을 찾을 수 있었다. 집은 크고 잘 사는 집 같았다. 영학이 대문에서 벨을 누르니 인터폰으로 대답이 나온다.

"누구세요?"

"전 작가입니다만 이 집에 볼일이 좀 있어 왔습니다."

"작가 선생님께서 저의 집에 무슨 볼일이 있을까요."

"문을 좀 열어 주시면 들어가 자세한 말씀을 드리겠습니다."

그러자 안에서 벨을 눌렀는지 대문이 열렸다. 그리고 현관으로 60대의 우아하게 보이는 여인이 나왔다. 영학과 인터폰으로 대화를 주고받은 여인이라고 생각하며 인사를 했다.

"안녕하세요? 전 소설가 박영학입니다."

"네, 안녕하세요. 작가님께서 어찌하여 저의 집을 다 방문하셨는지요?"

"여기가 배정학씨 댁이라고 하여 찾아 왔습니다만 틀리진 않았는지 모르겠습니다."

여인은 빙그레 웃으며 말했다.

"맞아요. 여기가 배정학씨의 집은 맞는데 그분은 오래전 이 세상 사람이 아닙니다. 월남전(越南戰)에서 전사(戰死)했지요."

"알고 찾아왔습니다. 뭔가를 알아야 할 것이 있어 왔습니다."

"네, 무엇이 알고 싶으신가요?"

"배정학씨 월남전에서 전사하셨잖아요."

"맞아요."

"부모님은 이미 돌아가셨을 테고요."

"네, 그것도 맞습니다."

"그럼 형제분은 몇 분 이셨나요?"

"원래는 오빠와 작은 오빠와 저까지 3남매였어요. 그런데 오빠가 월남전에서 전사 하시고 작은 오빠도 큰오빠가 월남전에서 전사했다는 소식을 듣고 홧김에 술을 마신 채 오토바이를 타다가 사고로 죽었어요. 별안간 들이 닥친 집안의 비극으로 어머니와 아버지께서는 화병으로 돌아가셨지요. 저 혼자 남아 결혼도 하지 않고 이렇게 살고 있습니다. 부모님이 남겨 놓은 많은 유산과 큰오빠가 월남에서 보내온 돈으로 전 이렇게 호강을 하며 살고 있답니다. 그런데 작가 선생님께서는 무슨 일이지요? 아무 일 없이 그냥 오실 분은 아닐 테고요."

"맞습니다. 그러나 이렇게 가슴 아픈 이야기를 들으려고 온 것은 아니었습니다. 사실은 어떻게 생각 하실지 모르지만 제가 가지고온 소식은 정말 좋은 소식일 수 있습니다."

"정말입니까? 너무 궁금해지는 걸요."

"어쩌면 지금 상황에서는 정말 좋은 소식일 수 있습니다."

"궁금해 못 견디겠어요."

"그럼 말하지요. 여사님의 조카들이 베트남에 살아 있다면 어떻게 하시겠어요?"

"설마, 그런 일이 어떻게 있을 수가 있어요. 거짓말이지요?"

"사실입니다. 그 조카의 딸은 한국에 와 있어요."

"그게 무슨 말도 안 되는 소리에요."

"사실입니다. DNA검사를 해도 좋습니다. 여사님 조카의 딸이 저의 집에 있습니다. 여사님께는 조카가 낳은 손녀딸이 되겠지요. 6개월 후 방영하는 한국방송의 역사 드라마에 여주인

공으로 나올 것입니다."

"그게 정말이에요? 오래 살다 보니 이렇게 좋은 일도 있네요. 그럼 그 아이를 만날 수 있어요?"

"그럼요. 당장 만날 수 있습니다."

"아~ 정말이에요? 이거 꿈은 아니죠?"

그럼 당장 함께 갑시다. 지금 촬영을 하고 있을 겁니다. 촬영장으로 가면 바로 볼 수 있으니까요."

"네, 그렇게 하겠습니다. 바로 옷을 입고 나오지요."

그녀의 얼굴은 붉게 상기되어 있었다. 도저히 믿기지 않는다는 얼굴이었다. 그러나 영학은 아무런 동요도 없이 그녀를 데리고 뚜이가 드라마를 촬영하는 곳으로 안내했다. 촬영장은 촬영 열기로 가득 차 있었다. 영학은 촬영장에서 연기에 여념이 없는 뚜이를 가리켰다.

"지금 저 아이가 여사님의 조카입니다. 지금은 자세히 모르시겠지만 촬영이 끝나면 한번 만나 보십시오."

그렇게 오랜 시간이 지나고 오늘 촬영 분이 모두 끝났다. 촬영이 끝나고 뚜이가 분장실에서 분장했을 때의 화장을 지우고 나왔다. 그리고 박영학과 함께 서 있는 배여사를 보고 의아한 듯 물었다.

"오빠, 누구세요?"

"곧 알게 될 거야."

배여사가 뚜이를 보니 이상하게 끌리는 아이였다. 그리고 잘생겼던 오빠를 많이 닮은 것 같았다. 이목구비가 뚜렷했던 오빠였는데 뚜이의 모습이 오빠의 모습과 많이 닮아 있었다.

"배여사가 영학의 소매를 잡아당기며 외진 곳으로 끌고 갔다. 영학은 뚜이에게 잠깐 그곳에서 기다리라고 하고 배여사를 따라갔다.

"작가님, 저 아이 오빠 손녀 맞아요. 어쩌면 저렇게 오빠와 닮았을까요. 한 눈에 알아볼 수 있었어요. 흐흐흑."

그러면서 그녀는 마구 울고 있었다. 영학은 얼마나 감격을 하였으면 저렇게 울까. 하고 배여사가 측은해 보였다. 지금까지 결혼도 않고 사는 것을 보면 그동안의 충격이 얼마나 컸던가를 한 눈에 알아 볼 수가 있었다. 영학은 배여사에게 말했다.

"배여사님, 오늘은 뚜이를 일단 봤으니 집으로 돌아가십시오."

"아니에요. 난 오늘 저 아이를 만나 모든 걸 얘기하고 싶어요. 우리 집은 대가 끊긴 줄 알았는데 다행이에요."

"아닙니다. 오늘 말하면 뚜이는 준비도 되지 않은 상태에서 저 아이도 충격을 받을 수 있어요. 차차 시간을 두고 해결해 나갑시다."

"그럼 그렇게 하겠습니다. 그러나 난 오래 못 기다려요. 저렇게 소중한 혈육을 찾았는데요."

배여사는 적극적이었다. 사실 큰오빠가 월남전에서 전사했다는 통보를 받고 작은 오빠가 충격을 받아 술을 마신 채 오토바이를 타다가 사고로 현장에서 죽은 후 부모님도 한꺼번에 자식을 둘을 잃고 실의에 빠져 있다 일 년 단위로 죽은 것이다. 그렇게 되자 집안의 대가 끊겼다고 생각한 배여사는 결혼해 무엇 하나 하는 생각으로 지금 것 혼자 살아 왔다는 것이다. 다행이 부모님이 큰 사업을 하다가 죽었기에 부모님이 하던 사업을 정리하고 있는 재산만 해도 평생을 살고도 남을 재산이었다. 그녀는 자신이 죽을 때가 되면 모든 재산을 사회에 환원할 계획도 가지고 있었다. 그런데 이런 좋은 일이 생길 줄은 자신은 꿈에도 몰랐던 것이다. 그동안 먼 타국에서 자신의 조카가 버젓이 살아서 자식을 생산해 자신에게 조카 손녀까지 낳아 안겨주게 될 줄을 누가 알았겠는가. 그녀로서는 꿈과 같은 일이 일어난 것이다.

영학은 배여사와 헤어진 후 뚜이와 집으로 돌아갔다. 집에 도착해 간단하게 뚜이와 저녁을 먹고 차를 마시며 뚜이에게 자초지종을 말해줄 참이었다.

"뚜이, 저녁도 먹었으니 우리 차나 한잔하지?"

"어머, 저도 차 한 잔 하자고 하려 했는데 오빠가 먼저 마시자 하네요. 호호호."

"그걸 이심전심이라고 하는 거야. 하하하"

"오빠 잠깐 기다리세요. 내가 커피 타 올게요."

잠시의 시간이 지나고 뚜이가 커피를 타가지고 탁자에 커피를 올려놓는다. 영학은 커피를 마시며 말했다.

"뚜이, 아까 왔던 분 누군지 모르지?"

"촬영장에서 뵈었던 멋진 여자 분이요?"

"응."

"그분 우아하신 것이 멋있고 마음이 끌렸어요."

그 말을 뚜이가 하는 순간 영학은 가슴이 뜨거워지는 것을 느낄 수 있었다. 역시 피는 물보다 진하다는 것이 이런 것을 두고 하는 말이 아닐까 하는 생각이 들었다. 뚜이는 배여사를 보고 마음이 끌렸다는 것이었다. 바로 피가 땡긴다는 것이 아니고 무엇이겠는가?

"뚜이, 놀라지 말고 잘 들어."

"뭔데요?"

"아까 촬영장에서 만났던 그 분 누군지 알아? 그 분이 바로 뚜이의 고모할머니야. 바로 뚜이 아버지의 친 고모지."

"저 정말이에요?"

그렇게 영학에게 물으며 뚜이는 눈물을 주르르 흘리고 있었다. 한국에 와 고모할머니를 찾을 줄은 꿈에도 몰랐던 것이다. 그런데 영학을 통해서 고모할머니를 찾은 것이다.

"오빠, 나 베트남으로 전화해 고모할머니를 찾았다고 말할래요."

"뚜이, 아직 알리지 않는 게 좋겠어. 뚜이가 고모할머니를 만난 후 얘기해도 늦지 않을 테니까."

"알았어요. 오빠가 시키는 대로 할게요."

그날 이후 뚜이의 생활이 180도 달라졌다. 전에는 나를 보면 언제나 미안한 표정을 짓곤 했는데 고모할머니가 있다는 소리를 듣고 난 후부터는 뚜이의 모습은 활달하고 당당한 모습으로 바뀌어 가고 있었다. 영학은 속으로 세상에 피부치가 있다는 것이 사람을 저렇게 달라지게 할 수 있다는 걸 뚜이를 보며 피부로 느끼고 있었다. 그런데 뚜이의 모습에서 생기를 느끼고 있었는데 요즘 들어 뻰찔나게 연락이 오는 배여사에게서도 뚜이에게서 보는 생기를 느낄 수가 있었다. 그동안 얼마나 절망 속에서 살았을 것인가를 영학은 그녀의 삶속에서 진하게 느낄 수 있었다. 월남전에서 큰오빠의 전사(戰死)가 가져다준 집안의 몰락은 잠시였다. 큰오빠가 월남전에서 전사했다는 소식을 들은 작은 오빠가 형의 슬픔을 달래느라 술을 먹고 오토바이를 타다가 교통사고로 죽자 부모님이 쑈크로 사업체를 남겨둔 채 세상을 떠버린 것은 배여사에게도 큰 충격이었다. 그녀는 큰오빠가 돌아오면 오빠가 할 일이라 여겼기에 일체 아버지의 사업에 관여를 한 적이 없었다. 사업에 대해서는 문외한이었던 그녀는 아버지의 부하 직원에게 헐값에 회사를 넘기고 말았던 것이다. 아버지의 재산을 정리한 후 그 돈을 은행에 넣고 이자로 지금껏 살아왔지만 재산은 크게 불어 있었다. 그녀는 그동안 무척 외롭게 살았다. 외로울 때는 쇼핑도 하고 흥청망청 쓰며 살았지만 그렇게 사는 것도 한계가 있었다. 그녀는 나이가 더 들면 모든 재산을 정리할 참이었다. 그러던 차에 박영학이 베트남에서 조카를 찾아준 것이다. 그녀는 지옥에서 천국으로 온 기분이었다. 하루라도 빨리 모든 것을 밝히고 뚜이와 함께 살고 싶었다. 그래서 그녀는 박영학에게 매일 전화를 해 하루라도 모든 걸 밝히고 함께 살게 해달라고 사정을 했다. 그녀가 그렇게도 애걸을 하는데 박영학으로서도 더 이상 끌 수는 없었다. 그래서 뚜이에게 모든 것을 베트남의 부모님에게 연락해 알리라고 말하기에 이르렀다.

"뚜이, 내 방으로 좀 올라와."

"네, 오빠."

잠시 후 뚜이가 영학의 방으로 올라왔다.

"오빠, 무슨 일 있어요?"

"응, 다른 게 아니고 고모할머니의 성화에 내가 못 견디겠다. 빨리 베트남에 연락해 부모님을 오시라고 해야 되겠다."

"오빠, 정말이에요?"

"그럼, 부모님이 오시기 전에 너는 고모할머니를 먼저 만나 봐야 되겠어."

"오빠 감사해요."

박영학은 뚜이와 합의를 본 후 배여사에게 전화를 했다. 박영학이 전화를 하니 배여사가 바로 전화를 받았다.

"작가님께서 웬일로 전화를 다 주셨나요?"

"오늘 저녁에 저의 집으로 오실 수 있나요. 아니면 제가 뚜이와 여사님 댁으로 갈까요?"

"그게 무슨 말이에요? 뚜이가 온다면 당연히 우리 집으로 와야지요."

"그렇게 하겠습니다. 앞으로 한 시간 후에 여사님 집으로 가겠습니다."

박영학은 배여사와 전화를 끊은 후 뚜이에게 말했다.

"뚜이, 빨리 외출 준비를 해야 되겠어."

뚜이도 이미 알고 있었기에 아무 말 없이 1층으로 내려가 준비를 서들렀다. 배여사도 오늘 정식으로 조카손녀를 보게 된다는 기쁨에 마음이 들떠 있었다. 사람을 시켜 음식을 준비하고 기다리고 있는데 왜 그리 시간이 더디 가는지 모를 지경이었다. 시간이 되자 대문의 인터폰의 소리가 울린다. 그녀는 물을 것도 없이 문을 열었다. 그러자 박영학과 뚜이가 함께 들어오는데 뒤따라 들어오는 뚜이의 모습이 너무도 오빠를 많이 닮았다는 생각이 든다. 그녀는 뚜이가 현관에 들어서자 그녀를 덥썩 안았다.

"뚜이라고 했지? 너무 보고 싶었다. 가까이서 진작부터 이렇게 안고 싶었지. 나 누군지 알지? 고모할머니야."

"고모할머니 저도 빨리 고모할머니를 보고 싶었어요."

"잘 왔다. 뚜이야. 정말 잘 왔다."

배여사는 얼굴이 온통 기쁨의 눈물로 범벅이 되어 있었다.

"그래, 부모님은 언제 오신다고 하니?"

"별안간에 이루어진 일이라 아직은 연락을 못했어요. 이따가 집에 가서 연락 할 거예요."

"아니야, 집에 가서 하긴 여기서 당장 해봐."

"네."

뚜이는 대답을 하고 박영학을 쳐다보았다. 박영학에게 베트남으로 전화를 해도 되느냐고 묻는 것이었다. 박영학이 뚜이의 눈치를 알아채고 고개를 끄덕였다. 그러자 뚜이가 베트남 집으로 전화를 하니 한참 후 전화를 받는 것 같았다.

"엄마, 나야, 뚜이."

"뚜이가 웬일이니?"

"엄마, 나 한국에서 고모할머니 찾았어. 엄마와 아빠도 빨리 한국에 오시라고 고모할머니께서 말씀하셨어."

"그게 정말이니? 세상에 그런 일도 있구나. 그래 아빠와 상의해 할머니도 함께 가기로 할게."

그러자 옆에서 듣고 있던 배여사가 뚜이에게 물었다.

"무어라고 하시던?"

"아빠와 상의해 오시겠대요."

그 말을 듣는 순간 배여사는 뛸 듯이 기뻐하며 두 손을 모으고 기도하는 것이었다.

"하느님, 감사합니다. 아빠, 엄마, 기뻐해 주세요. 우리 큰오빠의 핏줄을 찾았어요. 우리 핏줄을 찾았다고요.”

하면서 두 눈에서 눈물을 주르룩 흘리고 있었다. 그날 밤 배 여사와 뚜이, 박영학은 밤을 새워가며 시간가는 줄 모르고 뚜이를 만나게 된 이야기를 끝없이 하고 있었다. 〈끝〉

3

엄마의 힘

봉필현 단편

3 엄마의 힘

5월인데 기상대에서는 벌써 폭염주의보를 발하고 있었다. 지구의 온난화 현상이라지만 폭염주의보는 너무 이른 느낌이다. 내가 날씨가 덥다고 느끼는 것은 오늘 남편이 간암완치 최종 판정을 받는 날인데 행여 더운 날씨가 남편의 간암 완치 판정에 영향을 끼치지 않을까 걱정이 되는 마음이 앞섰기 때문이다. 내가 날씨 탓을 하며 걱정을 하자 남편이 나를 보고 한마디 한다.

"뭘 그렇게 걱정을 해? 난 이미 다 나은 것 같은데 검사를 받아도 아무 이상이 없다는 판정이 나올 거야."

남편은 대수롭지 않다는 듯 말했다.

"기사, 그러면 빨리 나가서 차에 에어컨을 미리 켜놔요. 지금쯤 차 안이 한증막처럼 더울 거예요."

"예, 마님. 하하하."

남편은 기분이 매우 좋은 듯 웃으며 밖으로 나갔다. 나는 남편이 나간 뒤 화장대 앞에 앉았다. 화장대에 앉아 거울에 비친 내 얼굴을 보니 많이 예뻐졌다는 생각이다. 한 때는 내 본 얼굴을 찾지 못하고 살았던 때가 있었다. 그 생각을 하면 지금도 살에 소름이 돋는다. 그러나 이 행복이 있기 까지는 죽을 만큼 불행 속에서 허덕였던 때가 있었다. 그때 생각을 하니 쓴 웃음이

난다. 화장이 거의 끝날 즈음이었다.

"마님, 빨리 나오시지요. 차가 시원해졌습니다."

"네, 곧 나가요."

남편의 목소리가 잠시 지난 생각 속에 빠져 있던 나를 깨웠다. 나는 밖으로 나가 대문 밖에 남편이 대기해 놓은 차에 몸을 실었다. 차 안은 남편이 미리 에어컨을 켜놓아 시원했다. 내가 차에 타자 남편은 바로 차를 몰고 H병원을 향해 출발을 했다. 집에서 H병원은 그리 멀지 않아 10여 분 걸려 도착했다. 우리는 예약 환자였기에 오래 기다리지 않고서도 바로 진료에 들어갈 수 있었다. 의사는 지난번 왔을 때 찍은 사진을 보고 완쾌되었다며 축하를 해주었다.

"영상사진을 판독해 보니 이젠 간암이 깨끗이 완치가 되었습니다. 이런 예는 저로선 처음인 것 같습니다. 정말 축하합니다."

"선생님, 그동안 수고 많으셨습니다. 모두 선생님의 덕분입니다."

"별 말씀을요. 사실 저는 한 것이 없습니다. 솔직히 말씀드려 저는 의사지만 어떻게 해서 간암이 이렇게 깨끗이 나은 것인지 저도 알 수가 없습니다."

그러자 남편이 의례적인 인사치레인지 모르나 한마디 던진다.

"에이 그런 말씀이 어디 있습니까? 제 병이 나은 것은 모두 선생님 덕분입니다."

"그렇게 말씀해 주시니 감사할 뿐입니다."

우리는 그렇게 담당 의사에게 인사를 하고 병원 문을 나섰다. 병원 주차장에 세워 놓은 차를 타고 돌아오며 나는 행복의 포만감에 쌓여 있었다. 일 년 전만 해도 나에겐 이런 행복은 꿈조차도 꿀 수 없는 암울한 시간의 연속이었다.

내가 세상에 태어날 때는 흙 수저를 가지고 태어나진 않았다. 어떻게 보면 나는 금 수저를 가지고 태어났다고 보는 것이 맞을 것이다. 그러나 한 치 앞을 알 수 없는 것이 인생이다. 나는 결혼을 전제로 사귀던 우진이라는 친구가 있었다. 그 친구는 나를 볼 때마마다 이렇게 말했다. 몸은 전체적으로 아담해서 좋고 얼굴은 어디를 함께 다녀도 인물이 빠지지 않아서 좋다고 늘 입버릇처럼 말했다. 사실 나의 몸매는 쭉쭉빵빵은 아니지만 아담한 편이어서 어디에 내놓아도 인물이 빠진다는 말을 들어본 적이 없었다. 그런데 G시에서 하던 아버지의 사업이 기울어지며 우리 집은 서울로 이사를 하게 되었다. 아버지는 G시에서 꽤 큰 슈퍼마켓을 운영을 했었다. 한 때는 G시에서는 이름이 난 슈퍼마켓이었는데 어느 날 G시에 재벌 그룹의 대형 마트가 들어서며 아버지가 운영하던 슈퍼마켓은 자연스럽게 손님이 줄었다. 단골이었던 손님들이 하나 둘 대형 마트로 빠져 나가자 아버지가 운영하던 슈퍼의 매출은 급격히 떨어졌다. 아버지는 슈퍼를 팔려고 부동산에 매물로 내놓았지만 대형 마트에 눌려 매출이 없는 슈퍼를 사겠다고 오는 사람은 없었다. 그렇게 몇 달을 지내다 보니 손님은 고사하고 재고만 쌓여가는 것이었다. 아버지는 쌓인 물건들을 세일을 해서 싸게 팔고 동네 사람들이 부끄럽다며 밤으로 야간도주 하는 사람처럼 서울로 이사를 하게 되었던 것이다. 그렇게 아버지의 사업이 기울어 밤으로 이사를 하다 보니 장래를 약속했던 친구인 우진에게 연락도 하지 못한 채 서울로 오게 되었던 것이다. 그렇게 집안이 갑자기 몰락하다 보니 나는 큰 충격에 휩싸여 집안에 틀어박혀 두문불출하고 있기만 했다. 이사를 왔다 해도 서울은 처음 온 곳이라 마땅히 아는 곳이 없어 다닐 때도 없고 친구조차도 없으니 집안에 틀어 박혀 있을 수밖에 없었다. 갑자기 몰락한 것도 충격이었는데 우진에게 고향을 떠난다는 말 한마디 없이 온 것이 나에게는 더 큰 충격이었다. 아버지는 고향 사람들이 부끄럽다며 아무에게도 이사한 곳을 알리지 못하게 했다. 이사를 야반도주 하듯이 했으니 나도 모르는 아버지의 빚이 있었기에 그랬을 것이다. 그러나 아버지의 빚이 얼마인지는 정확히 난 모른다. 아버지가 밤에 남모르게 이사를 한 것을 보면 동네 사람들 부끄러워 그런 것은 아닐 것이고 우리 식구가 모르는 빚이 있었을 것이란 추측만 하고 있을 뿐이다. 우리가 이사를 한 곳은 산동네인 창신동 달동네였다. 아버지가 먼 친척이 되는 분에게 부탁을 하여 비밀리에 구입해 놓은 집이었는데 달동네 집이니 대략 머릿속에 떠올려 보아도 짐작이 갈만한 집이었다. 화장실도 집안에는 없었고 산꼭대기에 공동으로 쓰는 화장실이 있을 뿐이었다. 그러니 비가 오는 날이나 눈이 오는 날은 화장실에 다녀오기도 고역이었다. 특히 아침이면 사람들이 줄을 서서 기다려야 하는데 급할 때는 참고 기다리는 것은 정말 고역이었다. 창신동 달동네로 이사를 하고 아버지는 어디엔가 취직을 했다고 하였다. 새벽이면 어머니가 싸주는 도시락을 가지고 매일 출근을 했다. 나는 아버지가 새벽에 식사를 할 때면 이미 깨어 있었다. 아버지는 새벽에 식사를 하며 어머니와 대화를 했다. 물론 나는 두 사람의 이야기를 들으려고 듣는 것은 아니었지만 학고방 같은 집이 방음이 제대로 될 리 없었다. 그러다 보니 듣고 싶지 않아도 다 듣게 되어 있었다. 두 사람의 하는 이야기를 들어 보면 대략 아버지가 어디에서 일을 한다는 것을 알 수가 있었다.

"여보, 어젠 힘들지 않았어요?"

"힘이야 들지. 몇 번인가 계단을 내려오며 구를 번 한 것이 한 두 번이 아니었어."

"당신이 언제 그런 일을 해봤어야지."

"그래도 자꾸 하니 이력이 붙어 좀 나은 것 같아."

"조심해서 일하세요. 당신 하나에 우리 집 식구 전체의 목숨줄이 달려 있어요."

"알았어. 일이 힘들어 그렇지 벌이는 그래도 괜찮아서 먹고 사는 데는 지장이 없잖아."

두 사람의 이야기를 들어 보면 아버지가 하는 일을 대략은 짐작을 할 수가 있었다. 아버지가 하는 일은 짐을 지는 힘든 일은 맞는데 벌이는 괜찮다고 하니 과연 무슨 일인가 하고 궁금증을 불러 일으켰다. 나중에 알게 된 일이지만 아버지가 하는 일은 동대문 종합시장에서 지게를 지는 일이었다. 지게를 지는 일이 보기에는 천해 보이고 힘든 일이었지만 당시 아버지의 수입은 웬만한 월급쟁이의 몇 갑절이 되고도 남았다. 그러다 보니 아버지가 동대문에서 지게를 지고 난 후부터 집안 살림은 좋아지고 있었고 거기에 고향에서 진 빚도 많이 갚았다는 것이었다. 비록 일은 힘이 들었지만 아버지가 하는 일은 황금알을 낳는 거위와 같았다. 아버지가 서울로 이사를 한 후 3년이 되어 고향에서 지고 온 빚은 다 갚고 우리는 약수동에 반듯한 집을 사서 이사를 할 수 있었다. 집안 형편이 많이 좋아진 것이다. 그러나 돈은 되는데 문제는 아버지의 건강이었다. 아버지는 언제부터인가 몸이 바짝바짝 말라 가고 있었다. 그러더니 급기야는 식사를 제대로 하질 못했다. 할 수 없이 병원에 가서 진찰을 받아본 결과는 참담한 것이었다. 위암이란 진단이 나온 것이다. 엄마와 나는 상의 끝에 아버지가 하고 있는 지게 일자리를 팔기로 했다. 아버지가 처음 들어 갈 때에도 권리금을 주고 사서 들어간 자리인데 팔려고 권리금을 물으니 몇 갑절은 뛰어 있었다. 정확히 10배는 뛰어 있었던 것이다. 아버지가 번 돈으로 집을 샀기 때문에 병원비가 문제였다. 그러나 아버지의 자리 권리금으로 병원비는 충당이 되고도 많이 남아 있었다. 그러나 수술을 하고 방사선 치료도 받았지만 아버지는 끝내 회생하지 못하고 그 해 가을 세상을 떠나고 말았다. 그렇게 아버지가 떠난 후 나는 일 년이 지난 후 지인의 중매로 맞선을 보게 되었다. 맞선을 보게 된 남자는 하명수라는 사람이었다. 누님의 자동차 부속 가게에서 일을 하고 있었다. 그가 누님의 가게에서 하는 일은 물건을 파는 일과 여러 가지 자동차 부품을 관리하며 정리하는 일이었다. 그가 그곳에서 일을 하는 이유는 직장생활을 하는 것보다는 누님 가게에서 일을 빨리 배워 자신의 사업을 하는 것이 목표라는 것이었다. 그녀가 맞선 자리에서 그 이유를 물었다.

"왜 직장을 잡지 않고 누님 가게에서 일을 하고 있는 거죠?"

"인생은 길지 않은데 결혼해 직장생활을 하다보면 나중에 개인 사업을 한다는 것이 쉽지 않을 것 같아 아예 결혼 전에 개인 사업을 위한 초석을 다지기 위해서입니다."

"그러면 개인 사업을 하여 성공할 자신이 있습니까?"

"전 자신이 없으면 아예 시작도 안 했을 겁니다."

"자신 만만하군요."

"전 자신이 있기에 시작을 한 겁니다."

그는 말을 하는 것도 시원시원 했고 보편적 싹싹한 편이었다. 그는 그 자리에서 말했다.

"전 윤주씨가 마음에 듭니다. 전 윤주씨를 행복하게 하여드릴 자신이 있습니다. 오늘 처음 만났지만 윤주씨와 결혼하고 싶습니다."

나는 하명수라는 남자가 처음 만났음에도 그렇게 씩씩하게 결혼을 하자고 고백하는데 싫지가 않았다.

"처음 만나자 마자 결혼을 하자고 하는 것은 좀 그러네요. 저도 명수씨가 싫진 않으니 몇 번을 더 만나고 결정해도 늦진 않을 것 같습니다."

나의 말에 그의 입은 함지박만큼이나 벌어지고 있었다. 그렇게 헤어진 후 그와 나는 몇 번을 더 만난 후 결혼을 하게 되었다. 그는 내가 처음 본 것과 같이 매우 성실한 사람이었다. 그는 자신의 점포를 갖기 위해 밤낮 없이 누님의 가게에서 열심히 뛰었다. 우리는 행복했다. 행복의 씨앗인 아이들도 탄생을 했고 우리들은 아이들 재롱떠는 재미에 시간가는 줄도 몰랐다. 그렇게 해 꿈이 이루어지는 가 했는데 호사다마라(好事多魔)고 좋은 일 뒤에는 불행한 일이 온다고 하더니 경제의 불황이 불어 닥치며 누님의 가게도 불황에 시달리기 시작했다. 그 동안 아이도 둘씩이나 되니 들어가는 생활비는 늘어만 갔다.

그러나 누님 가게에서 또박 또박 나오던 급료도 불황이라며 밀리기 시작했다. 그러다 보니 점포를 갖겠다고 모아두었던 돈이 한 푼 두 푼 쓰다 보니 그 것 마저도 바닥이 나고 있었다. 이젠 더 이상 누님의 가게에서 봉급을 바라고 일을 할 수 있는 처지가 아니었다. 아무 것이라도 하지 않으면 굶어야할 처지가 되고 만 것이다. 우리 부부가 굶는 것은 문제가 되지 않았다. 문제는 아이들의 교육비와 아이들은 먹여야 했다. 남편은 그 길로 고물을 수집하러 다닌다고 컨테이너 박스를 한 채 사서 그 곳에다 방을 꾸미고 고물상을 시작했다. 거리에 나가서 박스도 줍고 고철도 주우며 닥치는 대로 고물을 모았다. 고물상에 고철 등 여러 가지 고물이 산더미처럼 쌓였다. 그러나 고통은 다시 찾아 왔다. 남편이 기운이 없다고 하며 시름시름 앓기 시작했다.

“여보, 아프면 병원에 가서 진단을 받아 봐야지요.”

“별 일이야 있겠어? 이러다가 낫겠지.”

남편은 그렇게 말했지만 내 눈에는 별 일 같지 않아 보였다. 나는 말이 나온 김에 병원에 가보자고 남편을 닦달해 병원을 찾았다. 병원의 진단결과는 간암이라는 판정이었다. 나는 하늘이 무너져 내리는 것 같았다.

“오! 주여 어찌하여 저에게 이런 고통을 주시나요? 저는 성실하게 살아온 죄뿐이 없습니다. 저의 남편을 살려 주시고 저의 가정을 지켜주십시오.”

그러나 시련은 남편으로써 그치질 않았다. 나는 어떻게든 이 시련을 이겨내기 위하여 무엇이든 닥치는 대로 하였다. 식당에서 힘에 부치는 일이었지만 남편을 살리고 아이들과 먹고 살기 위해서 일을 해야만 했다. 그러나 하늘에서 주는 시련은 남편으로는 부족했던 것 같다. 어느 날 식당에서 일을 하던 중 나는 앞이 캄캄하며 그 자리에서 쓰러지고 말았다. 전부터 머리가 아프다는 것은 느끼고 있었지만 나는 아플 수도 없는 몸이라고 생각하며 머리 아픈데 먹는 진통제를 먹으며 일을 하였던 것이다. 그 날 119 구급대에 의해 병원에 실려 간 나는 급히 머리 부분을 촬영을 하였다. 결과는 머리 부분에 종양이 있다는 것이었다. 수술을 하지 않으면 얼마 살지 못한다는 진단이 나왔다. 엎친데, 덮친 것이다. 나는 고민을 할 수밖에 없었다. 남편도 돈이 없어 간암에 대하여 변변한 치료도 받지 못하고 있었다. 그런데 나마저 뇌종양이라니 하늘이 두 번째 무너지는 것 같았다. 그대로 죽고 싶은 마음도 들었지만 두 아이들을 생각하면 죽을 수도 없는 처지였다. 정말 죽는 것도 마음대로 할 수 없는 처지가 되고 만 것이다. 그러나 일단 머리에 있는 종양은 없애야만 했다. 나는 살기 위해 형제들에게 손을 벌려야만 했다. 자존심이 강해 죽어도 손바닥을 벌리기 싫었으나 살기 위해 어쩔 수 없이 벌려야만 했다. 그렇게 해 모아진 돈으로 나는 수술을 받을 수 있었다. 그러나 수술로써 끝날 일은 아닌 것 같았다. 수술을 하고 나니 한쪽 눈이 감기질 않았다. 또 입이 틀어져 정상적인 얼굴이 아니었다. 머리의 종양을 제거하는 과정에서 얼굴의 한 쪽 신경이 잘려 나갔기 때문이었다. 키는 크지 않았지만 균형 잡힌 얼굴과 몸매가 하루아침에 얼굴 한 쪽이 없는 괴물이 되어버린 것이다. 나는 거울에 비친 나의 괴물 같은 얼굴을 보며 처음엔 괴성을 지르며 미친 듯이 울었다. 그런 모습으로는 살 수 없을 것 같았다. 나는 그날부터 대학병원이란 병원은 모두 찾아 다녔다. 어떻게든 나의 예전 얼굴을 되찾고 싶었기 때문이었다. 그러나 찾아간 병원마다 하는 말은 더 이상 현대의학으로는 고칠 수 없는 병이란 말만 들을 수 있었을 뿐이었다.

나는 체념한 상태에서 생활을 할 수밖에 없었다. 그래도 살아야 했기에 식당에 나가 설거지 하는 일을 했지만 얼마간 일도 하지 못하고 쓰러지기 일 수였다. 쓰러지고 난 나는 더 이상 식당에 나가 일을 할 수 없는 처지가 되고 말았다. 내가 자주 쓰러지는 것이 소문이 나, 나를 써주는 곳이 없어 일할 곳이 없었기 때문이었다. 그렇게 집에서 놀고 있으니 이제 중학생이 된 아들이 어느 날 고기 집에서 알바를 해 번 돈이라며 40만원을 내놓는 것이었다.

"엄마, 나 이돈 다른 아이들처럼 알바해서 나도 용돈으로 쓰려고 번 것이었어. 그런데 내가 알바라도 하지 않으면 우리 식구가 굶어 죽게 되었는데 내가 이 돈을 어떻게 용돈으로 쓰겠어. 엄마, 나 소년 가장이 된 것 같아."

하고 눈물을 흘리는 것이었다. 나는 어린 아들을 끌어안고 울었다.

"아가, 울지마. 엄마가 죽더라도 너 고생 시키지 않을게."

나는 어린 아들을 안고 그 날 실 컷 울었다. 그리고 다음 날 나는 식당으로 다시 나가 일자리를 찾았다. 괴물 같은 내 모습을 보고 밖에서 하는 일보다는 안에서 설거지라도 하라며 일을 시키는 것이었다. 그러나 몸이 쇠약할 대로 약해진 내 몸으로서는 식당에서도 오래 일을 할 수가 없었다. 우리가 먹고 사는 것은 아들이 알바해서 벌어 오는 40만원이 전부였다. 반찬 같은 것을 사다가 먹는다는 것은 상상할 수도 없는 일이었다. 쌀만 있으면 밥은 먹을 수 있으니 쌀을 사다가 밥을 해 간장에 마가린을 넣고 비벼 먹는 게 고작이었다. 그렇게 살고 있을 때 누군가 와서 돈을 벌 수 있다고 함께 가자고 하였다. 나는 돈을 벌수만 있다면 지옥에라도 가야할 입장이었다. 나는 돈을 벌 수 있다는 말에 홀려 그 사람을 따라갔다. 그곳에는 많은 사람들이 와서 단상에서 강의를 하는 강사의 말을 열심히 경청하고 있었다. 한 두 달만 하면 수십 억대를 벌 수 있다는 말에 나의 가슴은 두루 방망이질을 치기 시작했다. 나는 그곳에서 요구하는 돈을 넣고 일을 시작했다. 그러나 그것은 모두가 헛것이었다. 힘들게 사람을 모아 사업이 될 것 같으면 회사는 돈을 챙겨 문을 닫고 마는 것이었다. 그간 3~4개월간 죽을힘을 다해 뛴 것들이 헛고생이 되고 마는 것이었다. 그간 형제들에게 바로 준다고 하며 빌려온 돈이 얼마인지도 모를 지경이었다. 나는 몸과 마음이 지쳐갔다. 더 이상 아무 것도 할 수가 없었다, 그러는 동안 남편의 간암은 많이 진행된 듯 했다. 얼굴이 검게 변하여 병색이 완연했다. 그러나 돈이 있어야 병원을 가는데 돈이 원수였다. 사람을 생으로 죽일 수밖에 없는 지경에 이른 것이다. 나는 이제 비상수단을 쓸 수밖에 없었다. 우선 전세로 있는 집을 줄여서 월세 집으로 이사를 하기로 한 것이다. 그렇게 해서라도 남편의 간암 수술을 받게 하여야 했다. 병원의 진단은 암이 걸린 간을 제거해야만 한다는 것이었다. 집을 내놓자 집은 바로 나갔다. 작은 집을 얻어 이사를 하고 집을 정리한 후 남편을 병원에 입원을 시켰다. 병원에서 수술하기 전 검사를 마치고 바로 수술에 들어갔다. 수술을 집도하는 의사의 소견은 수술이 잘되었다는 것이었다. 잘되었다는 소리를 들으니 마음 한구석이 편안해졌다. 그렇게 20여일을 입원 후 남편은 퇴원을 했다. 그러나 퇴원 후 잘 먹어야 되는데 현재의 집 형편으로서는 환자에게 잘 먹일 수 있는 여건이 아니었다. 수술을 한 남편은 몸이 완전치 않아 일을 할 수가 없었다. 시간이 가도 남편의 몸은 크게 호전되는 것 같지 않았다. 그러던 중 교회 집사님의 소개로 열(熱)로 사람을 마사지 하는 곳에서 일자리를 얻어 일을 하게 되었다. 내가 열심히 하니 나에게 딸린 단골이 많이 늘었다. 수입은 날로 좋아졌다. 그렇게 어렵게 살던 집안이 내가 마사지를 하는 바람에 생활이 많이 호전이 된 것이다. 그러나 남의 집에서 하는 마사지가 크게 돈을 벌 수 있는 것은 아니었다. 그저 식구들이 안정되게 살 수는 있었으나 좀처럼 돈이 모아지지는 않았다. 그런데 나에게 돈을 벌 수 있는 기회가 찾아왔다. GMN이라는 회사에서 취급하는 상품인데 그 상품을 지금 일하는 사무실을 개조해 판매를 하게 된 것이었다. 그동안 열로써 마사지를 하는 기계도 사실은 GMN회사의 상품이었다. 열 마사지를 하면서 건강식품도 판매하고 있었던 것이다. 그런데 마사지를 하는 것으로서는 회사의 수지타산을 맞출 수가 없었다. 개인적으로는 좋으나 회사의 입장에선 적자였기에 과감하게 마케팅을 바꾸게 된 것이다. 회사의 마케팅이 바뀌며 방문판매에서 네트워크 방식으로 바뀐 것이다. 그렇게 되면 수입이 훨씬 배가 될 수 있는 마케팅이라는 것이었다. 함께 일하는 사람들이 환호를 했다. 그러나 나로서는 꼭 좋아해야만 할 일은 아니었다. 지금 것 안정된 일터를 만들어 놓았는데 별안간 다른 일로 바뀐다는 것은 일종의 모험과 같았기 때문이었다. 사실 내가 일하는 마사지실에는 장성급들부터 쟁쟁한 사람들이 드나들었다. 그들이 모두 나의 단골손님들이었다. 그들만 관리를 잘해도 나는 계속 안정된 수입을 올릴 수 있었다. 그런데 별안간 다른 것으로 바꾼다니 나로서는 수긍이 가질 않았다. 그러자 마사지실 주인인 원장이 말했다.

"아무 걱정하지 말아요. 내가 그만한 수입은 보장해 줄게요."

하며 나를 다독이는 것이었다. 나는 진정성 있는 그의 말에 그를 신뢰하기로 하고 그 일을 시작하기로 하였다. 마사지실 원장의 말에 내가 수긍을 한 것은 그도 많은 실패를 통하여 여기까지 온 것을 내가 너무도 잘 알고 있었기 때문이었다. 그가 걸어온 길을 나열하려면 이루 헤아릴 수 없지만 그 고통을 이겨내고 여기까지 온 것만 보아도 믿음이 가고도 남았다. 그는 원래가 고아였다. 부모가 누군지 전혀 아는 게 없었다. 자신이 지금 쓰고 이는 성씨(姓氏)도 자신의 성씨인지 잘 모르고 있었다. 보육원에서 원장이 준 성씨를 쓰고 있다는 것이었다. 처음 내가 이곳에 올 때도 나는 여러 곳에서 많은 피해를 보았기에 이곳에 올 마음이 전혀 없었다. 그러나 마사지실 원장의 끈질김 때문에 이곳에 뿌리를 내리게 된 것이었다. 내가 입이 삐뚤어지고 눈이 감기지 않아 대학병원이란 병원은 다 찾아 다녔지만 나의 병을 고칠 수 있다고 하는 곳은 단 한군데도 없었다. 그렇게 절망에 빠져 있을 때 나를 이끌어 이렇게 가정의 안정을 찾게 하여준 사람이 바로 원장이었다. 나를 이곳에 데려오기까지의 에피소드는 원장이 강의를 할 때 들어서 많은 사람들이 알고 있는 일이다.

내가 얼굴이 함몰이 되어 집에만 틀어박혀 있을 때였다. 어느 날 내가 다니는 교회의 여 집사님이 전도사와 함께 우리 집을 방문 하였다.

"요즘 어떻게 살고 있어요? 힘들다는 이야기는 들으면서 찾아뵙지를 못해 늘 마음이 편치를 않았어요. 오늘 전도사님과 함께 기도 좀 해드리려고 왔습니다."

"감사합니다."

그렇게 전도사가 기도를 마치고 사는 이야기를 나누다가 노인 집사님이 일어서려고 하며 가방에서 무언가를 꺼내놓았다.

"이거 몸에 좋은 건강식품인데 이것을 먹고 병을 고친 사람들이 꽤 있어요. 그래서 좀 가지고 왔는데 한번 먹어보고 좋으면 사서 먹도록 해요."

하고는 방에 놓고 가는 것이었다. 나는 그때만 해도 그 건강식품이라는 것에 관심이 없었다. 그래서 방 한구석에 방치해두고 있었다, 그러다가 한 달 여가 지난 후 그냥 두기도 뭐하고 노인 집사님이 성의를 가지고 가져온 것인데 그대로 방치를 해두는 것은 도리가 아니라는 생각이 들었다. 그래서 하나를 따서 먹어보니 맛이 괜찮았다. 그래서 삼일 간 먹어 보니 나의 몸에서 이상한 현상이 일어나는 것을 감지할 수 있었다. 바로 오른쪽 얼굴에 신경이 미세하게 살아나는 것을 느낄 수가 있었다. 너무도 신기했지만 마음 한구석에서는 설마 하는 마음도 도사리고 있었던 것 또한 숨길 수 없는 사실이었다. 그러나 노 집사님이 갖다 준 것을 다 먹을 때까지 미세하게 호전됐던 얼굴은 감기지 않았던 눈꺼풀이 조금씩 움직이기 시작했다. 여러 대학병원에서도 더 이상 현대의학으로서는 치료가 불가능하다고 판정을 받았던 나의 얼굴이 살아나고 있는 것이었다. 나는 급히 여 집사님을 찾아가 대문의 벨을 눌렀다.

"누구세요?"

하고 여 집사님의 목소리가 들렸다.

"저 윤주입니다. 황윤주요."

"아, 황집사님? 어서 와요."

하며 문을 열어준다. 그리고 내가 현관으로 들어가자 손을 반갑게 잡고 안으로 안내했다.

"아유, 황집사님이 웬일이유, 우리 집에 방문을 다하시고."

그런 말을 들을 만 했다. 나는 내 얼굴 한쪽이 그렇게 된 후부터 어느 집에도 가질 않았다. 누가 나를 이상하게 보는 것 같은 자격지심 같은 것이 있었기 때문이었을 것이다. 그러나 지금은 누가 보든 말든 그런 것 따질 상황 아니었다. 노 여집사님이 갖다 준 작은 곽에 있는 식품을 먹고 미세하지만 반응이 왔는데 양을 좀 더 늘려서 먹는다면 분명 차도가 있을 것 같은 예감이 들었기 때문이었다.

"집사님, 지난번 저의 집에 전도사님과 함께 오셨을 때 저에게 먹어보라고 주시고 가신 것이 있었지요?"

"아, 작은 곽에 들은 것 말하는 거예요?"

"네, 맞아요. 그거 어디가면 구할 수 있어요?"

"그거 SD동 사거리에 있어요."

그러면서 여 집사님은 자세히 위치를 가르쳐 주는 것이었다. 나는 그 길로 SD동 사거리로 찾아 갔다. 내가 사는 집과 그리 거리가 멀지 않았다. 그곳은 3층의 건물이었는데 그곳에 올라가니 사무실 끝에 지금의 원장이 앉아 있는 것이었다. 그

것이 마사지실 원장과의 첫 만남이었다. 나는 사무실에 들어가여 집사님이 주었던 견본을 내밀고 원장한테 물었다.

"이것을 여기서 구입했다고 하는데 이 상품을 구입할 수 있을까요?"

그러자 원장이 말했다.

"구입할 수는 있습니다. 그러나 그냥 판매를 하는 것이 아니고 이곳에서 일을 하는 사람에게만 판매를 할 수 있답니다."

즉 개인에게는 팔 수 없다는 말이었다,

"그렇다면 여기에서 일을 해야만 한다는 얘기네요."

"그렇지요."

나는 망설일 수밖에 없었다. 결국은 이 상품도 방판을 하는 식품인 것이다. 지금까지 다단계에 몸담고 일하며 피해만 봤던 나로서는 크게 내키지 않았다. 그러나 한편으로서는 상품에 대한 미련이 있어 쉽게 포기하기도 어려운 실정이었다. 그간 대학병원이란 곳은 모두 찾아 다녔지만 현대의학으로서는 더 이상의 병에 대한 진전은 없을 것이란 진단을 받은 나로서는 포기란 쉽지 않았다.

"사업을 하기 싫으면 매일 이곳에 와서 앉아만 계십시오. 대신 내가 월급 정도의 돈은 드릴 수 있으니까요."

얼굴에 아무런 감정의 표현도 없이 던지는 말이었는데 나에겐 진정성 있게 들렸다. 나는 그 말을 듣고 상품을 가지고 온 돈 만큼만 구입을 하고 매일 출근을 했다. 구입한 상품은 역시 나에겐 효력이 있었다. 감기지 않던 눈이 감겼다. 눈꺼풀이 감긴다는 것은 신경이 살아났다는 증거였다. 나는 그곳에서 일을 하기로 결심을 했다. 매일 출근해 앉아만 있던 내가 일을 한다고 하니 그렇게 하라며 마사지 하는 것을 가르쳐 주었다. 나는 뜨거운 열로 사람의 몸을 마사지하는 일이 나와는 맞는 것 같았다. 식당에서 일을 할 때는 일이 일이 힘들었는데 마사지 하는 일은 힘들지 않았고 마사지를 받은 사람들의 몸이 좋아지는 것을 매일 확인하는 것도 기분 좋은 일이었다. 그렇게 일을 하다 보니 나에게 단골손님도 많아졌다. 한 달을 하고 나면 제법 수입도 많은 편이었다. 그렇게 힘들던 집안 살림도 많이 좋아졌다. 나는 돈을 벌게 되니 마사지해서 번 돈으로 내가 필요한 건강식품을 쉽게 구입할 수 있었다. 그렇게 건강식품을 구입해 먹으며 행운은 나에게 부터 찾아왔다. 그 상품을 복용하며 함몰되었던 얼굴이 살아나기 시작했다. 얼굴이 살아나니 자연이 삐뚤어졌던 입도 정상으로 돌아오기 시작했다. 그러자 예전의 얼굴을 다시 찾은 나로서는 사업을 자신 있게 할 수가 있었다. 어디에 내놓아도 그리 빠지는 인물이 아니었기에 정상적으로 돌아온 나의 얼굴로서는 다시 자신감을 가지고 일에 매진할 수 있게 되었다. 일에 대한 자신과 살아난 얼굴로 인해서 나는 청중들 앞에서 자신감이 충만한 가운데 강의를 할 수 있었다. 시간이 갈수록 강의에 대한 자신감이 붙자 연일 많은 청중들 앞에서 열변을 토할 수 있었다. 상품에 대한 매출도 뛰기 시작했다. 사람이 많이 붙게 되니 수입은 기하급수적으로 늘기 시작했다.

한 때는 암 가족이라는 생각 때문에 기를 펴지 못하고 살기도 했지만 한번 들어오기 시작한 행운은 노력의 대가치고는 분명히 달콤한 것이었다. 그러기에 나는 미친 듯이 일을 했던 것 같다. 매출이 오르니 나의 이름은 자연스럽게 본사에도 알려

지며 나는 전국구 스타가 되어가고 있었다. 회사 내에서는 황윤주 하면 모르는 사람이 없었다. 네트워크 사업이라 처음부터 일이 술술 풀린 것은 아니었다. 네트워크 사업은 일반적으로 다단계라는 취급을 받기에 사회적으로는 인식이 별로 좋지 않았다. 그러나 시간이 가며 많은 사람들이 몰려와 나에겐 상당한 수입이 발생하기 시작했다. 그러나 행운은 거기에 그치지 않았다. 간암 수술을 하고도 몸이 회복이 되질 않았던 남편이 내가 먹는 건강식품을 복용하고부터 좋아지기 시작한 것이다. 그리고 심한 아토피로 인하여 고생을 하던 딸도 피부가 호전되기 시작했다. 말하자면 온통 암 가족이라고 불러도 될 우리 집이 병이 좋아지며 집안에 웃음꽃이 피고 활기를 찾기 시작한 것이다. 한마디로 말해 살맛이 나기 시작한 것이다. 거기에 사업은 마른 가지에 불이 붙어 활활 타오르듯이 성업 중이었다. 많은 사람들이 나의 모습을 보고 몰려들었다.

그 중 한 사람은 유명 병원의 수간호사였는데 폐에 종양이 있어 3개월을 넘기지 못한다는 진단과 함께 매일 입에서 피를 쏟고 있다는 것이다. 그런 사람이 처음엔 믿지 못하여 달려들지를 못했다. 그래서 조금씩 사다가 먹어 보라고 권하자 그렇게 한 후 폐가 호전이 되자 그 사업에 뛰어들었다. 그 제품은 단백질이었는데 누에를 원료로 하는 것이었다. 많은 사람들이 효과를 보자 구름같이 몰려들기 시작했다. 나의 삶은 하루아침에 달라졌다. 명절이나 추석이 닥치면 늘 괴롭기만 했었다. 없는 돈을 짜내어 3~4만원 가지고 나가면 살 것이 없어 그냥 돌아오기 일 수였는데, 지금은 돈이 풍족하니 사놓고 배달을 해 달라면 집에까지 척척 배달해 주는 것이다. 거기에 그치지 않고 함께 일하는 부하직원들이 보내오는 선물이 처치곤란 할 정도로 많았다. 완전히 상전벽해(桑田碧海)라고 해도 무방할 정도였다. 내가 사는데 걱정이 없어지니 못사는 형제들이 걱정이 되는 것이었다. 내가 힘들 때는 형제들이 어떻게 사는지 돌아볼 여유도 없었는데 이제 생활에 여유가 생기니 자연히 형제들의 삶의 질에도 걱정을 하게 된 것이다. 물론 나의 노력과 형제들의 노력으로 그들도 생활이 윤택해진 것은 말할 필요가 없다. 그리고 아토피 때문에 병원에서 피부를 긁어 침대에 매어놓고 있던 딸아이도 그 식품을 먹고 완전히 치료가 되었다.

또 매일 나와 함께 같이 그 식품을 복용했던 남편도 간암이 완치가 되었다는 판정을 받은 후 전에는 곁에서 함께 잠을 자지도 못하던 남편이 지금은 건강을 완전히 되찾고는 자꾸 잠자리에서 나를 귀찮게 한다. 실은 귀찮은 것이 아니고 남편의 몸이 정상인이 되니 나로서는 인간의 생리욕구 중 하나인 부부간의 정상적인 생활을 되찾은 것이다. 〈끝〉

4

가난한 자를 위한 슈바이처의 꿈

봉필현 단편

4 가난한 자를 위한 슈바이처의 꿈

내가 동네 의사인 김형규 선생님을 알게 된 것은 순전히 우연이었다. 몸이 아파 병원에 들렀는데 그 것이 계기가 되어 그와 친한 사이가 되었던 것이다. 그냥 손님과 의사의 관계로 의례적인 만남이었다면 이렇게 김형규 선생님의 옛 과거부터 알지는 못했을 것이다. 내가 오래 전부터 대체의학을 공부하고 있었기에 의학에 대한 관심이 많아 김형규 선생님께 이것저것 묻다보니 선생님과 더 가까워질 수 있었던 계기가 되었을 것이다. 내가 대체의학에 대하여 관심을 갖게 된 것은 내가 하던 사업이 도산을 하여 집에서 쉬고 있을 때 이웃의 친구가 대체의학을 배우는 곳에 나가고 있으니 함께 해보자고 하여 따라가게 된 것이 계기가 되었다. 내가 그냥 따라간 것이라면 관심도 갖지 않았을 것인데 내가 몸이 좋지 않아 간 것이지만 그 치료를 받고 몸이 거뜬히 나았고 또 전부터 인체학(人體學)에 대하여 관심이 많았던 나였기에 끝까지 공부를 하게 되었던 것이다. 그러다 어느 날 감기로 인하여 김형규 선생님의 병원에 들렀을 때 하얀 백발의 머리에 곱게 늙어가는 모습이 인자해 보여 내 마음이 끌렸다. 처음엔 진찰을 받으며 몇 마디 했던 것이 인체에 대한 화제로 확대되며 현대의학과 대체의학의 차이점에 대하여 의견을 나누게 되었던 것이다. 현대의학에서는 사람에게 있는 기(氣)를 인정치 않으나 동양의학에서는 사람에게서 흐르는 기(氣)를 인정을 한다. 사람이 기(氣)가 죽으면 풀이 죽지만 기(氣)가 살면 힘이 솟는다. 그것은 맞는 말이다. 내가 배운 대체의학에서도 사람의 몸에는 기(氣)가 흐르고 있다는 것을 인정하고 또 그렇게 가르치고 있다. 그러다 보니 김형규 선생님과 현대의학과 대체의학의 차이점에 대하여 궁금한 점이 있어 그것을 알아보기 위해 내가 더 가깝게 다가갔던 것 같다. 처음엔 모른다고 하였으나 내가 배운 대체의학을 환자들에게 시험을 하여 좋은 반응이 나오자 차츰 인정하는 쪽으로 기울기 시작했다. 실제로 그곳 병원에서 치료가 안 되는 환자들을 나는 쉽게 치료 시연을 통해서 보여 주었다. 그러한 대체의학 치료법에 대하여 김형규 선생님은 놀라워했지만 우리나라 실정에서는 인정을 하여주지 않으니 아쉬울 뿐이라고 했다. 그러면서 미국과 같은 나라에 가면 당장에라도 의사 면허를 취득할 수 있을 것이란 말을 하는 것이었다. 미국은 전부터 대체의학을 인정하고 대체의학을 통해서 병을 치료하는 인구가 엄청 많아졌다는 것이다. 그러면서 김형규 선생님은 자신이 왜 의사가 되었는지에 대하여 가감 없이 이야기해 주었다. 40대의 대체의학 연구자와 80대의 현대의학 의사가 연령의 차이를 떠나 친구처럼 아무런 편견도 없이 의학에 대한 토론을 할 수 있었다는 것은 쉽지 않은 일이었다. 내가 김형규 선생님과 의학에 대한 토론을 할 수 있었던 것은 김형규 선생님이 대체의학에 대한 편견 없이 모든 걸 긍정적으로 인정해 주었기 때문이다. 김형규 선생님은 저녁 무렵 병원 일이 끝난 뒤 조용히 만나기로 약속을 했기 때문에 토론이 이루어질 수 있었다.

"선생님, 피곤하지 않으십니까?"

"피곤이야 하지만 서로 토론을 통하여 더 좋은 치료를 할 수 있는 토대를 마련 할 수 있다면 그보다 좋은 일이 어디 있겠어요."

"감사합니다."

김형규 선생님은 아버지의 권유로 법관이 되려고 했던 사람이었다. 그러나 선생님이 의사가 된 것은 친구 때문이라 했다. 그 친구가 아니었으면 그는 의사가 아니고 아버지가 원하던 검사나 판사가 되었을지도 모른다는 것이었다. 그는 그때만 해도 아버지의 권유에 따라 법학도를 꿈꾸는 고등학생이었다. 그러던 그가 친구에 의해서 180도 다른 길을 선택하게 되었던 것이다. 그렇게 김형규 선생님의 이야기는 시작 되었다.

어느 날이었다. 김형규와 한 마을에서 태어나 함께 자랐고 같은 학교에 다녔으며 같은 교회에 나가던 가장 친했던 친구인 백윤필이 갑자기 쓰러졌다는 소식을 다른 친구를 통해서 듣게 되었다.

"형규야, 윤필이가 복막염으로 쓰러졌대."

"뭐? 윤필이가?"

"응, 지금 병원에 있는데 빨리 수술 하지 않으면 생명이 위태롭대."

"알았어. 지금 윤필이가 어느 병원에 있대?"

"지금 윤필이 광화문에 있는 ○○병원에 있대."

"응, 알았어."

대답을 하고는 형규는 윤필이 입원하고 있다는 병원을 향하여 급히 달려갔다. 윤필은 복막이 터진 것을 알고 있는 것 같았다. 그는 감겨질 듯한 눈을 가늘게 뜨고 형규를 쳐다보고 있었다.

"형규왔니?"

"윤필아, 많이 아파?"

"응."

"조금만 기다려. 내가 빨리 가서 아버지께 말씀드려 수술을 받게 할께."

"형규야, 고마워."

"아니야. 우리 집은 부자잖아."

윤필에게 그렇게 말하고 형규는 급히 아버지께 달려갔다. 시간이 촉박했기 때문이었다. 바로 수술을 하지 않으면 윤필이는 죽고 말 것이었다.

"아버지, 내 친구 윤필이가 죽어가고 있어요. 윤필이 좀 살려 주세요.."

"응, 그래, 윤필이란 아이 어머니가 삯바느질하며 살고 있다는 친구잖아?"

"네, 아버지, 윤필이 나와 같이 교회에도 함께 다니는 친구잖아요. 그 윤필이가 맹장이 걸렸는데 수술을 받지 못해 맹장이 터져 복막염이 되었대요. 복막이 터지면 사람이 죽는다잖아요. 윤필이 지금 한시가 급해요. 윤필이 좀 살려 주세요. 아버지."

"그래?. 복막이 터졌다고? 위험하겠구나. 빨리 가야겠다."

아버지는 복막염이 되었다는 말을 듣고 급히 서둘러 형규와 함께 병원으로 향했다. 그러나 병원에 도착을 했을 때는 이미 윤필은 차가운 시체로 변해 하얀 시트에 덮여 있었다.

"백윤필 학생 이미 사망했습니다."

병원 안내인이 말했다.

"윤필아, 내가 아버지와 함께 왔는데 왜 그리 빨리 갔어? 흐흐흑흑."

형규는 침대에 누워 있는 윤필을 부둥 켜 안고 몸부림치며 울었다. 매일 눈만 뜨면 붙어 다니던 친구가 어느 날 갑자기 곁을 떠난 것이다. 그때였다. 몸부림치며 울고 있는 형규 곁으로 한쪽 구석에서 슬픔을 억누르고 있던 윤필의 어머니가 다가왔다.

"형규야, 그만 울어. 우리 윤필이도 너의 마음을 알거야. 흐흐흑."

"어머니, 죄송합니다. 제가 조금만 더 빨리 아버지께 알렸으면 윤필이가 살 수 있었을 텐데..., 흐흐흑흑."

"형규야, 인명(人命)은 재천(在天)이란다. 너무 자책하지 마라. 윤필이 떠나며 너에게 전해 달라고 한 말이 있단다."

"네? 윤필이가요?"

"그래, 먼저 간다며 미안하다고 하더구나. 먼 훗날 예수님이 재림하여 오실 때 다시 만나자고 했어. 우리는 믿음을 가진 백성이기에 다시 만날 희망이 있잖니?"

윤필의 어머니는 도리어 슬픔을 참고 형규를 위로하는 것이었다.

"윤필 어머니, 감사합니다. 저는 이제 윤필이와 같은 불행한 사람들을 만들지 않기 위해 의사가 될 겁니다. 그래서 돈 없어 치료를 받지 못하는 불우한 사람들을 위한 의사가 되렵니다."

"형규야, 고맙다. 너는 꼭 훌륭한 의사가 될 수 있을 거야."

윤필의 어머니와의 대화를 옆에서 아버지는 묵묵히 듣고만 있었다. 형규가 윤필의 어머니와 이야기를 하며 계속 눈물을 흘리자 윤필의 어머니가 손으로 형규의 눈물을 닦아 주었다. 형규가 눈물을 닦는 윤필의 어머니 손을 잡으니 손이 무척이나 거친 것을 느낄 수 있었다.

"윤필 어머니, 손이 너무 거치네요."

"응, 그간 윤필 아버지 죽고 윤필이와 살려고 안 해본 것 없이 다했지. 윤필이를 잘 키우려 했는데 내게는 그런 복도 없는 것 같구나."

뒤에서 형규와 윤필의 어머니의 대화를 묵묵히 듣고 있던 아버지가 말했다.

"윤필이 어머니시구나. 진즉에 인사 좀 시켜주지 그랬니?"

"아, 아버지, 경황이 없었어요. 윤필 어머니, 저의 아버지십니다."

"안녕하세요? 일부러 여기까지 와 주셔서 감사합니다. 뭐라 감사의 말씀을 드려야 할지 모르겠습니다."

"아닙니다. 우리 형규가 조금만 일찍 알았어도 윤필이를 살릴 수 있었는데 애석하기 그지 없습니다."

"그게 다 윤필이의 명(命)인걸 어쩌겠습니까? 저의 누추한 이곳까지 와 주셔서 감할 다름입니다. 안녕히 가십시오."

그렇게 인사를 하고 아버지는 집으로 갔다. 형규는 그날부터 윤필의 장례를 치를 때까지 병원에서 꼬박 지냈다. 결혼을 한 사람도 아니었고 집에 돈이 없는 관계로 윤필이 죽은 지 하루 만에 장례는 치러졌다. 윤필의 시신은 홍제동에 있는 화장터에서 화장을 한 후 한강에 뿌려졌다. 윤필과 가장 친했던 친구였기에 윤필의 유골은 형규가 직접 한강에 뿌렸다. 형규는 그 길로 돌아와 약 3일간을 잠에 빠져 있었다. 3일이 지난 후 일어나 정신을 차리고 자신이 가야할 길을 골똘히 생각했다. 지금까지 아버지와 약속한 대로 법대를 가는 것은 자신의 길이 아니란 결론을 내렸다. 일단 결론이 내려지자 아버지에게 말했다.

"아버지, 저 드릴 말씀이 있습니다."

"무슨 일이냐?"

"저 며칠간 깊이 생각하고 아버지께 드리는 말씀입니다."

"그래, 해보아라."

"저, 지금까지 아버지께 약속하길 법대에 가기로 했던 것 아시지요?"

"응, 그랬지."

"그런데 그 약속을 취소해야 되겠습니다."

"어째서?"

"이번에 윤필이가 죽는 것을 보며 제가 가야할 방향을 알게 되었습니다."

"그게 무슨 말이냐? 네가 가야할 방향을 알게 되었다니?"

"전 애초부터 법대에 갈 사람이 아니었습니다. 전 윤필이와 같은 불행한 사람을 구제하기 위해서라도 의대로 가야 한다는 이야기입니다."

"내 생각에도 의대에 가는 것이 그리 나쁜 것 같지는 않다. 아직 늦지 않았으니 네 생각대로 해라."

아버지는 아무런 이의 없이 형규의 의견을 존중해 주었으나 표정은 그리 밝은 것 같지는 않았다. 아버지는 애초부터 김형규가 법대에 가기를 희망했는데 하루아침에 형규의 마음이 바뀌었으니 마음이 좋을 리는 없었을 것이다. 그러나 아버지는 형규의 의견을 존중해줬다. 아버지는 자신이 원하는 방향보다 아들이 원하는 것이라면 막을 생각이 없었다. 모든 일은 본인이 택하여 가야 실패를 해도 후회가 남지 않는다는 것을 잘 아는 아버지였다. 또 아버지로서는 어차피 같은 사(師) 자가 들어가는 의사(醫師)나 판사나 같다고 생각을 했는지 모른다. 어느 부모고 자식이 잘되는 것을 싫어할 부모는 없기에 아버지의 생각도 여느 부모와 다를 바 없다는 생각이었다. 아버지 판단으로는 판사나 의사나 사회적으로 존경 받는 대상은 같을 것이란 생각이었을 것이다. 그는 아버지의 허락을 받은 후 그날부터 밤을 새며 공부를 하였다. 입학전형 시기가 되어 그는 Y대 의대에 진학하기 위해 원서를 제출했다. 밤을 새워가며 공부한 덕이었는지 그는 Y대 의대에 우수한 성적은 아니었지만 일단 합격을 하였다. 그리고 본과까지 6년을 공부하고 인턴으로 Y대학병원에서 일을 하게 되었다. 그러나 그는 그곳에서 일을 하며 의술에 대한 한계를 느끼게 되었다. 그러자 새로운 의술을 배우고 자 하는 욕망이 마음속에서 싹터오기 시작했다. 아무래도 그가 몸담고 있는 Y대학병원은 그가 배우고 싶은 의술을 충족 시켜주기에는 부족한 면이 많았다. 그때만 하더라도 우리나라의 의술은 보잘 것 없는 수준이었기 때문이었다. 그래서 그는 우리나라 보다는 의술이 더 뛰어난 일본으로 유학을 가기로 결심을 한 것이다. 우선 아버지와 의논이 이루어져 허락을 받아야만 했다.

"아버지, 드릴 말씀이 있습니다."

"오, 그래? 어디 무슨 말인지 들어나 보자구나."

"저 아무래도 일본으로 유학을 다녀와야 되겠습니다."

"무슨 일로 유학을 가려 하느냐?"

"지금까지 대학병원에 인턴으로 근무를 하고 있지만 저는 의사로서는 자꾸 한계를 느끼곤 합니다. 즉 말하자면 한국에서는 더 이상 의술의 발전이 없을 것 같습니다. 일본이 우리보다 의술이 훨씬 앞서 있으니 일본에 가서 선진 의술을 배우고 싶습니다."

"음, 네 말에도 일리는 있다. 좋은 생각 같구나. 생각을 해보자구나."

자식이 선진 의술을 배우겠다는데 아버지는 반대보다는 찬성을 하는 쪽이었다. 생각을 해보자고 했던 며칠이 지나도 말이 없었다. 그리고 일주일이 흐른 뒤 아버지께서 그를 보자며 아버지 방으로 들라고 했다.

"형규야, 내가 그동안 여기저기 알아 봤는데 일본으로 가려면 동경에 있는 국립대학인 동경대학으로 가는 것이 좋다고 하더구나. 국립대학에다 학비도 다른 대학에 비해 저렴하다고 하고 의료진도 대단한 사람들로 구성이 되어 있다고 하더라. 바로 수속을 하기로 하자. 어차피 가려고 마음먹었으니 쇠뿔도 단김에 빼랬다고 할 일이라면 하루라도 빨리 실행에 옮기자꾸나..."

아버지는 마음에 작정을 하면 망설이는 일이 없었다. 그렇게 아버지의 주선으로 그는 일본 동경에 있는 국립대학인 동경대학으로 유학을 하게 된 것이다. 그곳에서의 일정은 2년으로 하고 떠났다.

2년간 그는 최선을 다하여 공부를 했다. 우리나라에 없는 새로운 선진의술을 하나도 소홀함이 없이 배웠다. 그동안 Y대학에서 배우지 못했던 선진기술을 열심히 습득했다. 그렇게 공부와 병행해 의술을 익히니 2년이란 시간은 빠르게 지나갔다. 이제 선진 기술을 습득 했으니 고국으로 가서 배운 기술을 다른 사람들에게도 전수해야 하고 고국엔 없는 치료법이니 많은 사람들에게 혜택을 줄 수 있을 것이라는 생각으로 귀국을 하였다. 그는 고국으로 돌아와 다시 Y대학병원에서 근무를 시작했다. 그곳에서 약 3년을 있었다. 그러나 3년을 Y대학병원에서 일하며 마음에 느낀 것은 대학병원에서는 자신의 소신대로 일을 할 수 없다는 것을 깨달은 것이었다. 대학병원에 매인 몸이기에 정말 도와주어야 할 사람들을 도울 길이 전혀 없는 것이었다. 그는 고민 끝에 Y대학병원에 사표를 냈다. 그리고 잠시 쉬면서 아프리카로 떠날 준비를 하고 있었다. 슈바이처의 이야기를 들으며 슈바이처와 같은 생을 살고 싶었다. 아프리카에는 의료시설이 너무도 열악하여 의료 혜택을 받지도 못한 채 죽어가는 사람들이 부지기 수였다. 그래서 자신도 슈바이처처럼 아프리카로 가기로 결심을 하고 준비를 하고 있었다. 그러나 그가 아프리카로 떠나지 못할 일이 생겼다. 그가 아프리카로 떠나기 위해 준비를 한창 하고 있을 때 한 사람이 찾아 왔다. 상계동이라는 곳에 병원이 없어 아픈 사람들이 치료를 받을 길이 없어 멀리 시내를 찾아와 치료를 받아야 했는데 돈들이 없어 치료를 받지 못하고 죽는 사람들도 꽤 된다는 것이었다, 그 사람의 말을 듣고 김형규는 상계동을 방문해 그곳 상황을 살펴보기로 하였다. 그가 직접 가서 살펴본 상계동은 사람이 살만한 환경이 아니었다. 넓은 벌판에 덩그러니 판자촌만이 존재하고 있었다. 그 모습을 보고 온 김형규는 일단 아프리카로 가는 것을 일시 중지하고 깊이 고심을 하기에 이르렀다. 고심 끝에 내린 결정이 자신이 상계동의 슈바이처가 되겠다는 것이었다.

"그래, 아프리카가 따로 있는 것이 아니다, 어디에 있던 사람들이 치료를 제대로 받지 못하고 사는 곳이라면 그곳이 바로 아프리카가 아니냐."

김형규는 그렇게 결론을 내리고 바로 상계동에 자신의 이름을 딴 김형규 내과의원을 개업하기에 이른 것이다. 김형규가 상계동에 들어갔을 때 가장 불편했던 것은 교통이었다. 하루에 몇 번 들어오는 노선버스 외에는 다른 교통수단이 없었다. 그러니 아픈 사람들이 한번 진료를 받기 위해 시내를 나오려면 이만저만 불편한 것 아니었다. 그러한 곳에도 김형규가 병원을 개업했을 때 병원이 제대로 되지를 않았다. 왜냐하면 병원을 개업 후 진료비를 무료로 했기 때문이었다. 그곳 사람들이 아무리 없이 살아도 그들만이 가지고 있는 자존심은 있었던 것이다. 즉 말하자면 돈을 받지 않고 치료를 한다하니 어느 돌팔이가 와서 의술이 없으니 공짜로 치료를 한다는 것이었다. 병원을 열어놓고 매일 파리만 날리는 형국이었다. 주위에 작은 병원들이 있었는데 그런 곳은 그런대로 손님이 있었다. 그렇게 계속 파리만 날리고 있을 수는 없는 노릇이었기에 병원에서 직원들과 대책회의를 열기에 이르렀다.

결론은 무료로 치료를 한다고 하기에 손님이 없는 것이니 그렇다면 치료비를 받는 것인데 얼마를 받을 것이냐가 문제였다. 그래서 나온 방침이 일단 형편이 어려운 사람들에게는 치료비로 천원을 받기로 하고 가정 형편이 괜찮은 사람들에게는 원칙대로 받기로 했다. 그렇게 방침을 정하고 나니 손님이 들끓기 시작했다. 병원은 다른 병원보다 손님이 많았다. 김형규 선생이 한국의 유명 의과대학 출신인데다 일본의 동경대학에 유학을 다녀왔다고 소문이 나니 환자의 수는 다른 병원의 곱절도 더 많았다. 그렇게 돈이 벌어지자 김형규 선생은 자신의 이름을 딴 김형규 내과는 그 지역에서는 상당히 알려진 병원이 되었다. 그러자 그곳 지역이 개발지역이 되면서 전철이 들어오고 수백만 가구의 아파트가 들어서기 시작했다. 그렇게 되자 병원은 더 바빠졌다. 바빠진 만큼 돈도 벌렸다. 그는 병원을 확장할까 생각도 했지만 확장보다는 다른 쪽으로 생각을 돌렸다. 이 지역은 개발로 인해 도시화가 되었지만 정책상 지은 아파트들이 하나같이 서민 아파트들이었다. 그러다 보니 잘 사는 사람들이 없는 말 그대로 서민들만이 사는 도시가 형성되고 만 것이었다. 그래서 그는 어려운 형편의 아이들을 위하여 무료 도서관을 짓기로 했다. 형편이 어려운 아이들을 선발하여 그곳에서 공부를 할 수 있는 혜택을 주고 또 그가 벌어들이는 만큼 형편이 어려운 아이들을 위한 장학제도를 마련하였다. 매년 50여 명의 학생을 선발해 장학금을 지급했다. 그렇게 시간이 흐르매 김형규 장학회를 통해 대학에 가는 학생들이 날로 늘어 가고 있었다. 또 학업을 마치고 좋은 회사에 취직이 된 이곳 출신들은 이곳에 회원으로 가입해 장학금을 스스로 내기도 하였다. 그렇게 되니 이곳에서 주는 장학생들의 수는 날로 늘어만 갈 수밖에 없었다. 많은 학생들이 사회로 진출하고 그 아이들이 잘되는 것이 그의 큰 보람이었다. 장학금을 받고 나간 아이들이 사회 곳곳에서 요직에 앉으며 훌륭하게 되자 김형규 선생의 이름은 곳곳에 알려졌다. 신문 사회면과 방송에서도 SG동 슈바이처라고 뉴스에 등장할 때가 많아졌다. 이젠 전국에서 SG동 슈바이처는 모르는 사람이 없게 되었다. 해마다 선정하는 자랑스런 한국인에 뽑히기도 해 대통령 표창을 받기도 하고 각 부처에서 선정하는 수상자로 SG동 슈바이처가 우선 순위였다. SG동 슈바이처로 각 분야에서 상을 휩쓰는 동안 김형규 장학회 출신 아이들이 사회로 진출해 각 분야에서 성공하는 일이 많아졌다. 그 중 한 아이는 의대에 입학해 김형규 장학회의 도움으로 무사히 의대를 졸업하고 S대학병원에 취업을 하였다. 김형규 선생은 그 아이를 대학병원에 있다가 자신이 은퇴를 하면 김형규 내과를 그 아이에게 물려주고 싶었다. 그래서 그 아이에게 더 공을 들였다. 그러면서 자신의 마음을 대략 내비쳤다고 했다. 그러나 그 아이는 김형규에게 명확한 답을 주지 않고 있었다. 그렇게 시간이 흐르며 김형규 선생의 몸도 늙어 가며 여러 가지 병이 들고 있었다. 그러나 그는 병마와 싸우면서도 그가 지금 것 해온 SG동 슈바이처의 선한 길을 멈출 수가 없었다. 그의 몸은 이미 자신의 것이 아니었다. 그의 몸은 이미 가난한 서민들에게 바쳐진 몸이었기 때문이다.

"내가 죽을 몸이라면 하나님께서 형규야, 그동안 수고했으니 이만 쉬도록 하여라."

하고 자신을 거둘 것이란 생각을 하고 있었기 때문이다. 이미 그의 몸은 걸어 다니는 병동이라고 해도 과언이 아니었다. 그러나 그는 하나님이 목숨을 거두어 갈 때까지는 자신의 일

손을 놓지 않을 생각이었다. 그렇게 88세가 되었다. 이젠 병원 일을 하는 것도 그에겐 너무 힘에 부쳤다. 그는 할 수 없이 후계로 생각했던 아이를 불렀다. 그 아이의 이름은 박치영이었는데 너무도 가난한 집안에서 태어나 도저히 그의 부모 힘으로서는 의대는 커녕 일반대학도 감히 꿈도 꾸지 못할 열악한 형편이었다. 그러나 치영이 원체 똑똑한 아이여서 그냥 두기에는 너무 아깝다 생각해 김형규 선생이 박치영을 의대에 보내주었던 것이다. 그 박치영이 김형규 내과를 찾아온 것이다.

"선생님, 저 치영이 왔습니다."

"오, 치영이 어서 오너라."

"선생님, 많이 야위어 지셨어요."

"내가 이 병원을 더 이상 끌고 갈 수가 없을 것 같구나. 그래서 너를 오라고 한 것이란다."

"대략 짐작은 하고 있었습니다."

"그래 그동안 내가 너에게 몇 번인가 권했는데 아직도 여전히 생각이 정해지지 않았는가?"

"선생님, 오늘은 솔직한 말씀을 드리려고 왔습니다."

"그래, 너의 솔직한 대답이 무엇인지 그 대답을 듣고 싶구나."

"선생님의 은혜는 제가 평생을 갚아도 다 갚지 못할 은혜인 것을 잘 알고 있습니다. 그러나 제가 갚아야 할 은혜와 제가 가야할 길은 다르다는 생각입니다. 물론 선생님 말씀대로 이 병원을 물려받아도 먹고 사는 데는 아무런 지장이 없다는 것을 잘 압니다. 그러나 저는 선생님처럼 가난한 사람들에게 의료봉사를 하며 사는 것도 좋지만 이 작은 병원에서 봉사나 하며 썩고 싶은 마음은 없습니다. 저는 의사로서 더 큰 그림을 그리고 싶습니다."

"그렇다면 더 큰 그림이라는 것이 무엇이냐?"

"대학병원에서 의학에 대한 연구로 한국의 의학을 세계적인 의학으로 발전시켜 나가고 싶습니다."

김형규씨가 그 아이의 말을 듣고 보니 그 의견도 틀린 것은 아니라는 생각이었다. 그가 생각했을 때 아직 한국의학이란 것은 아직 세계의 의술에 비해 떨어지는 것은 사실이었기 때문이다. 그런 것을 자라나는 젊은 재목이 그 분야를 연구 개척해 보겠다는 데에는 더 이상 그도 할 말이 없었다.

"훌륭한 발상이라고 생각이 드는군. 공연히 늙은이가 너의 앞날을 망치려 한 것 같구나. 너의 뜻대로 하는 것이 좋겠다."

"선생님, 죄송합니다."

자신이 후계자라고 생각하고 있던 아이에게 거절을 당하고 김형규씨는 병원 앞에 병원을 맡아서 할 사람을 구한다는 광고를 써서 붙여 놓았지만 오는 사람마다 봉사는 못하겠다는 사람들만 있었다. 그는 더 이상 그 광고를 붙일 이유가 없다는 것을 알았다. 세상이 변한 것이다. 변해도 너무도 변한 것을 알았다. 자신이 가지고 있는 의술을 오직 돈 버는 곳에만 쓰겠다는 이기주의 앞에서는 그의 봉사 정신은 더 이상 먹혀들지 않았던 것이다. 그 이후로 김형규씨는 그 광고를 더 이상 병원 앞에 부치지 않았다.

이야기를 하다가 그 대목에 와서는 기운이 빠진 듯 김형규씨는 고개를 떨구었다. 그래서 내가 물었다.

"선생님, 그렇다면 자제분들은 없었나요?"

"왜 없었겠어. 아들이 둘이나 있었지."

"그러면 아드님들을 의과대학에 보내 의사를 시켰으면 자연히 대물림이 되었을 것 아니겠어요?"

"그렇게 되었다면 오죽이나 좋겠나? 내가 애초에 아버지의 뜻에 따라 법대를 가려다 친구의 죽음을 보고 의학을 하게 됐던 것 아니겠나? 그것처럼 부모의 뜻에 반하는 자식들도 얼마든지 있게 마련이지. 큰 아들은 대학에 가지를 못했어. 고등학교를 마치고 공부하기 싫다고 대학을 가지 않은 거지. 하기 싫다는 걸 억지로 코를 꿰서 공부시킬 수는 없었지."

"그럼 공부를 처음부터 하기 싫어했나요?"

"아니지. 그 아이는 고등학교에 다닐 때도 공부를 꽤 잘했었어. 그런데 고등학교 3학년에 올라간 후부터 공부를 하기 싫어했지. 그 아이는 내가 교회에 장로였기에 장로 자식으로서 나름 제약을 받고 산다고 생각을 했던 것 같아. 친구들과 만날 때 친구들은 담배도 피우고 술도 마시는데 자신은 장로의 아들이라 술과 담배를 전혀 안하니 친구들에게 따돌림을 받은 것 같았어. 그때가 사춘기였으니 반발심에 친구들과 자신도 할 수 있다는 걸 보여 주기라도 하듯이 그렇게 고등학교 3학년을 불량 학생들과 어울리며 담배도 피우고 술도 마시며 그렇게 보냈던 거지. 그러니 대학에 갈 수가 없었던 것은 당연한 것이었지. 재수를 했는데 생각보다 점수가 나오지 않으니 또 대학을 포기하고 다시 재수를 했지. 그렇게 3년을 재수를 하다 보니 공부에 대한 의욕을 상실 한 것 같았어. 그 후 군에 지원하여 군 생활을 마치고 나왔어. 그러다 보니 나이는 25살이 되었고 영 대학을 포기하고 말았지. 그렇게 집에서 빌빌 거리며 놀다가 무엇인가를 하기는 해야 할 것 같았나봐. 어느 날 제빵 학원에 다녀야 하겠다고 하더군. 나는 아무런 말없이 그 애가 하고 싶다는 곳에 들어갈 돈을 주었어. 학원에서 제빵사 자격증을 땄지. 그리고 지금 우리 병원 건너편에 있는 제과점을 낸 것이지. 지금 제 처와 함께 제과점을 운영하고 있어. 자식 농사를 마음대로 할 수 없다는 걸 저 아이를 통해서 알게 되었어,"

큰 아들의 이야기를 하면서 김형규씨는 한숨을 길게 쉬었다.

"그럼 둘째 아드님이라도 선생님 뒤를 잇게 하시지 그랬어요."

"그 아이가 치과를 가겠다고 하는데 뭐라고 말할 수가 없었어. 제 길을 가겠다는데 내가 억지로 틀었다가는 무슨 원망을 들을지도 모르는데 말이야. 나 또한 부모의 뜻보다는 내 뜻으로 의사가 되었으니 자식에게 이래라 저래라 할 수가 없었지."

"아쉽군요. 부모님의 대를 이어 병원을 할 수 있는 아들이 있었다면 그보다 좋은 모양새는 없을 텐데 말입니다."

"그렇다면 오죽이나 좋았겠나?"

나는 아쉬움밖에 느낄 수가 없었다. 내가 대체의학이 아닌 현대의학을 배웠다면 슈바이처처럼 빈민가에서 의료혜택을 제대로 받지 못하고 사는 사람들을 위하여 평생을 받칠 수 있었을 것이란 생각을 했다. 미국이나 선진국에 가면 지금은 현대의학보다는 대체의학으로 치료하는 수가 더 많다는 통계가 나와 있다. 항생제나 화학약품으로 만든 약을 복용시키지 않고 자연에서 채취한 자연식품으로 암이라든가 난치병들을 완치시키고 있다는 학설이 현대의학보다 더 많다는 사례들이 얼마든지 있다. 다른 나라에서는 되는 일들이 한국에서만 실행되지 않고 있는 것은 의사들이 자기 밥그릇을 빼앗기지 않겠다는 이기적인 발상들 때문이라는 것을 아는 사람들은 다 알고 있는 사실들이다.

"제가 가지고 있는 의학 지식으로 선생님의 유업을 물려받을 수 있다면 그 뜻을 고스란히 이곳 사람들에게 전할 텐데 아쉽습니다."

"빨리 한국에도 지도자들이 깨어서 선진국에서 실행하는 일들을 우리도 할 수 있다면 얼마나 좋겠는가? 그런 날이 빨리 오길 기대해 보지만 막혀버린 머리를 가진 입법자들이 그런 걸 아는지 답답할 뿐이지."

"언젠가는 지도자들이 깨어서 대체 의학이 의학으로서 인정받는 날이 하루 빨리 왔으면 좋겠습니다."

"언젠가 그날이 오기야 하겠지만 말이 좋아 그날이지 어느 천 년에 오겠는가? 현명한 지도자가 아니면 누가 그런 방면에 관심이나 갖겠나. 누가 그러는데 지금 시대를 지도자 부재의 시대라고 하는데 정말 지도자가 없는 시대가 맞는 것 같으이. 허허허."

"왜 2차 세계대전 때는 있었던 처칠이나 드골과 같은 세계적인 지도자가 나타나지 않는 것은 왜일까요?"

"그것은 기계문명과도 관련이 있다고 봐야 할 거야."

"모든 것을 기계가 하여 주는 세상에서는 사람이 머리를 써서 할 일이 없으니 그만큼 머리를 쓰는 노력을 덜하기 때문일 거야."

"그렇군요."

"이제 이만하면 내 과거는 충분히 했다고 생각하는데 부족한가?"

"아닙니다. 아주 충분하게 들었습니다. 제가 배운 의학이 현대의학이었다면 선생님이 원하시는 것을 들어 드릴 수 있을 텐데 아쉽기만 합니다."

"나도 자네에게 내 이야기를 하며 그 생각을 했었지. 사실 서민을 위하여 공헌했다하여 많은 상을 탔지. 그러나 지금 와 생각하니 그 모든 상들이 아무 쓸데도 없는 것들이었어. 상보다는 더 많은 의사들이 자신의 영달을 위한 일보다는 슈바이처처럼 어두운 사회를 위해 봉사하는 여건을 마련하는 것이 더 시급한 문제라는 생각을 하게 되었지. 이제 나도 나이가 너무 많아 더 이상 이 병원을 끌고 갈 힘이 없다네. 조만간 문을 닫을 예정이야. 혹 지나다 병원 간판이 없으면 문을 닫은 줄 알게."

하고는 김형규씨와 나는 밖으로 나왔다.

"나는 피곤해 집으로 갈건 데 자네는 어디로 갈 건가?"

"네 저도 집으로 갑니다."

"그래, 인연이 있으면 또 보세."

하고는 앞서서 걸어간다. 걷는 모습에 기(氣)가 빠져 있다. 축 처진 어깨 흐느적거리며 걷는 모습, 평생을 SG동지역에서 슈바이처처럼 불우한 사람들을 위하여 봉사해온 노 의사의 은퇴치고는 너무도 초라한 모습이다. 그렇게 헤어진 그 이후 나는 김형규씨를 한 번도 뵌 적이 없다. 그리고 얼마 후 지나다 보니 병원의 간판도 내려져 있었다. 끝내 후계자를 찾지 못하고 문을 닫은 것일 것이다. 금전만능의 시대 가난한 자를 위한 슈바이처는 이제 더 이상 나타나지 않을지도 모른다. 〈끝〉

5

뿌리를 찾아서

봉필현 단편

5 뿌리를 찾아서

이미 열두시가 넘은 늦은 밤인데 전화벨이 울린다. 나는 늦은 밤에 오는 전화는 받기를 좋아하지 않아 짜증스러운 마음으로 수화기를 들었다.

"여보세요?"

나는 늦게 온 전화라 기분이 내키지 않아서인지 다소 퉁명스러운 목소리로 전화를 받았다.

"아~ 마침 자네가 받았네. 늦은 밤이라 혹 자네 처가 받으면 어쩌나 했는데, 늦게 미안하네."

"아~ 난 또 누구라고, 늦은 밤에 웬일이야?"

나는 그 친구에게 늦은 밤에 무슨 일로 전화를 했냐고 되묻고 있었다. 늦게 오는 전화는 보통 어떤 일이 발생했을 때 오는 경우가 많았기 때문이었다.

"별일은 아니고 내가 이번 주 일요일에 어디 좀 가야하는데, 내가 차가 없는 것 알잖아? 자네가 시간이 된다면 나와 함께 갈 곳이 있어서 부탁 좀 하려고 전화를 했어."

나는 일요일이라고 해서 특별히 볼일도 없는지라 그렇게 하겠노라고 대답을 하고 만날 장소와 시간을 약속했다. 그러나 어디를 왜 가는지는 묻지를 않았기에 궁금한 것은 있었지만 내일 아침이면 행선지를 알 것이라 궁금한 것은 잠시 접기로 했다. 우리 집은 상계동이었고 만나기로 한 장소는 불광동이었다. 일요일 아침, 일찍 일어나 세수를 하고 간편한 차림으로 나왔다. 7시쯤이었지만 6월의 해돋이는 빠른 편이라 한낮 같은 기분이다. 미아삼거리를 지나 정릉 쪽으로 방향을 잡아서 국민대 앞 북악터널을 빠져나와 구기터널을 지나 쭉 내려와 만나기로 한 장소에 차를 댈 수 있었다. 약속 장소에는 이미 그와 그의 처가 길옆에 나와 기다리고 있었다.

"안녕하셨어요?"

그의 처가 인사를 한다.

"어디를 가는데 이렇게 일찍 이 귀하신 몸을 오라고 하셨습니까? 하하하."

그러자 그가 대답했다.

"멀리는 아니고 꼭 필요하게 갈 데가 있어서 가면서 천천히 얘기하자구."

"그럼 어느 쪽으로 가야할 지는 알려 주어야 출발을 할 게 아닌가?"

"수원 쪽으로 일단 방향을 잡아. 가면서 가르쳐 줄게."

"오우케이~"

"일호, 자네라면 나를 이해해 줄 것 같아 함께 가자고 요청한 거네."

"도대체 그게 무슨 일인데?"

"나는 지금 것 내 뿌리를 버리고 남의 뿌리에 붙어서 살아온 것 자네는 잘 알잖나? 어렸을 때는 철이 없어 잘 몰랐는데, 내게도 가정이 생기고 아이들이 있다 보니 아이들에게 뿌리를 찾아 주어야 되겠다는 생각이 들더군. 또 아무것도 모르고 나의 과거를 숨긴 채 살고 있는 아내에게도 미안한 마음이 들었어. 그래서 고민을 많이 했지. 나의 과거를 숨기고 결혼한 아내에게 어디서부터 사실을 털어 놓아야 될까 많은 고민을 했어. 아이들은 차후 문제라 하더라도 아내에게는 고백을 하여야 한다는 결론을 내리게 된 거지. 그러다 어느 날 날을 잡아 아내에게 용기를 내어 고백을 했지. 처음에는 놀라는 듯 했지만 곧 평정심을 찾은 아내는 모든 걸 흔쾌히 이해할 수 있다고 말했어. 그래서 아내와 상의 끝에 아이들에게는 아내가 이야기 했어. 아이들도 처음엔 놀라는 듯 했지만 자기들의 뿌리가 이곳이 아니란 것을 알고 나의 뜻에 따르기로 한 거라네."

나는 그에게서 모든 이야기를 듣고 그가 커가는 아이들을 보며 고민을 많이 하였을 것이라는 것을 이해할 수 있었다. 사실 그의 뿌리를 찾게끔 선동한 장본인은 나였기에 함께 가는데 어떠한 이의도 없었다.

그의 원래 이름은 맹혁진이었다. 그는 불쌍한 사람이었다. 나와는 이종사촌지간인데 나이는 동갑이어서 어느 정도의 시기는 우리 집에서 함께 커왔기에 친구같이 지내는 사이였다. 그래서 그의 과거는 실에 꿴 듯 훤히 알고 있는 나였다. 맹혁진의 어머니는 나의 이모였고 이모가 재혼을 하는 바람에 그는 계부의 성을 따라 오씨(吳氏)로 성씨(姓氏)를 바꾸고 이름도 오명수로 바꾼 것이다.

그의 친부(親父)는 젊어서 일본군의 징용에 끌려갔다가 돌아오자 얼마 후 6.25가 터지며 인민군에 잡역으로 끌려갔다 와서 병을 얻어 시름시름 앓다가 죽었는데 지금 그는 친부(親

父)의 묘를 찾으러 가기로 한 것이었다. 그간 오명수로 살며 까맣게 잊고 살던 것을 아내에게 고백한 후 아내의 주선으로 뿌리를 찾기에 이른 것이다.

재산이라고는 몸뚱이 하나 뿐인 그의 어머니는 남편이 죽자 시골에서 할 수 있는 일은 뭐든지 했다. 원래 재산이라고는 아무 것도 없던 그녀는 혁진을 데리고 큰집에서 기거를 했는데, 큰어머니의 구박은 상상을 초월하는 것이었다. 남의 집 밭을 매고 돈을 벌어오면 밥값을 내야 한다며 모조리 빼앗아 갔다. 큰 어머니의 구박을 견디다 못한 혁진의 어머니는 어느 날 밤 혁진에게 한통의 편지를 남기고 집을 떠났다.

혁진아 보아라.

혁진아, 너 자는 모습을 보며 엄마는 한없이 눈물만 나는구나. 어린 너를 두고 떠나야 하는 엄마의 마음은 천 갈래 만 갈래 갈갈이 찢어지는 것 같다. 그러나 어쩌겠니? 너와 내가 여기에 있으면 굶어 죽을 것이 분명한데, 엄마가 식모라도 살아서 돈을 벌어 너를 데리러 와야 하지 않겠니? 좀 고통스럽겠지만 참고 기다리면 엄마가 너를 꼭 데리러 올게.

엄마가

엄마가 돈 벌어서 혁진을 데리러 오겠다는 눈물로 쓴 편지를 읽고 난 혁진은 땅바닥에 뒹굴며 울었지만 그에게 돌아온 것은 큰엄마의 싸늘한 눈초리 속에 무지막지한 매 밖에 없었다. 엄마가 떠난 후부터 그는 큰집의 눈치를 보며 굶기를 밥 먹듯 하면서 들에 나가서 메뚜기, 개구리 등을 잡아서 불에 구워 먹으며 허기를 채웠고, 논에 일이 있으면 일꾼들을 주기 위하여 내오는 밥을 얻어먹고 살았는데, 행색이 말이 아니었다. 그때까지 나는 나에게 그런 이종사촌이 있었는지 몰랐다. 집을 나와서 여러 곳에서 힘든 일을 했던 이모는 어느 날 우리 집에 와서 장사를 했다. 그 당시 시골에서 잘 팔렸던 방학소주와 사탕, 과자류 등을 팔았다. 또 한 가지는 이모가 무척 무서웠다는 생각이다. 내가 말을 안 들으면 무섭게 다그치던 기억이 지금도 생생하다. 그러나 인정 많고 다정다감한 사람이었다. 그러던 어느 날이었다. 이모는 어디를 갔다 온다고 하더니 저녁 해질 무렵 어떤 아이를 데리고 왔다. 이모는 그 애를 나에게 소개를 시키며 나와 동갑내기라고 했다. 어렸던 우리는 금방 친해졌다. 우리는 이종사촌이라 그런지 다른 아이들보다 더 친하게 지냈다. 그러던 어느 날 이모와 혁진이 우리 집을 떠난다며 이모가 하던 장사를 그만 둔다는 것이었다. 어떤 사람의 중매로 이모는 지금의 이모부와 재혼을 하게 되었던 것이다. 새 이모부는 오씨(吳氏)였는데 성격이 호방하고 술을 매우 좋아했지만 혁진을 매우 사랑했다. 초등학교를 마친 혁진은 중학교에 입학을 했고, 그러는 동안 이모도 이모부와의 사이에서 자식을 얻게 되는데, 3남매를 두게 되었다. 혁진이 중학교를 졸업할 무렵 자신과 동생들이 성씨(姓氏)가 다른 것에 부끄러움을 느낀 나머지 계부인 아버지에게 성씨(姓氏)를 바꾸어 달라고 졸랐다. 자신의 성씨(姓氏)도 오씨(吳氏)로 바꾸어 달라는 것이었다. 그러자 계부인 아버지가 말했다.

"성(姓)을 바꾸는 일은 그리 어려운 일은 아니다. 그러나 네가 지금 것 맹씨(孟氏)로 살아 왔는데 바꾸려는 이유가 네 동생들과 성(姓)이 다르다는 이유라면 나중에 후회하지 않을 자신이 있겠어? 또 성(姓)을 바꾸면 지금까지의 자신은 모두 없어지고 새로 태어난 것이나 다름이 없는데 말이다."

"절대 후회하지 않겠습니다."

당시에 그는 나중 후회 하는 것 보다는 당장의 일을 해결하고 싶었다. 남들이 동생들과 성(姓)이 다른 것을 이야기 하는 것도 싫었지만 더 싫었던 것은 맹씨(孟氏)라는 성이 더 싫었다. 그것은 아이들이 맹씨라며 '맹꽁이, 맹꽁이' 하고 놀려 대는 것이 싫었기 때문이었다.

그것은 사실이었다. 아이들이 맹꽁이, 맹꽁이 하고 놀릴 때는 차라리 죽고 싶은 심정이 들기도 했다. 그는 성씨(姓氏)만 바꿀 수 있다면 어떠한 손해라도 감수할 수 있었다. 그는 단단한 결심 끝에 결정을 했다. 맹씨(孟氏)를 버리고 오씨(吳氏)로 다시 태어나기로 결심을 굳혔던 것이다. 그러나 취직을 하려니 학력이 무학이었다. 그가 처음 오씨(吳氏)의 성을 택했을 때 중졸 학력으로서는 어디 좋은 직장에 취직을 할 수 없을 것이라는 생각을 했기에 학교를 졸업하자 운전을 배웠다. 영업용 택시를 조금 하다가 어느 회사의 사장 자가용 운전사로 취직을 하게 되었다. 그때 회사 사무실 경리였던 아가씨와 결혼을 하게 되었는데 지금의 아내가 그 아가씨인 것이다. 그는 결혼을 할 때도 오명수라는 이름으로 결혼을 했고 태어난 아이들도 아버지가 오씨(吳氏)니 모두가 오씨가 된 것이다. 그리고 많은 날들이 지나며 계부와의 갈등이 생기기 시작했다. 계부에게서 태어난 아이들이 장성하여 결혼을 하게 되니 그 아이들과도 마찰이 생겼고 계부 자신도 그보다는 자신의 적자는 둘째라고 말하는 것이었다.

"호적에는 네가 장남으로 되어 있지만 진짜 내가 인정하는 우리 집 장남은 둘째다."

그때부터 그는 계부와 사이가 멀어지기 시작한 것이다. 마음이 떠나게 되니 부모님을 찾아 보는 일이 차츰 뜸해지기 시작했으며 그의 고민은 쌓여만 갔다.

그러던 어느 날 그가 나를 찾아온 적이 있다. 나는 그에게 거리낌 없이 한마디 던졌다.

"호적 원상복귀 하지?"

그러나 그는 그때도 부정적이었다. 그러다 보면 집사람도 알게 될 것이고 그러면 집안이 혼란에 빠지게 될 것이라고 했다. 그러나 나는 끝까지 우겼다.

"내 뿌리를 두고 남의 뿌리에 접목해 산다는 게 얼마나 힘든 일인가를 알고 있지 않아?"

나는 지금도 늦지 않았으니 재판을 해서 본래의 자신을 찾으라고 설득했다.

"조상 중에 맹사성 정승은 청렴하기로 유명하신 분이 아니야? 그렇게 훌륭하고 대단한 조상을 두었는데, 헌신짝 버리듯 버릴 수 있어?"

나의 설득이 주효했는지는 모르나 얼마 후 나는 전화를 받고 그의 가족을 내 차에 태우고 그가 어렸을 때 모친과 헤어져 큰어머니에게 구박을 받으며 살았던 고향을 찾게 된 것이었다. 불광동에서 그들 일행을 태우고 성산대교를 지나 안양방향으로 계속 달렸다. 수원에서 북문을 지나 수원역 광장 지하도로 들어가니 우측에 발안으로 빠지는 길이 나왔다. 아직도 이른 시간인지 발안 쪽으로 가는 도로는 한가하면서도 깨끗했다. 20분 정도 달리다가 안중 쪽으로 방향을 틀었다. 길옆 주변에 때 이른 수박이 가지런히 진열되어 손님을 기다리고 있었고 높지 않은 야산에는 수박 밭이 즐비하다. 길옆에 진열된 수박들은 모두 그 야산에서 키운 수박이라고 했다. 여기부터가 그가 찾아온 목적지였다. 우리는 차에서 내려 수박 한통을 샀다. 다섯이 앉아서 수박 한통을 간단하게 해치우고 수박밭 주인에게 친척들에 대한 소식을 물으니 알아보고는 가르쳐 주었다. 그도 50년이 넘게 지나온 세월 탓에 너무 많이 변했는지 어린 시절의 기억이 희미하다고 했다. 그는 먼저 그가 졸업은 하지 못했지만 4학년까지 다녔다는 초등학교에 가보기를 원했다. 엄마가 그리울 때면 찾아와 앉아서 울었다는 보리수나무는 커다란 고목으로 변해 있었고 뒤편에 있는 낡은 교사만 그때의 기억을 되살려 줬을 뿐, 본 건물을 비롯 모든 것이 기억에 없을 정도로 변해 있었다. 나는 그와 함께 옛날 그가 걷고 뛰놀았던 운동장을 함께 걸어 보았다. 그가 옛날에 떠 마셨던 우물은 간데없고 모든 것은 깨끗한 수도로 바뀌어 있었다. 우리는 교문을 빠져 나와 물어물어 그의 사촌 누나가 살고 있는 집을 찾았다. 도로에서 시골길로 10여분 정도 들어가니 좁은 길옆에 낡은 집이 있었다. 그가 대문을 두드리니 60대의 여인이 빼꼼이 얼굴을 내민다.

"어떻게 왔어요?"

그는 50년 전 기억을 더듬으며 자초지종을 이야기 하니 그때서야 서로를 알아보고 방으로 안내한다.

"소식도 없이 살더니 어떻게 왔어?"

"누님도 많이 늙으셨네요."

"세월이 가는데, 나라고 안 늙겠어?"

"큰 어머니는 돌아가셨나요?"

"그럼, 돌아가신지 벌써 오래 되었지."

"혹시 우리 아버지 산소가 어디 있는지 아세요?"

"작은 아버지?"

"네."

"작은 아버지 산소? 없어졌지."

"왜요?"

"우리 집에 남자가 없잖아."

"전에 동생이 있었잖아요?"

"걔 죽은 지 오래야."

"왜요?"

"머리가 아프다고 하더니 죽었는데 병명도 몰라. 그리고 작은 아버지 산소는 누가 돌보질 않으니 이곳에 개발이 되면서 임자 없는 산소들은 파내어 화장해 없앴거든."

"그랬군요. 모두가 제 불찰입니다. 전 그러면 이만 가보겠습니다."

"점심 해줄게. 점심 먹고 가."

"아닙니다. 또 들릴 때가 있어서요."

"그래, 그럼 또 들려."

"참 누님 혹시 엄마 딸 소식 좀 알 수가 있을까요?"

"누구? 엄마 두 번째 재혼해 낳은 아이?"

"네."

"그 아이 어디 사는지 나도 몰라. 우리 하고는 관계가 없으니 알 수가 없지."

"모두가 어디 사는지 알 수가 없군요. 누님, 다음에 또 올게요."

그는 거기에서 더 들을 것이 없다고 생각했는지, 그만 나가자고 하였다. 그곳에서 나와 간 곳이 어머니의 친한 친구의 집이었다. 그는 차에서 내려 옆에 있는 밭을 가리켰다.

"이 콩밭이 내가 어렸을 때 살던 큰아버지네 집터야. 이곳에서 밥도 얻어먹지 못하고 매만 맞고 쫓겨났던 집이지. 그런데 흔적도 없이 사라지고 콩밭이 되어있네."

그렇게 말하며 그는 고향무정이란 노래를 흥얼거리고 있었다. 그 콩밭을 보며 나 또한 고향무정이란 노래가 흘러나올만도 하다고 생각을 했다. 그는 콩밭 위에 집을 가리키며 말했다.

"이 집이 엄마와 가깝게 지냈던 엄마 친구의 집이야."

그 집은 큰 대문이 정면에 있었고 옆으로 작은 문이 하나 있었다. 그는 그 대문을 가리키며 옛 생각에 젖는 것 같았다.

"저 작은 대문이 엄마와 나에겐 아픈 추억이 있는 문이지."

"왜?"

내가 물었다.

"큰아버지는 좀 무식했던 사람이었어. 형제라 해도 큰아버지는 우리 아버지와는 너무도 다른 사람이었어. 마치 놀부와 흥부 같은 형제였지. 큰아버지는 할아버지한테 재산을 모두 받아서 아버지한테는 한 치의 땅도 주지를 않았어. 그래서 아버지는 가난할 수밖에 없었던 거야. 그래서 집도 절도 없던 우리는 아버지가 일본군에 징용을 다녀온 후 다시 북한군에 노무자로 끌려갔지. 그때 큰 병을 얻은 아버지는 집에 돌아와서 회복이 되지를 못하고 돌아가시고 말았지. 그 후 나는 어머니와 함께 큰집에서 살게 되었는데 큰집에서 밥을 주지를 않아 굶기를 밥 먹듯 했어. 어쩌다 밥을 먹는 날이면 큰 어머니는 밥을 줬다는 유세인지는 모르지만 그 어떤 핑계를 만들어 나에게 매질을 했지. 그때마다 어머니는 나를 데리고 저 작은 문으로 몰래 들어가 아주머니에게 몸을 피하곤 했어. 그러면 아주머니는 친구인 엄마에게 늘 따뜻한 밥을 내어주며 위로하곤 했지."

"그런 고마운 아주머니가 있었어?"

"너무도 고마운 아주머니지. 세월이 이렇게 흘렀어도 그분을 잊지 못하는 이유야."

그는 차에서 내린 후 그 큰 대문이 있는 집으로 들어갔다. 그의 아내와 나도 그의 뒤를 따라 들어가니 지긋하게 나이가 든 아주머니가 나와서 물었다.

"누구세요?"

"혹시 아실런지 모르겠습니다. 저는 옛날에 이 아래 콩밭이 된 집에 살든 맹씨 집 맹혁진입니다."

"혁진이? 그럼 알다 마다 그럼 네가 혁진이란 말이야?"

"네, 맞아요. 제가 혁진입니다."

"아유~ 길에서 만나면 전혀 못 알아보겠어?"

"그렇지요. 벌써 40년이 훨씬 넘은걸요."

"점심은 먹었어? 아직 점심 전일 것 같은데, 조금만 기다려 내가 점심 해줄게."

"공연히 찾아와 귀찮게 해드리는 것은 아닌지 모르겠습니다."

"아니야, 그간 어떻게 살았는지도 듣고 싶고 엄마 소식도 듣고 싶어."

"그녀는 부지런히 점심을 차려 내왔다. 시골이지만 시골집에도 없는 것 없이 다 있어 점심은 금방 마련이 되었다.

"그래, 엄마는 지금 어떻게 살고 있어?"

"어머니는 돌아 가셨어요."

"아니, 왜?"

"어머니는 암에 걸려 2년 전 돌아 가셨습니다."

"쯧쯧, 엄마 고생 참 많이 했어."

"저야 어렸으니 어머니가 고생한 것을 어찌 다 알겠어요."

"그때 혁진이를 두고 떠나기 전 나에게 다 말해 주고 떠났어. 그때 엄마는 식모살이를 간 것이 아니고 재혼을 하러 간 거였어. 그 동네에서 제법 밥술께나 먹는 집이라고 해서 간 것이었지. 가서 있다가 기회를 봐서 혁진이도 데려 가려고 했는데 그게 뜻대로 되지를 않았던 거야. 그래서 혁진이를 끝내 데리고 가질 못했던 거지."

그 아주머니의 이야기는 계속 되었다.

재혼을 한 그의 어머니는 밥술이나 먹는 집이라 해서 재혼을 했지만 그곳에도 시어머니가 만만한 사람은 아니었고 재혼한 남편도 아내의 말을 듣기 보다는 시어머니의 말을 듣는 편이었다. 그의 어머니는 기회를 보아 혁진이를 데리고 와야 되겠다는 생각에 남편에게 말을 하려 했지만 시어머니의 치마폭에 쌓여 사는 남편에게 말할 기회가 나지를 않았다. 그러는 동안에 그녀에게는 애가 들어섰다. 10개월의 시간이 흐른 후 아이가 탄생을 했는데 불행하게도 아이는 시어머니가 바라던 아들이 아니고 딸이었다. 그 집안은 아들이 귀한 집이어서 시어머니는 아들을 학수고대 했지만 그녀가 딸을 낳으니 바로 그녀를 내쫓고 말았다. 그녀는 태어난 딸에게 젖꼭지 한번 물려 보지도 못한 채 쫓겨나고야 말았던 것이다. 그녀는 한번만 봐 달라고 애걸을 했지만 시어머니는 인정사장 없이 그녀를 내쫓고 말았던 것이다. 쫓겨난 그녀가 첫 번째로 보고 싶었던 것이 혁진이었다. 그녀는 지금의 상태에선 떳떳하게 혁진이를 만날 자신이 없었다. 그러나 먼발치에서라도 혁진이의 얼굴이라도 보고 싶었다. 그래서 그녀는 밤에 몰래 그 아주머니의 집을 찾아온 것이었다. 그날 밤 그 아주머니의 권유로 그곳에서 하룻밤을 보낸 후 다음날 학교에 가는 혁진이를 숨어서 보고 난 후 떠났던 것이다. 그날 밤 그 아주머니 집에서 하루를 묵으며 혁진이를 두고 떠난 후 있었던 일을 모두 이야기 하고 갔기에 그 아주머니는 어머니가 떠난 후 무슨 일이 있었던 가를 모두 알고 있었던 것이다. 그 아주머니의 이야기를 듣고 혁진의 눈에는 눈물이 맺히고 있었다.

"불쌍한 어머니!"

옆에 있던 그의 아내도 숙연한 모습으로 앉아 있을 뿐이었고 나 역시도 처음 듣는 이모의 지금까지의 생애를 듣고 보니 마음이 아파왔다. 우리는 아주머니께 감사의 인사를 하고 나왔다.

"지금까지의 말씀 감사했습니다. 자주 찾아뵙겠습니다."

"그래, 조심히 가고 자주 연락이라도 해."

그렇게 우리 일행은 아주머니에게 인사를 나눈 후 서울을 향하여 출발을 했다.

그렇게 두 번째 재혼에 실패한 이모가 찾아간 곳이 혁진의 이모 집이었는데, 그곳이 바로 우리 집이었던 것이다. 이모가 친정이 있는데, 친정으로 가지 못한 것은 호랑이 같은 외할아버지 때문이었다. 외할아버지는 여자란 한 번 결혼을 하면 죽을 때까지 그 집 귀신(鬼神)이 되어야 한다는 지론을 가지고 사는 사람이었기에 절대 친정으로 갈 수가 없는 입장이었다.

우리 집에서 약 2년여를 지내던 이모는 새 이모부를 만나 재혼을 하였던 것이다. 새 이모부는 결혼을 하지 않은 홀몸이었고 p시에 있는 미군부대 PX에서 일을 하고 있었다. 그는 성격이 호방하고 마음이 넓은 사람이었다. 그러고 보면 이모는 팔자가 사나워 그랬는지 결혼을 3번을 한 것이다. 그러나 첫 번째 결혼은 시대가 그래서 남편이 징용으로 끌려가고 다녀와서는 또 북한군에 노무대로 끌려간 것이다. 그렇게 고생을 한 것 때문에 병을 얻어 죽었으니 그것도 팔자소관이라면 그렇게 볼 수밖에 없는 것이고, 두 번째의 실패는 옹졸한 남편과 아들을 낳아주기를 바랐던 시어머니의 등살에 실패했던 결혼이었다. 그러나 세 번째의 결혼은 천생연분이 만난 것 같았다. 새 이모부는 혁진의 존재를 알고 결혼을 했고 혁진에게도 자신의 친자식처럼 대했다. 그러나 그렇게 좋은 사이가 틀어지기 시작한 것은 이모부가 나이가 들어 정년퇴직을 하고 부터였다. 혁진은 힘든 살림을 부모님을 위하여 도왔다. 때론 빵 배달을 하기도 했고 노동일도 마다하지 않았다. 아버지의 정년퇴직과 맞물려 동생들도 학교에 진학을 하여야 했고 드는 것은 돈이었다. 그렇게 힘든 시간이 흐르고 있을 때 나의 매형이 착실히 산다며 자신의 사촌 형의 회사에 취직을 시켜준 것이다. 중견의 무역회사였는데, 사장은 매형의 사촌 형이었다. 가방을 해외에 수출을 하는 무역회사였다. 혁진은 빵을 배달하기 위해 따놓았던 운전면허가 있었기에 취직이 쉽게 되었던 것이다. 그는 사장 차 운전기사로서 근면 성실하게 일했다. 일손이 딸릴 때면 운전 뿐 아니라 다른 일에도 손을 아끼지 않았다. 그러다 보니 회사 내에서도 성실하다는 평판이 돌기 시작했다. 월급을 타면 부모님께 꼬박 꼬박 보냈다. 그렇게 모아진 돈이 작은 집이었지만 집을 장만하기에 이른 것이다. 그리고 성실하다 보니 회사에서 경리를 보던 아가씨와 연애를 시작 했는데 급격히 가까워지더니 바로 결혼에까지 이르게 되었다. 아이들도 생기고 단란한 가정에 행복하기만 한 시간이었다. 물론 부모님께도 자주 찾아뵈었다. 그러나 호사다마(好事多魔)라고나 할까? 좋은 일에는 항상 나쁜 일이 따르게 마련이다. 어머니가 유방암에 걸린 것이었다. 처음엔 몸이 좋지 않다 하여 병원에 종합검진을 받았더니 의외로 유방암이라는 진단이 나왔던 것이다. 풍족치 못한 살림에 이모의 중병은 이모부에게는 큰 중압감으로 다가왔다.

첫째는 병원비였다. 입원비부터 항암치료비는 이모부로서는 감당이 어려운 일이었다. 그러나 이모부는 아이들에게 이모 치료비를 내놓으라고 말을 할 수가 없었다. 아이들도 모두 어려운 살림을 살고 있는 것을 잘 알고 있었기 때문이었다. 그렇게 고민을 하다가 이모부는 살고 있는 집을 자식들과는 상의 없이 팔아 이모의 치료비를 충당했던 것이다. 그 집을 살 때 첫째인 혁진이 가장 돈을 많이 댔고 둘째, 셋째도 자신들에게 할당된 액수는 모두 내어 집을 샀던 것이다. 그 때 혁진의 마음은 자신이 장남이라 가장 많은 돈을 내놓았으니 부모님이 죽으면 그 집은 자연히 자신에게 유산으로 돌아올 것이란 생각을 했던 것 같다. 그러나 집을 팔아 기거할 집은 있어야 했으니 전셋집을 얻은 나머지 돈은 병원비로 지출하고 나니 남은 것이 하나도 없게 된 것이다. 일이 그렇게 되고 보니 혁진이 부모에게 배신감을 느끼고 등을 돌리게 된 동기가 된 것이다. 그러나 돈이 얼마가 되었던 자신의 어머니 병원비를 위하여 취한 일인데 그것을 이해 못하고 끝내 부모형제와 등을 돌리고 사는 그가 나는 삼자의 입장에서 예쁘게 보아 주기가 싫었다. 그는 끝내 병원도 찾지 않았고 이모가 세상을 떠 장례식을 치룰 때에도 끝내 나타나지 않았다. 지금도 그 형제들은 왕래를 않고 살고 있다. 동생인 둘째가 몇 번이고 화해를 하려고 손을 내밀며 노력을 했지만 혁진은 끝내 손을 잡아주지 않고 있는 것이다. 그러고 보면 인간사란 것이 형제의 관계에서도 보듯이 피보다도 돈이 앞선다는 진리를 깨닫게 한다.

이모부와 이모의 사이는 애정이 남달랐던 사이였다. 이모부는 매일 이모의 병상을 지키며 항암치료를 하는데 시간을 보냈다.

"여보, 당신 죽으면 나도 못살아. 나도 따라 죽을 거야. 제발 거뜬히 일어나줘. 흐흐흑흑."

이모부는 교회는 나가지를 않았지만 이모를 위해서 하늘에 간절히 기도를 하였다.

"하늘에 계신 하나님 아버지, 저는 생전에 교회를 다녀본 적은 없습니다. 그러나 하나님께서 세상을 창조하시고 사람을 만드신 것을 저는 믿습니다. 하나님 아버지께 이 죄 많은 인생이 간절한 마음으로 기도하오니 저의 아내 조금만 더 살다가 저와 함께 떠날 수 있도록 도와주십시오. 흐흐흑."

그러나 이모부의 간절한 기도에도 불구하고 이모의 유방암은 더욱 악화되어가고 있었다. 병이 더 악화되어가자 이모는 이모부에게 유언과 같은 말을 했다.

"여보, 난 당신을 두고 떠나기 싫어요. 그래서 병을 이겨내고 당신과 더 행복하게 살고 싶은데 하늘은 나에게 당신과 그만 살라고 하나 봐요."

"여보, 그런 소리 하지 마, 당신은 꼭 일어 날거야. 그 병 이겨내고 우리 옛이야기 하며 살자구. 흐흐흑흑."

"저도 그러고 싶어요. 내가 죽는다고 생각하면 무서워요. 흐흐흑."

"당신은 절대 나만 혼자 남겨두고 먼저 못가."

그렇게 이모부와 이모는 애틋한 사랑을 하고 살던 부부였다. 그러나 하늘은 끝내 이모를 살려주지 않았다.

"여보, 제가 당신께 부탁이 하나 있어요."

"뭔데? 당신이 해 달라는 것 다 해줄 테니 말해봐."

"제가 죽으면 매장을 하지 말고 화장해 내가 어렸을 적 자주 다녔던 수천홀 우리 밭에 뿌려 주어요. 내가 살아온 시간 중 언니와 함께 엄마를 따라 다니며 그 밭에서 보냈던 기억이 가장 많이 남아 있는 것 같아서요."

이모는 이모부의 손을 꼭 잡고 이모부에게 유언과 같은 말을 하고 있었다.

"여보, 당신이 죽긴 왜 죽어. 죽으려면 나 먼저 보내주고 따라와. 흐흐흑."

"그러면 오죽이나 좋겠어요. 나도 그러고 싶어요. 그러나 하늘이 그걸 허락지 않으니 어떻게 하겠어요. 나도 당신이 꾀죄죄해서 다니는 것 생각만 해도 싫은걸요. 흐흐흑."

그렇게 두 사람이 애틋한 대화를 나눈 지 3일 만에 세상을 등지고 말았다. 이모가 떠나던 날은 봄이었는데 축복이라도 하듯 3월의 하얀 목련이 활짝 피어있었다. 장례는 3일장으로 지냈는데 혁진이는 동생들이 연락을 취했는데도 불구하고 끝내 나타나지 않았다. 그리고 아버지나 동생들과도 연락을 끊고 살면서 아직도 자신의 뿌리인 맹씨 성(性)은 지금까지 찾지 않고 있다. 무슨 마음으로 그랬는지는 모르지만 자신이 태어나 비록 고생은 했지만 어린 시절의 추억이 고스란히 남아 있는 어릴 적 고향을 찾아 이미 오랜 전에 세상을 뜬 친부(親父)의 무덤을 찾겠다고 하더니 모든 것을 용두사미(龍頭蛇尾)로 끝내고 끝내 자신의 뿌리도 찾지 못한 채 형제들과도 등을 돌리고 사는 혁진이 어찌 보면 불쌍하기도 하지만 자신을 친자식처럼 키워준 양부(養父)에게 불효하는 것 같아 밉기도 했다. 그 후부터 혁진과 동생들은 물론 아버지와도 소식을 끊고 살고 있었다. 그렇게 얼마 후 이모를 잃고 둘째 아들과 함께 살고 있던 이모부가 세상을 떴다는 소식을 듣게 되었다. 잉꼬처럼 붙어 다니며 어디를 가도 함께 다녔던 그들 부부 중 이모가 떠나니 이모부는 혼자 살 자신이 없다며 유서 한 장 달랑 남긴 채 자살을 선택 하였던 것이다. 잉꼬부부처럼 살았던 아름다운 추억이 이모부를 더 이상 세상에 살지 못하게 했던 것 같다. 이모는 첫 번째 결혼에 실패하고 두 번째도 실패를 했지만 세 번째 만난 이모부와는 천생연분이었던 것 같다. 그러고 보면 사람들이 이혼을 하고 사별을 하는 것은 다 인연이 아닌 사람들이 만났기 때문일 것이라는 생각을 해봤다. 〈끝〉

6

용서

봉필현 단편

6 용서

김만석은 곰방대에 쌈지의 담배를 연신 밀어 넣고 피워대기를 계속하고 있다. 아직 해가 뜨기 전이라 방안은 어두컴컴하고 담배 연기로 가득 차 있어 사람의 모습을 분간하기조차 어렵다. 그는 재떨이에 곰방대의 담뱃재를 탁탁 털면서 목에 가래가 끓는지 카악 카~악 하고 가래를 뱉아 낸다. 가슴이 벌렁벌렁하여 속은 뒤집어질 지경이다.

"아니 어떤 쳐 죽일 놈이 그런 짓을 했담, 요즘 시체를 훔쳐간다는 소리는 들어 봤지만 내가 그런 일을 당할 줄 누가 알았누?"

김만석은 속이 타서 담뱃대를 연방 빨아대며 어쩔 줄을 몰라 좌불안석이다. 전쟁이 끝 난지 얼마 되지 않은 직후라 그런지 문둥병자나 염병(장티프스)에 걸려 죽는 사람이 많았다. 특히 염병(장티프스)은 전염병이었기에 한번 걸리면 고열과 함께 고통 속에 약도 없이 속수무책으로 죽어가야만 했다. 김만석의 아내도 몇 개월 전 염병에 걸려 약 한 첩 제대로 써보지도 못하고 죽었던 것이다. 전쟁이 종전(終戰) 된지도 얼마 되지 않아 민심은 매우 흉흉했고, 문둥병자들은 사람의 고기를 삶아 먹으면 문둥 병이 낫는다 하여 매장한지 얼마 되지 않은 무덤을 파헤쳐 시신을 훔쳐가는 일이 종종 일어나고 있었다. 김만석은 부지런한 사람이었다. 새벽에 일어나면 논이나 밭을 한번쯤 돌아보는 습관이 있었다. 요즈음은 모 자리를 해야 하는 때였다. 몇 일전 논에 모 자리를 하고 물이 제대로 있나 나가는 중이었는데, 사나흘 전 사초(떼 입히기)를 한 아내의 묘가 파 헤쳐져 있고 시신도 어디론가 사라져 버렸다. 시체가 사라진 자리는 시뻘건 황토 흙만이 흉측하게 모습을 드러내고 있을 뿐이었다. 김만석은 미친 듯 아내의 시신을 찾아 헤매었지만 찾을 길이 없었다. 아내가 죽은 지 이제 겨우 5개월 정도에 불과 했다.

아내가 죽기 전날 밤은 몹시도 바람이 불었다. 밤새 바람소리가 끊임없이 이어졌다. 대문소리가 바람에 덜컹거리고 집 뒤 미루나무에서는 바람소리와 더불어 딱 따~악~ 나무 부러지는 소리가 머리를 혼란스럽게 해 불안함을 가중시키고 있는 속에 을씨년스럽게 불어대는 바람은 눈발을 흩날리게 하고 있다. 잠을 청해보려 한다. 그러나 쉽사리 잠이 오지 않는다. 뒤척이다가 새벽녘에야 깜박 깊은 잠이 들었다.

"까욱~ 까아욱~ "

별안간 까마귀의 귀청을 찢는 소리에 화들짝 놀라 눈을 떴다.

"에이 저놈의 까마귀가 아침부터 재수 없게 울어대고 있어,"

왠지 모를 불길한 마음에 상스런 욕이 튀어나올 것만 같다. 방문을 열고 밖에 나오니 밤에 언제 바람이 불었냐는 듯 해맑은 날씨다.

집 뒤에서 밤새 시끄럽게 소리를 냈던 미루나무를 쳐다보니 간밤에 바람이 심하게 불었던 것 같다. 큰 나뭇가지가 꺾여서

바람이 불때마다 움직이며 딱딱 소리를 냈던 것이다. 아직도 까마귀는 이리 저리 날면서 '까욱 까아욱~'

소리를 질러대고 있다. 김만석은 불안한 생각이 앞선다. 아내가 있는 방으로 눈길이 간다.

아무런 기척이 없다. 기척이 없으니 마음이 더 불안해 진다. 얼른 안방 문을 열어본다. 큰딸아이가 근심어린 얼굴로 아내를 바라보고 있다. 아내는 요즈음 돌고 있는 돌림병인 엠병에 걸려 여러 날 자리에 누워 있다. 벌써 마을에서는 엠병으로 인하여 여러 명이 죽었다. 돌림병이라 마을 사람들은 서로가 왕래를 삼갔으며 자신도 언제 엠병에 걸려 죽을지 몰라 공포에 떨고 있었다. 김만석은 갑자기 아내에게 무슨 일이 있을까 항상 긴장하며 하루하루를 보내고 있었다. 남편인 자신도 그런데 큰딸아이의 마음은 오죽 하겠는가, 매일 제 어미 곁에서 병 수발하고 있는 큰딸이 안쓰럽기만 하다. 아내는 정신을 못 차리고 여전히 고열에 시달리고 있다. 김만석은 큰딸아이를 바라보며,

"엄마는 내가 볼게 너는 가서 조금이라도 잠 좀 자거라."

하지만 큰딸은 막 무가내다.

"아버지 제가 좀 더 있을게요."

하며 대야에 수건을 빨아서 고열에 시달리는 아내의 이마를 닦는다. 시간이 흐르다 보니 새벽녘이 가까워 오고 있었다. 큰딸은 부엌으로 나가 아침을 준비하는 듯 했다. 얼마 후 큰딸이 밥상을 들여왔다. 그러나 김만석은 입안이 껄껄하여 밥 생각이 없다.

"입안이 소태를 씹은 것 같아 밥을 먹을 수 없을 것 같구나."

"아버지, 아버지까지 병나시면 저의들은 어쩌라고 그러세

요, 엄마는 아프더라도 아버지라도 기운을 차리셔야 될 것 아니에요, 아버지 조금이라도 드시고 기운을 내세요."

큰딸은 김만석의 소매를 억지로 끌며 수저를 쥐어준다. 그는 할 수 없다는 듯 마지못해 몇 술을 뜬다. 그러나 영 입맛이 없다. 그는 수저를 놓으며,

"내가 피곤하니 잠시 눈을 좀 부치마, 무슨 일 있으면 깨우거라."

하고는 사랑채로 들어간다. 시간이 얼마나 흘렀을까, 큰딸이 깨우는 소리에 일어나니 아내가 혼수상태에서 깨어나 있었다. 아내는 좀처럼 깨어나지를 않더니 오후에 눈을 떴는데 매우 상기된 표정이었다. 목이 탄다며 물 좀 달라고 한다. 김만석이 급히 옆에 있는 물 사발을 건네니 목이 몹시 탔는지 단숨에 마셔 버린다. 물을 다 들고난 아내는 그릇을 천천히 놓으며 꿈을 꾸었다고 했다.

꽃이 만발한 들에 화려한 꽃이 눈에 띠었다. 그녀는 아름다움에 취하여 그 꽃에 가까이 가보니 벌과 나비가 끊임없이 날아든다. 그 중에 흰색갈의 큰 나비가 눈에 띤다. 그녀가 자세히 보니 흰나비의 모습이 하얀 옷을 입은 자신의 모습과 흡사하다는 생각이다. 날개를 접었다 폈다 하면서 꽃가루를 머리에 잔뜩 묻히고 있다. 나비가 예쁘고 곱기도 해 손으로 잡고 싶은 충동이 일어 살며시 날개에 손을 대려하니 나비는 사뿐히 날아서 그녀의 머리위에 앉았다 날아간다. 나풀거리며 날아가는 모습이 따라오라는 것 같다. 그녀는 나비를 따라 정신없이 쫓다보니 나비는 그만 빠른 속도로 훨훨 날아서 어디론가 사라지고 말았다. 그녀는 실망해 나비가 사라진 쪽을 물끄러미 바라보고

있으려니 멀리서 무슨 소리가 들려온다. 귀를 기우리고 소리 나는 쪽을 유심이 바라보니 멀리서 하얀 천이 펄럭인다. 조금 전 놓쳤던 나비가 나풀거리며 오는 것 같다. 반가운 마음에 자세히 보니 선소리꾼의 노래에 맞춰 앞에 만장을 앞세우고 상여가 오고 있는 것이었다. 선소리꾼의 슬픈 노래 곡조가 가슴을 파고든다.

"세상천지 만물 중에 사람밖에 더 있는가.

어~허 어~허 어~허...

저승길이 멀다 해도 대문 밖이 저승이요.

어~허 어~허 어~허...

서산낙조 떨어진다 해도 내일 아침이면 돋 것만은 ~~~

어~허 어~허 어~허..."

선소리꾼은 상여에 탄 채 처량하게 종을 치며 소리를 한다. 상여 앞에는 울긋불긋한 여러 개의 만장이 바람에 펄럭인다. 가까워지는 상여를 바라보며 '또 어떤 사람이 한 세상 떴구나.' 하고 혼자 말로 중얼 거려 본다. 이제 상여는 그녀 앞을 막 지나려 했다. 상여 앞에는 한 사람이 죽은 이의 영정을 들고 걸어오고 있었는데 영정의 사진은 여자였다. 젊었을 때 찍은 사진이라 그런지 아름다운 모습이다.

"아~ 어떻게 저렇게 어여쁜 사람이 죽었을까? 참 아까운 나이인데 죽었구나,"

이제 상여는 하얀 천을 펄럭이며 그녀의 앞을 막 지나고 있었다. 그녀는 가까이 지나는 상여 앞의 영정사진을 보고 소스라치게 놀라며 그만 몸이 얼어붙고 말았다. 등으로 식은땀이 흐른다.

"도대체 어떻게 된거지?"

그녀의 머리는 혼란스러워 오기 시작했다. 상여 앞의 영정은 자신이었던 것이다.

"아니? 나는 여기 있는데 그러면 저 상여 속의 시신은 누구란 말인가?"

상여 뒤에는 중년의 남자가 머리에 건을 쓰고 따라 가는데 남편이다.

"도대체 어떻게 된 거란 말인가?"

도무지 아무런 생각이 나지를 않는다. 혼란스러움 속에서도 그녀는 상여를 따라가고 있었다. 상여는 장지에 도착한 듯 했다. 그곳엔 벌써 사람들이 묘 자리를 파 놓고 있었다. 상여에서 내려진 관을 사람들이 뚜껑을 연다. 그녀가 들여다보니 수의에 싸여 있지만 분명 자신이다.

"그럼 내가 정말 죽었단 말인가, 그러면 지금 나는 뭐란 말인가?"

그녀는 남편 곁으로 다가갔다.

"여보, 저예요, 나 이렇게 살아 있는데 왜 죽었다고 하는 거예요, 여기 당신 곁에 살아 있잖 아요."

하고 말해도 남편은 들은 척을 않는다. 이제 관 뚜껑은 다시 닫히고 흰 천의 끈으로 받쳐진 관은 파 놓은 구덩이 속으로 내려가기 시작했다. 그녀는 남편에게 매달리며 외쳤다.

"여보, 나 여기 있잖아요, 난 안 죽었단 말 이예요."

마구 소리치며 발버둥을 쳐 보지만 남편은 들은 체도 안한다. 입안이 타기 시작하고 가슴이 답답해져 온다. 말은 입안에서 뱅뱅 돌뿐 밖으로 터져 나오지를 않는다. 손을 허우적거리며

"나는 살아 있단~~"

하며 눈을 번쩍 떴다. 꿈이었다. 꿈 이야기를 끝낸 아내는 몹시 피곤한 모습이다.

"엄마 피곤한 것 같은데 좀 누워요."

큰딸이 권한다.

"아냐, 내가 요즘 몸을 씻지 않아 찝찝한 것 같다. 부엌에 나가 가마솥에 물 좀 데워라, 오늘 목욕 좀 해야겠다."

하고는 아내는 자리에 눕는다. 누워 있는 아내의 모습은 전보다는 많이 좋아진 느낌이다. 김만석은 딸아이에게 아내를 돌보라 부탁하고 자신이 부엌으로 나간다. 우물에서 물을 길어다 가마솥에 가득 붓고 불을 지피기 시작했다. 나뭇간의 장작을 가져다 불이 잘 붙도록 쌓은 다음 불에 잘 타는 나무 잎으로 불을 지피기 시작했다. 장작에 불이 붙기 까지는 약간의 시간이 흐른 뒤였다. 불은 활활 타오르기 시작한다. 한 시간 정도 지났을까 솥뚜껑을 열고 손을 넣어보니 물이 따끈따끈하다. 그는 뜨거운 물을 퍼다가 아내가 목욕할 그릇에 알맞게 찬물을 타서 채워 놓았다. 나머지는 큰딸의 몫이었다. 얼마나 시간이 흘렀을까,

"아버지! 아버지!"

하고 딸아이가 부르는 소리에 그는 부지런히 달려와 방문 앞에 섰다.

"왜 그러니 뭐 할 것 있니?"

"네, 엄마 목욕 다 시켰어요, 이 물 좀 갔다 버려야 되겠어요."

그가 방문을 열고 들어가니 아내는 목욕을 마치고 깨끗한

내복으로 갈아입고 있었다. 만석이 목욕물을 버리고 들어가니 큰딸이 자리를 깨끗이 닦고 있었다. 아내는 만석과 큰딸에게 자리에 앉기를 권했다. 머리를 감느라 풀어 헤친 후 아주까리 기름을 바르고 빗질한 아내의 긴 머리가 기괴하면서 정갈해 보인다. 아내 앞에 앉으니 아내는 만석에게 더 가까이 오라고 한다. 아내는 큰딸을 물끄러미 바라보더니 아버지와 할 말이 있으니 잠시 나가 있으라 한다. 큰딸이 나가자 아내는 만석의 손을 꼭 잡으며 눈에서는 눈물을 펑펑 쏟는다. 그리고는 힘들게 입을 열기 시작했다.

"여보! 지금부터 내가 하는 말 잘 들어요. 나는 오래 살지 못해요."

만석은 가슴이 철렁한다. 아내가 목욕하는 것을 보며 곧 일어날 것이라 생각했는데 아내의 말은 의외였다. 실망해 있는 그를 보고 있던 아내는 놀랄 것 없다는 듯 말을 계속했다.

"죽을 때가 되면 사람들은 자신이 언제쯤 죽을 것이란 것을 알게 되나 봐요, 내 생각에는 내가 오늘을 넘기기 힘들 것 같아요. 그러니 내가 부탁하는 것을 잘 듣도록 해요."

그러고는 숨이 찬지 한숨을 토해낸다.

"벽장문을 열어봐요, 구석에 보자기로 곱게 싸 놓은 것이 있을 거예요, 그것을 가져와서 풀 어 봐요."

만석이 가져와 풀어보니 여자에게 필요한 도구들이었다. 은장도, 참빗, 얼개 빗, 향수, 등이었다.

"이 물건들은 큰애 시집 갈 때 주려고 마련했던 건데 출가하는 것도 못보고 죽을 것 같으니 당신이 잘 간수 했다가 그 애 시집 갈 때 잘 챙겨 주도록 해요."

하고는 장롱을 뒤져보라고 한다, 장롱 속에도 보자기에 곱게 싸놓은 보따리가 나왔다. 풀어보니 삼베로 된 수의다.

"그것은 당신이 먼저 죽으면 쓰려고 준비했던 건데 그건 당신이 쓰도록 하고 내가 먼저 가면 나는 수의를 입는 것 싫으니 그냥 내가 입던 옷 중에서 가장 고운 옷으로 입혀서 보내줘요."

하고는 이제는 피곤하다며 눕고 싶다고 한다. 만석은 아내를 자리에 눕히고 베개를 머리에 베어 줬는데 그녀는 무슨 생각이 났는지 베개를 그에게 주면서 꿰매져 있는 실을 뜯으라 한다. 베개를 뜯으니 왕겨와 함께 적지 않은 돈이 쏟아져 나온다. 그간 그녀가 한푼 두푼 몰래 모은 돈이었다. 그녀는 어려울 때 쓰라며 그에게 준다. 그리고는 자신이 죽더라도 초라하게 다니지 말고 딸아이에게 부탁해 항상 옷도 깨끗하게 입고 다니라고 신신 당부하며 힘에 부치는지 이내 잠이 든다. 아내를 우두커니 바라보고 있던 김만석은 눈물이 비 오듯 쏟아진다. 시집 온지 몇 십 년 됐지만 호강한번 시켜주지 못한 아내다. 없는 집에 시집와 자식 낳고 살면서 애만 쓰다 이젠 자신의 곁을 떠나려 한다. 그는 밖으로 나왔다. 찬 기운이 가슴으로 스며든다. 짧은 해는 막 서산으로 지려한다. 반쯤은 산에 가리어 마지막 붉은 빛을 토해내고 있다. 그 붉은 빛이 구름과 어우러져 형형색색의 기묘한 모양을 만들어 노을이 더 슬프게 보인다. 이제 잠시 후면 온 세상이 어둠에 덮일 것이다. 그는 별안간 두려워진다.

"아~ 저 사람도 이 어두움처럼 영원히 떠나겠구나."

김만석은 점점 마음의 안정을 잃어가기 시작한다. 방문을 바라보니 아무런 기척이 없다. 그때 방문이 열리며 큰딸이 질린 얼굴로 김만석을 부른다.

"아버지~ 아버지~"

만석은 화들짝 노라며,

"무슨 일이니? 너의 엄마가 ~"

그는 불안한 마음으로 물었다.

"엄마께서 아버지를 찾고 계셔요."

만석은 뭔가 심상치 않다는 생각이 들었다, 다급한 마음에 단숨에 방으로 뛰어 들어 갔다.

잠시 잠이 들었던 아내는 조금 전 깨어났는데 상태가 심상치 않다. 아내를 바라보는 그의 눈에 눈물이 그렁그렁 맺힌다. 아내는 숨이 몹시 찬 듯하다. 힘없는 눈으로 만석을 바라보던 아내는 뒤 따라 들어오는 큰딸을 보며 눈물을 주루룩 흘린다.

"너를 출가라도 시키고 에미가 죽어야 하는데 미안하구나."

그녀는 있는 기력을 다하여 말하고 있는 것이다.

"아버지를 도와 동생들과 함께 잘 살기를 바란다."

하고는 가래가 끓는 소리를 내면서 손을 허우적거리며 만석과 큰딸을 찾는 듯하다.

만석은 급히 아내의 손을 잡는다. 아내는 안심이 된다는 듯 손에 힘이 풀리며 이내 숨을 놓는다.

"여보!"

"엄마! 돌아가시면 안돼요."

그는 하늘이 무너진 느낌이 들면서도 왠지 눈물이 나지를 않는다. 그 동안 어느 정도 예견된 일이었기에 막상 닥치고 보니 기가 막혀 눈물이 나지를 않는다. 그는 말없이 일어나더니 밖으로 나간다. 우선 가까운 마을 친구들에게 알리기 위해서다. 얼마 후 몇 명의 마을 친구들이 오자 그는 몇몇 가까운 친척 집에나 알리라고 한다. 알릴 데도 별로 없었다. 아내는 돌림병인 엠병으로 죽었기 때문에 삼일장도 치를 수가 없었다. 벌써 엠병으로 인하여 동네 사람들이 많이 죽어 갔지만 그 날로 모두 장례를 치렀던 것이다. 얼마 후 건너동네에 사는 큰 처남 박성식이 제일 먼저 도착했다. 만석은 성식과 장례에 대해 상의를 하려 하는데 성식이 먼저 말을 꺼낸다.

"매형, 누님의 병은 다른 사람에게 전염 시킬 수 있는 나쁜 병입니다. 잘못하면 매형부터 조카들까지 모두 죽을 수 있어요. 아무소리 마시고 이 밤으로 장례를 치르도록 하세요."

그는 망설이고 있었다.

"여보게, 처남. 저사람 아직도 체온이 따뜻하네, 어떻게 이 추운 겨울에 숨 떨어지자마자 땅에 묻는단 말인가, 삼일장이 안 되면 하루 밤 이라도 보내고 내일 장례를 치루도록 하세나."

그러나 성식은 막무가내였다.

"매형, 지금 온 동네가 돌림병인 엠병 때문에 난리인데 그게 말이나 되는 일입니까? 남들도 모두 그날로 장례를 치렀어요. 그러니 매형네 선산은 너무 멀어 이 밤으로 장지까지 가기는 무리입니다, 이 추운 야밤에 먼 선산으로 갈 수도 없는 노릇이고 하니 가까운 우리 산에 매장토록 합시다. 저쪽 행 길가 옆에 남향에다 양지 바른 곳이니 누님의 묘 자리로는 괜찮을 겁니다."

물론 처남의 말이 백번 맞는 말이고 고마웠지만 자신의 누님을 하루도 묶게 할 수 없다는 말에 그가 너무 냉정 하다고 느껴진다. 아내는 아직도 체온이 따뜻해 곧 툴툴 털고 일어날 것만 같은데 이 밤으로 땅에 묻으라니…, 완강한 성식의 말을 들으며 그는 아내를 끌어안고 울 수밖에 없었다. 그는 이제 체념할 수밖에 없었다.

"매형은 여기서 준비를 하도록 하세요, 저는 시내에 나가서 관을 사오도록 할게요."

"지금 관을 사올 시간이 어디 있어? 다른 사람들은 모두 거적 대기로 싸서 바로 매장을 하는데."

"알았어요. 허긴 시내까지 다녀오려면 시간이 많이 걸려 그것도 안 되겠어요."

하고는 성식은 밖으로 휭 하니 나가버린다. 그는 곧 일어나 웅성거리고 있는 동네 사람들에게 지시를 한다. 석유를 준비하고 철사에 솜을 감아서 솜방망이로 횃불을 만들었다. 묘 자리를 파러갈 선발대가 만들어 진 것이다. 언 땅을 팔 곡괭이와 삽, 가래, 등 을 들고 동네 사람들이 떠났다. 이제 온 사방은 어둠에 쌓여가고 있었다. 죽은 이의 빈소도 마련할 시간도 없었고 할 수도 없었다. 얼마 후 성식이 맷방석을 들고 도착했다. 만석은 성식이 가져온 맷방석을 방바닥에 펴고 아내를 맷방석에 눕힌다. 그리고 맷방석을 둘둘 말고 새끼로 묶는다. 그리고 지게에 아내를 싣는다. 그러자 아이들이 마구 울어댄다. 그러자 성식이 큰소리로 야단을 한다.

"이놈들아, 엄마는 전염병으로 돌아가신 거야. 잘못하면 너희들도 전염돼 죽고 싶어?"

그 말에 아이들은 움찔하며 울음을 그치고 감히 접근을 못한다. 지게에 아내의 시신을 이미 실었으니 모든 작업은 끝났다. 전염병에 의한 사망이었기에 어떠한 의식도 치룰 수가 없었다. 전염이 될까 두려워 그런지 모든 것이 신속했다. 해가 지면서 기온은 많이 떨어지고 있었다. 간간이 찬바람에 눈발이 날린다. 김만석은 마지막 가는 아내를 자신이 직접 데려가기로 했다. 지게에 아내의 관을 지고 일어섰다. 한 사람이 앞에서 횃불을 들고 앞장을 선다. 만석은 횃불을 든 사람을 쫓아서 따라가기 시작한다. 그 뒤에 아이들과 처남 성식이 뒤 따르고 있다. 한참을 가던 김만석이 많이 힘든 모양이다. 그러나 만석은 힘든 것이 아니고 울면서 무어라고 말을 하고 있었다.

"여보 미안해요. 마음은 꽃상여에 태워서 보내주고 싶은데 이렇게 지게에 당신을 지고 가고 있으니 말이요. 당신 혼자 외롭게 가는 길에 내가 노래라도 불러 줄 테니 이 노래라도 들으며 편히 가시구려."

하면서 그는 들릴 듯 말 듯 노래를 읊 조리고 있었다.

"꽃이 지면 영 지느냐 동지섣달 꽃 지었다.
이내 인생 한번 가면 움이 있나 싹이 있나.
잠자는 날과 병든 날을 빼고 나면 얼마를 살았는고.
단 사십을 못사는 인생 먹고 나면 쓰고 가라.
이팔청춘들아 늙은 망령 웃들 마소..."

그의 노래는 계속 이어지고 있었다.

"눈 어둡고 귀먹으니 망령이라 흉을 보고.

구석구석 웃는 모양 절통하고 애닯프다.
홍안박명 늙어지니 다시 젊지 못하리라."

김만석은 노래를 하며 흐느끼고 있었다. 그는 힘이 드는지 잠시 쉬어가자고 했다. 쉬면서 산 쪽을 올려다보니 불빛이 환하다. 환한 횃불 속에 여러 명의 마을 사람들이 땅을 거의 파 놓고 기다리는 듯 했다. 만석은 지게를 다시 지고 일어선다. 잠시 후 장지에 힘들게 도착했다. 시간도 늦었지만 간간이 내리는 눈발 속에 불어대는 바람은 매우 차가왔다. 더 지체할 수도 없었다. 지게에서 시신을 내리자 사람들은 달려들어 아내의 시신을 구덩이에 내리고 바로 묻기 시작했다. 만석은 슬픔이 밀려왔지만 아이들 때문에 참고 있을 수밖에 없었다. 큰 큰딸과 아이들이 자지러질 정도로 슬프게 울기 때문이었다. 마을 사람들은 흙을 다 메우고 봉분을 만들었지만 추운 겨울이라 잔디는 입힐 수가 없었다. 해동이 되면 봄에 입히기로 하고 빨건 흙 위에 더 이상 얼지 말라고 이엉만 씌워놓고 서둘러 집으로 돌아왔다. 집에는 막걸 리가 와 있었다. 마을 사람들이 수고 했으니 그냥 돌려보낼 수는 없었다. 막걸리를 한 사발씩 마시고 사람들은 늦은 밤이라 그런지 하나, 둘, 뿔뿔이 흩어졌다. 사람들이 모두 떠난 집은 적막강산이다. 몇 시간 전까지만 해도 함께 있었던 아내였건만 죽은 지 몇 시간도 안 돼 땅에 묻다니 아내에 미안할 다름이다. 아까부터 흐느끼는 아이들의 소리만이 들릴 뿐이다. 집안은 대략 마을 사람들이 소독을 하고 청소를 해 놓은 듯 했다. 말없이 앉아 있던 만석이 큰딸을 찾았다.

"얘야, 막걸리 남았으면 한 사발만 다오."

"네,"

딸아이는 대답을 하고 곧 일어나 주전자에 막걸리와 안주로 김치를 소반에 받쳐 가져왔다.

만석은 주전자의 막걸리를 대접에 따라 숨 한번 쉬지 않고 마셨다. 한 사발 또 한 사발 주전자의 막걸리가 비워질 때 까지 마시던 그가 천장을 보더니 한숨을 크게 쉬며 큰딸과 아이들을 바라보며 주먹 같은 눈물을 떨 구고 있다. 큰딸아이도 따라 운다. 지금껏 아버지가 우는 모습은 처음 본다. 아이들에게 있어서 어렸을 때부터 아버지는 호랑이 같은 무서운 존재였다. 따뜻함이란 추호도 없는 사람이라고 생각 했던 아버지였다. 지금껏 아버지에게 따뜻한 말이라고는 들어본 적이 없다. 그렇게 무섭기만 했던 아버지가 오늘 밤은 운다. 그것도 주먹만큼 커다란 눈물방울을 뚝뚝 떨어트리며 울고 있다. 소리 없이 울고 있던 만석이 아이들을 바라본다. 예전에 느껴 보지 못했던 진한 부성애(父性愛)가 느껴지는 눈이다.

"큰애야! 그리고 너희들 그 동안 이 애비가 미웠지? 그래 이 애비가 미웠을 게다. 그러나 내가 너희들이 미워서 그런 건 아니란다. 난 비록 배운 건 없다만 너희들을 강하게 키우고 싶었지, 부모의 사랑이란 겉으로 드러 내놓고 사랑하기 보다는 속으로 삭이며 사랑하는 거라 생각 했단다"

큰딸은 아버지의 말은 믿지만 그 눈물의 이유는 다른 곳에 있다고 생각했다. 원래 사람이 들어온 자리는 표가 나지 않지만 빈자리는 크게 느껴지기 마련이다. 또한 어린 자식들을 생각하면 에미없이 키울 일이 걱정스러웠을 것이다. 세상에 자식

사랑하지 않는 부모가 어디 있을까 마는 이 시간만은 세상에서 아버지만큼 자신들을 사랑하는 사람은 없을 거라는 생각이었다. 만석은 그날 밤 아이들의 손을 꼭 잡고

"너희들을 위하여 애비는 열심히 살 테니 너희들은 너희들 할 일이나 열심히 하도록 해라."

하면서 아이들을 위로한다.

그렇게 그 해 겨울은 김만석에게 고통과 슬픔을 남긴 채 지나갔다. 모질게 지나간 겨울과 달리 봄은 화사하게 일찍 찾아왔다. 집 뒤 울타리에 노란 개나리가 만발하게 피어나고 뒷산에 진분홍 진달래가 봄의 전령으로 아름답게 피어나고 있었다. 만석은 모 자리를 하고 다른 날보다 조금 일찍 들어 왔다. 큰딸이 저녁상을 들여온다.

"아버지 피곤하시죠? 제가 대야에 물을 받아 놓을 테니 저녁 잡수시고 씻도록 하세요."

하면서 밖으로 나간다. 만석은 식사 후 밥상을 앞으로 밀어 놓고 큰딸을 부른다. 곰방대에 쌈지의 담배를 밀어 넣고 성냥불로 불을 댕긴 후 길게 빨아댄다. 그리고 한숨을 토해내듯

"후~우"

하고 내 뱉는다. 큰딸이 들어오자.

"얘야, 이번 공일에는 네 엄마 산소에 떼를 입혀야겠다. 마을 사람도 몇 명 와서 돕기로 했으니 식사 준비는 해야겠다."

"아버지 그러면 어떻게 준비 할까요?"

"우선 막걸리 한말과 점심을 준비 해야겠지, 푸짐하게 차릴 것은 없고 간단하게 식사만 할 수 있도록 해라. 반찬 몇 가지에다 돼지고기나 사다가 찌개나 끓이면 되지 않겠니?"

하고는 담배를 재떨이에 탁탁 털고는 밖으로 나간다. 만석은 피곤했지만 마을 사랑방에 마실을 가서 사람들과 내일 문제를 의논 해야만 했다.

아침에 눈을 뜨니 날씨가 좋을 것 같다는 느낌이다. 만석은 산소에 가서 쓸 도구를 지게에 실어놓고 모든 준비를 끝냈다. 딸아이는 벌써 일어나 아침 밥상을 준비해 들여왔다. 원래 만석은 성질이 급한 편이었다. 뭐든지 시작하려고 마음먹으면 후딱 해치워야 마음이 편한 사람이었다. 그는 빨리 가 일 을 해야겠다는 마음에 허겁지겁 식사를 한다. 그런 그에게 딸아이가 한마디 한다.

"아버지 그렇게 드시다가는 체하시겠어요, 지금 가셔도 당장 일 하시는 것도 아닌데 뭘 그렇게 급히 드세요."

하고는 빙그레 웃는다. 아내가 떠난 후 집안에서 큰딸의 존재는 정말 대단하다는 생각이다. 작은 일부터 큰일까지 동생들 챙기는 일까지 모두가 큰딸의 몫이었다. 이제는 출가 할 나이인데 출가를 안 시킬 수도 없고 요즈음은 만석의 고민이 하나 더 는 셈이었다. 만석이 식사를 마치고 부지런히 가보니 마을 친구들이 벌써 몇 명이 와 있었다.

"만석이 어서 오시게나, 오늘은 자네보다 우리가 먼저들 왔다네."

"어이구 어떻게 된 거야? 내가 부탁도 안했는데 이렇게들 많이 왔어, 고마워서 어쩌지."

원래 마을 일이라면 궂은일이든 좋은 일이든 가리지 않고 쫓아 다녔던 그였다. 그러기에 많은 마을 사람들이 함께 일을 돕기 위해 모여들었던 것이다. 만석은 처남과 함께 잔디가 잘

자란 곳에서 떼(잔디)를 떴다. 겨울에 임시로 만들었던 봉분은 시간이 흐르며 제법 묘의 모양을 갖춰가고 있었다. 그때 마을 아주머니들과 큰딸이 점심 겸 안주와 막걸리를 가져왔다. 일을 하던 사람들은 일손을 놓고 대접에 막걸리를 가득 부어 시원하게 목을 축이고 있었다.

사람이 세상을 살다 보면 바람처럼 스쳐가는 인연이라도 꼭 만나야 할 사람이 있다. 아까부터 머리에 중절모를 쓰고 회색 두루마기를 걸친 수염을 길게 기른 한 노인이 가던 길을 멈추고 묘지에 떼 입히는 것을 유심이 쳐다보고 있었다. 일 하던 사람들이 일손을 멈추고 막걸리와 점심을 먹고 있을 때 그 노인은 묘지 쪽으로 걸음을 옮기기 시작했다. 묘지 앞에 도착한 노인은 식사 하는 사람들을 향하여 물었다.

"여기 묘지 주인이 누고요?"

처음 보는 사람이라 의아한 시선으로 쳐다보며 만석이 대답했다.

"저 입니다만, 왜 그러시죠?"

노인은 만석을 물끄러미 보더니,

"나는 길을 지나던 사람이요, 보아하니 넉넉한 집은 아닌 것 같은데 주인 되는 사람 인상을 보니 됨됨이 괜찮은 사람 같아 좋은 일이나 한번 하고 갈까 해서 가던 길 멈추고 잠시 들렸을 뿐이오. 나는 지관인데 묘 자리나 제대로 쓰고 있는지 봐 주고 싶소."

하고는 만석의 대답이 떨어지기도 전에 가방에서 몇 가지 도구를 꺼낸다. 그리고는 묘 자리를 이리 저리 보던 노인은 만석을 보며 말했다.

"이 땅은 산소 자리로는 아주 좋은 명당입니다. 당신 아들 다음 대에는 대단한 인물이 나올 터입니다."

명당자리라는 것이었다. 추운 겨울에 죽었기에 마누라를 자신의 선산도 아닌 처갓집 땅을 빌려서 쓴 산소인데 명당이면 어떻고 아니면 어떠랴, 생각하면서도 처남에게는 미안한 마음이 들어 만석의 마음은 편치 않았다. 차라리 듣지 않았으면 마음이 편했을 것 같다는 생각이다. 처남은 지관이라는 사람이 하는 말을 옆에서 듣고만 있었다. 그 말을 듣는 그의 얼굴 에는 많은 변화가 일어나고 있다는 것을 만석은 어렴프시 감지할 수 있었다. 그런 처남을 보며 만석은 막연한 불안감을 느껴야 했다. 만석은 처남을 곁눈질로 흘끔 보고는 노인께 감사의 표시를 했다.

"대접도 변변찮고 시원한 막걸리라도 한잔 드시고 가시지요?"

노인은 고맙다는 말과 함께 수염을 쓰다듬으며 목이 말랐는지 막걸리 한 사발을 시원스럽게 비운다.

"이 산소자리 덕분에 좋은 인재가 나올 것이니 번창하는 집안이 되기를 빌겠소."

하고는 노인은 바람처럼 유유히 떠났다. 노인의 뒷모습을 보며 만석은 꿈을 꾸는 것 같은 느낌이다. 그렇게 처음이자 마지막이었던 그 노인과의 인연이 커다란 파고를 일으킬 줄은 아무도 몰랐다. 노인이 떠난 후 산소는 깨끗하게 단장되었다. 만석은 그날 밤 비가 촉촉이 내려주었으면 했다. 금방 입힌 잔디에 촉촉이 비가 내려주면 싹이 파랗게 피어날 것 같아서였다. 집에 가는 길에 하늘을 올려다보니 검은 구름이 파란 하늘에

넓게 퍼져간다. 어둠이 짙을 무렵 가벼운 빗방울이 떨어진다. 시간이 흐르며 빗줄기가 굵어지기 시작했다. 비가 세차게 내리자 만석은 걱정이 앞선다. 오늘 입힌 산소의 잔디가 비에 씻겨 내려가면 어떻게 하나? 하면서도 만석은 오늘 하루가 피곤했는지 저녁 식사 후 누웠는데 금방 코를 골며 잠이 들었다. 밖에는 비가 계속 내리고 있었다. 그때였다.

"쾅쾅쾅!"

대문 두드리는 소리였다. 요란하게 두드리는 소리에 딸아이가 급히 나간다. 문을 여니 처남 박성식이 비를 흠뻑 맞아 옷이 젖어 후줄근한 상태로 서 있다. 입에서는 진한 술 냄새가 풍기고 있었다.

"아버지 계시냐?"

성식은 만석이 집에 있냐고 묻는 것이다.

"네, 아버지는 피곤하셔서 저녁 드신 후 지금 막 잠이 드셨나 봐요."

"그래? 들어가 외삼촌 왔다고 전하고 좀 일어나시라고 해라."

하고는 대청마루에 걸쳐 앉는다. 비에 젖은 성식의 몸이 추워 보인다. 큰딸아이는 만석이 입던 옷을 가져다 성식에게 권한다.

"외삼촌 옷이 다 젖었어요. 이 옷으로 갈아입으세요?"

그러나 성식은 아무 말 없이 속주머니에서 담배 한 대를 꺼내 피워 문다. 비를 맞았지만 다행이 담배는 젖지 않은 모양이었다. 성식의 심상치 않은 모습에 딸아이는 옷을 성식의 옆에 놓고 만석을 깨우러 방으로 들어간다. 만석은 아직도 피곤한지 계속 코를 골며 자고 있었다.

"아버지!"

딸아이는 곤이 자고 있는 만석을 흔들어 깨우며 성식이 와서 기다리고 있다고 한다. 만석은 눈을 비비며 비가 지금도 오고 있냐고 물었다. 딸아이가 고개를 끄덕인다.

"이 비속에 외삼촌이 왜 왔다던?"

그러면서 부스스 일어나 방문을 열고 대청마루로 나간다. 성식은 그때까지도 담배를 물고 있었는데 만석이 나오자 담배를 비벼 껐다. 그리고는 직선적으로 한마디 툭 던진다.

"매형! 미안한 말이지만 누님이 돌아가실 때는 날씨도 추웠지만 땅이 얼었고 또한 선산이 멀어서 어쩔 수 없었수. 그래서 할 수없이 매형 댁 선산이 있음에도 불구하고 저의 선산에 누님을 모셨는데 이제 날씨도 풀렸고 이장하기도 좋은 때이니 누님 산소를 매형 댁 선산으로 옮겨 가는 것이 어떻겠수?"

만석은 산에서 지관이라는 사람이 이야기 할 때 이미 처남의 표정으로 이런 일이 있을 줄 예상하고 있었기에 그리 놀라지는 않았다. 만석은 잠시 생각 해 본다. 아내를 땅에 매장한지 오개월여, 시신이 한참 부패되고 있는 중일 것이다. 거기까지 생각하자 아내에게 대한 도리가 아니라는 생각이 든다.

"처남, 무슨 말을 하고 있나, 그 사람 산소를 옮기라니? 이제 땅에 매장한지 일 년이 됐나 이 년이 됐나, 이제 겨우 오 개월일세, 그렇게 쉽게 옮기라 할 바엔 무엇 때문에 자네네 선산에 매장하자고 우겼는가?"

"그때는 그럴 수밖에 없었잖습니까, 돌림병이라 당장 매장을 안 하면 마을 사람들이 그냥 있었을 것 같아요? 제가 그때 그렇게 했으니 망정이지 난리가 났을 겁니다."

성식의 말도 일리가 있는 말이다. 그러나 잔디를 입힐 때도 협조적이었고 지금껏 말도 없던 문제를 별안간 끄집어 내 하는 말에 만석은 화가 났다.

"난 못 하겠네, 아까 까지도 말이 없던 일을 별안간 와서 산소 자리를 옮기라니, 적어도 3년 정도는 지나야 시신이 썩을 것 아닌가, 이제 겨우 오개월여 지났는데 산소를 이장하라니 될법한 말인가, 때가 되면 자네가 이장하라고 하지 않아도 내가 먼저 이장하겠네."

"매형이 그렇다면 할 수 없지요."

그렇게 말을 하고 성식은 일어나 터벅터벅 걸어 나간다. 만석은 그렇게 나가는 성식의 모습이 개운치가 않다. 원래 성식은 근동에서는 똑똑한 사람 소리를 듣는 편이었다. 그러나 한편으로는 욕심이 많아 마을 사람들로부터 크게 환영 받지 못하는 사람이기도 했다.

그렇게 성식이 가버린 몇 날 후 아내의 시신이 사라지는 사건이 생긴 것이다. 그가 성식을 의심 안 해 본건 아니었다. 설마 자신의 누님인데 그럴 리가 없다고 고개를 내 저었다. 김만석은 아무리 생각해 보아도 이해가 가지를 않는다. 남의 시신을 파내다 무엇에 쓸 것인가, 밤사이 이렇게 감쪽같이 무덤에 든 시신이 사라질 수 있단 말인가. 만석은 궁리 끝에 다음날부터 문둥병 환자 집부터 조사를 해야겠다고 생각했다. 다음날 아침밥을 먹고 나오는데 처갓집 머슴이 잠깐 보자 한다.

"저~ 지가 잠깐 드릴 말이 있는 디유."

"아니 자네 양서방 아닌가, 웬일로 내 집을 다 왔는가?"

김만석은 처가댁 머슴이라 별 생각 없이 말했다. 그러나 양 서방의 표정은 사 뭇 심각하다.

"지가 무신 말을 혀도 놀래지 마세유, 지는 그 집을 그만둘 요량으로 예꺼지 왔구먼유."

김만석은 그때 까지만 해도 양 서방이 무슨 말을 하려는지 관심이 없었다. 그런데 양 서방이 처갓집을 그만 두려는 각오로 왔다는 말에 정신이 퍼뜩 든다.

"지도 고민 많이 했구먼유, 그런데 그게 사람이 헐 짓이 아니더만유."

양 서방은 숨김없이 그날 밤 있었던 일을 털어 놓았다. 묘지를 옮길 장소는 성식이 미리 보아둔 듯 했다. 처갓집에는 머슴이 셋이었는데 둘은 정식 머슴이고 하나는 바쁜 철에만 쓰는 보조 머슴 격 이었다. 성식은 그들을 불러놓고 1년 새경(1년 동안 받는 삯)을 한 가마씩 더 올려 주겠다고 약속을 한 후 그곳에서 멀지 않은 여우 골로 묘지를 옮기라고 지시를 했던 것이다. 그 후 양 서방은 묘지 주인도 모르게 행해진 일련의 일들에 대하여 많은 고민을 해야만 했다는 것이다. 양 서방은 처갓집에서 몇 년째 머슴살이를 하고 있지만 천성이 착하고 부지런한 사람이었다. 그래서 고민 끝에 전날 밤 결심을 하고 오늘 아침 양심선언을 하기에 이른 것이다. 김만석은 그 소리를 듣고서 얼굴이 백지장처럼 하야 지며 온몸이 사시나무 떨 듯 떨린다. 그래도 자기 누이인데 하면서 그를 추호도 의심하려 하지 않았다. 그런 김만석을 보며 양 서방은 바로 이 고장을 떠나 고향으로 가겠다고 했다.

"이런 쳐 죽일 놈!"

김만석의 눈빛이 분노로 이글거린다.

마음이 다급해져 왔다. 여우골 이라면 이곳에서는 험한 곳이었다. 밤이면 여우의 울음소리가 자주 들려오는 곳이었다. 만약 시신을 얕게 묻었다면 여우들에게 시신이 훼손 되었을 수도 있었다. 김만석은 그럴 가능성이 있다고 생각했다. 캄캄한 밤에 남의 묘지를 몰래 파내어 시체를 옮기는 험한 일이다. 웬만한 담력으로는 할 수 없는 일이었다. 분명 무서움에 쉽게 처리하였을 것은 빤한 노릇이다. 여기에 생각이 이르니 잠시도 지체 할 일이 아니었다. 김만석은 급히 여우골로 가자고 재촉했다. 논길을 지나 산자락을 오르니 음습한 곳에 급조된 새 무덤이 초라하게 있었다. 잔디도 입히는 둥 마는 둥 벌거숭이 무덤 그 자체였다. 그는 가슴에서 올라오는 화를 누르려니 서러움이 북받쳐 오른다. 아내의 무덤에 엎드려 실컷 울었다.

"여보! 미안해요, 잠든 당신 곤히 자게 내버려 두지도 못하는 무능한 남편이요. 그러나 조금만 참아요. 당신이 편히 잘 수 있는 곳으로 보내 주리다."

뒤에 서서 묵묵히 보고 있던 양서방도 그 모습을 보며 더더욱 양심의 가책이 되어 눈가에 눈물이 맺히며 소리 없이 운다. 김만석은 일어나 양서방의 손을 꼭 잡고 정말 감사하는 마음을 표한다.

"양서방 정말 고맙네, 자네 아니었으면 난 오늘 죄 없는 문둥이들만 욕을 하며 헤매었을 거야."

만석은 하늘을 쳐다보며 허허롭게 웃는다. 그리고 그날을 머리에 떠 올려본다. 지관이 하는 말을 듣고 표정이 변하든 처남, 그런 모습을 보며 막연한 불안감을 느꼈던 자신, 그때만 해도 피 붙이 간에 이런 일이 발생 할 것이란 생각은 꿈에도 하지 않았다. 차라리 지관이란 사람이 찾아 오지나 않았다면 이런 불상사는 없었을 것이다. 김만석, 그는 세상을 순수하게 살아가는 사람이었다. 부모에 물려받은 전답을 한 치의 땅도 축내지 않고 부지런함으로 더 노력해 얼마간의 전답을 늘리고 남의 일이라도 내일처럼 열심히 도우며 살아 왔던 전형적인 농촌 사람이었다. 명당! 김만석 에게는 그런 것은 애당초에 가당치도 않은 얘기였다. 그는 부모가 세상을 떠났을 때도 산 좋고 물 맑은 선산에 햇빛 잘 들고 앞이 탁 트인 곳이면 명당이지 어디가 명당이란 말인가, 하면서 부모 묘를 그런 땅에 썼었다. 아내가 죽었을 때도 그의 마음은 같았었다. 다행이 성식이 제공한 아내의 묘 자리는 사람이 많이 다니는 길옆이었고 앞이 탁 트이고 남쪽을 바라보고 있는 양지였다. 그래서 추운 겨울이었지만 아내는 따듯한 곳에서 잠들 수 있을 거란 생각으로 마음을 달랬었다. 그런데 무덤이 무참히 파 헤쳐지고 자신도 모르는 사이 엉뚱한 곳으로 이장이 되고 아무리 남이라도 이런 일은 있을 수 없는 일이라 생각이 미치자 이 자리에 있다면 성식을 쳐 죽이고 싶은 마음이다. 달려가 당장 요절을 내고 싶었지만 양서방이 극구 말린다.

"아저씨! 맴 지가 다 알어유, 왜 안 그러시겠어유, 지라도 이런 일을 당했더면 같은 생각을 혔을 꺼여유, 그러나 지를 한번만 생각해 주세유, 비록 주인이 시키는 대로 했지만 바른 일이 아니기에 이렇게 알려 드렸잖이유. 이자 모든 것을, 아신 이상 돌아가신 아줌니를 생각 혀서라두 서둘러 선산으로 이장 하도록 하세유."

양서방은 마음 같아선 함께 이장을 도와주고 싶지만 성식의 집에서 일하는 사람으로서 좋은 일은 아니지만 비밀을 못 지켜 준 꺼림칙함 때문에 이곳을 떠나겠다고 했다. 그 후 양서방은 떠났는지 그를 봤다는 사람이 없었다. 김만석은 허탈한 마음으로 돌아와 대청마루에 걸쳐 앉아 곰방대에 담배를 채우고 불을 부친다. 오늘 따라 담배 맛이 쓰다, 담배연기를 토해내며 골똘히 생각해 본다, 이 일을 성식과 상의해 이장을 할 것인가 아니면 아무 말 없이 그냥 할 것인가 고민이다. 그 말을 했을 때 성식의 표정은 어떨 것인가, 별 생각이 꼬리를 문다. 결국은 알릴 필요 없이 해야겠다는 마음 쪽으로 무게가 실린다.

"언제 돌아 오셨어요?"

딸아이가 마실을 갔다 오는지 들어오며 묻는다.

"잠시 전에 들어 왔다."

"아버지 점심 안 드셨죠?"

딸아이의 말을 듣고 보니 시장기가 도는 것 같다. 잠시 후 딸이 마루에다 점심상을 차려 가지고 온다. 만석이 피우던 담배를 댓돌 위에 탁탁 털고 난 뒤 식사를 하기 시작했다.

"아버지 무슨 말 들으신 것 있으세요?"

"무슨 말?"

"엄마에 대한 이야기 같은 것 말이에요. 아버지 얼굴에 무슨 일이 있었다고 씌어있는 것 같아서요."

"그래, 있었지. 그것도 아주 큰일이 있었단다."

만석은 아침에 있었던 이야기의 자초지종을 다 말해 주었다. 딸아이는 어이가 없다는 듯 멍한 표정이다. 세상에 그럴 수가 없다는 것이었다. 남매지간이라도 처남인 상식과 아내는 너무도 달랐다. 완고한 부모는 여자라는 이유로 계집애가 무슨 공부냐며 학교에도 보내지 않았다. 그래서 아내는 동생에게 늘 양보하며 자랐고 성식은 아들이라는 유세로 귀여움을 독차지 하고 일본의 동경에 있는 명문대 까지 유학을 다녀와 못 배운 사람들에게 교만을 떨기 일 수였다. 그렇게 성식은 자신뿐이 모르는 이기적인 성격으로 자랐다. 그런 이기적인 성격이 이런 일을 만들고 말았던 것이다. 지관이 명당이란 소리를 하니 행여 자신의 집안에 돌아올 복과 행운을 매형인 만석에게 모두 빼앗기는 것이 아닌가 하는 의구심이 들었다. 그는 어떤 일이 있어도 그런 일은 막아야 한다는 일념이었다. 그러한 일념이 그의 인생에서 씻지 못할 오점을 남기게 된 것이다.

"아버지! 엄마 돌아 가셨을 때 묘 자리 거기에 누가 쓰라 했어요. 외삼촌이잖아요. 그랬으면 어떻게 그런 짓을 할 수가 있어요."

딸아이는 성식에 대한 배신감에 어이가 없다는 듯 분해하고 있었다.

"분할 것 없다. 우리가 너의 외삼촌과 똑같이 행동 한다면 그 사람과 우리가 다를 게 뭐냐, 나는 너의 엄마 시신을 다시 찾은 것만 해도 감지덕지란다."

하고는 마음을 진정 시키는지 긴 한숨을 토해내고 다시 하던 말을 계속한다.

"그래도 너의 외삼촌이 있었기에 그 당시 땅을 내 놓았지 다른 사람 같았으면 그리 쉽게 묘 자리를 주었겠니? 너의 외삼촌 아니었다면 그 추운 겨울에 어떻게 할 뻔 했겠니, 다 잊자 그리고 용서 하자, 어차피 피 부친데 반목하고 사는 것도 남 보기에는 좋은 모양새는 아니야, 어차피 그 땅은 우리 땅이 아니잖니, 언젠가는 이장을 해야만 했던 거야, 그것이 조금 빨라졌다는 것 뿐 이란다."

분해하는 딸에게 만석은 차분하게 이해시킨다.

"외삼촌께 알릴건가요?"

"그럴 필요 없다, 어차피 우리 몰래 한 일인데 너의 외삼촌 입장도 있으니 구태여 알릴 필요가 없을 것 같다. 삼년 후에나 묘를 이장하려 했는데 너의 엄마가 편치 않을 것 같아 바로 이장을 해야겠다. 이래서야 죽어서도 편이 쉴 수 있겠니, 또한 밤에 몰래 이장한 묘 자리가 제대로 되었을 리가 만무 하고..."

그렇게 말하는 김만석의 얼굴에 쓸쓸함이 스쳐간다. 발 없는 말이 천리를 간다고 세상에 소문처럼 빠른 게 없다. 양서방이 별안간 떠나고 이상하게 생각했는데 마을에 소문이 돌기 시작했다. 성식이 머슴들을 시켜 자기 누이의 묘지를 다른 곳에 몰래 이장 했다는 것이었다. 마을에 쫙 퍼진 소문을 성식이 못 들었을 리 없었다. 성식의 아내 불찌댁이 밖에 나갔다 들어와 성식을 찾았다. 성식은 지금껏 불찌댁 에게는 누님 산소 문제에 대하여는 한 마디도 언급한 적이 없었다.

"여보, 밖에 이상한 소문이 도는데 도대체 어떻게 된 일이에요, 당신 그 소문이 사실 이에 요?"

그 말을 들은 성식은 가슴이 철렁한다. 아무리 철면피 같은 인간 일지라도 천륜을 어긴 짓 이었다는 것에 생각이 미치자 후회가 된다. 아무리 좋은 명당일지라도 그렇게 하면 안 된다는 데에 이르자 자신이 한 짓에 대해 부르르 치가 떨린다. 아내의 물음에 거짓말을 할 수가 없다.

"음, 그래 그 때는 내가 미쳤나봐."

"당신 정말 미쳤군요? 아무리 좋은 명당이라도 그렇지 형님에게 어떻게 그럴 수가…"

성식은 정말 후회스러워 미칠 지경이었다.

"그 때는 내가 돌았었나봐, 지관이 하는 소리를 듣고 명당을 빼앗겼다는 생각에 그만…"

"고모부님이 얼마나 상심 하시겠어요, 당신 빨리 가서 용서를 빌어요?"

성식의 아내는 당장 가서 용서를 빌라고 재촉한다.

"아~ 어쩌다가 내가 누님에게 그런 못된 짓을 했을까?"

성식은 마을 사람들이 부끄러워 밖에 나 다닐 수가 없었다. 매형께 사죄하여야 한다고 생각하면서도 자신이 저지른 일이 너무나 엄청난 일이었기에 감히 찾아가 용서를 빌 면목도 없었다. 그러나 후회만 하고 있을 시간도 없었다. 내일일지 몇 날 후 일지는 모르지만 묘지를 이장한다는 것은 분명한 것이었다. 사건이 있던 직후 성식은 몰래 여우골로 이장한 묘지를 가 보았다. 그러나 그것은 묘지라 볼 수 없었다. 밤에 급히 옮긴 탓인지 엉망이었던 것이다. 성식은 정신이 번쩍 들었다.

"이런 게 아니었는데…"

성식은 이 말을 수도 없이 되 뇌이며 돌아 왔다. 그 후 성식은 두문불출 집 밖에 나가지를 않았다. 아니 못나갔다고 하는 것이 맞는 표현일 것이다. 마을 사람이 모두 자신에게 손가락질 하는 것 같아 도저히 나갈 수가 없었던 것이다. 그런데 오늘 아내가 밖에 나갔다 오면서 그런 말을 들었다 하는데 가슴이 철렁했던 것이다. 성식은 마음이 편치 않아 가만히 앉아 있을 수가 없었다. 아내의 말대로 지금 당장 가서 매형과 조카들에게 무릎을 꿇고 용서를 빌어야 마음이 편할 것 같다. 그는 자신이 한 짓이 너무나 어처구니없는 일이었기에 발걸음조차 내딛기 무거웠지만 용기를 내어 김만석의 집을 찾기로 했다. 만석에게 맞아 죽을 각오로 찾아 온 것이다. 김만석은 성식의 방문이 의외라는 생각도 했지만 언젠가는 찾아 올 수밖에 없다고 확신을 하고 있었다.

"매형! 용서해 주십시오. 제가 부모님께 물려받은 재산이 조금 있다고 눈에 보이는 것이 없었나 봅니다. 천벌이라도 받으라면 달게 받겠습니다. 흐흐흑"

성식은 흐느꼈다. 정말 진정한 용서를 구하고 있었다. 김만석도 눈가에 이슬이 맺힌다. 함께 있던 아이들이 모두 함께 흐느낀다. 김만석은 성식의 손을 잡으며 엎드려 우는 그를 일으켜 세운다.

"이 사람아, 일어나게, 나와 우리 아이들은 자네를 이미 용서한지 오래일세, 자네가 무슨 죄가 있나 나도 그런 소리 들었으면 자네같이 행동 했을 거야."

성식은 만석이 거짓말을 하고 있다는 걸 잘 알고 있었다. 만석은 그런 사람이 아니었다. 그것보다 더한 것도 줄 수 있는 사람이었다. 그들이 마음을 풀고 있을 때 슬며시 나간 큰딸애가 술상을 봐온다.

"자! 진정하고 술이나 한잔하세."

그들은 술잔을 기울이며 예전의 좋았던 시절의 처남매부 지간으로 돌아오고 있었다. 모든 것이 김만석의 고운 마음에서 우러난 너그러운 용서가 있었기에 가능했던 화해였다. 몇 날 후 좋은 날을 택해서 김만석은 성식과 가까운 마을 친구들과 함께 아내의 묘지를 이장하기 위해 묘를 파기 시작했다. 특히 성식은 누님의 시신이 조금이라도 손상 될까 하여 자신이 직접 조심이 흙을 긁어낸다.

"누님, 나를 용서해요, 잠시 마음에 눈이 멀어 누님을 이렇게 불편하게 한 것 씻을 수 없는 죄입니다. 정말 잘못했어요. 흐흐흑"

성식은 진정으로 참회의 눈물을 흘리고 있었다. 흙을 천천히 긁어내고 나니 얼마 후 관이 보인다. 머슴들이 캄캄한 밤에 몰래 매장한 관이라 제대로 되었을 리가 없었다. 여럿이 관을 들어낸 후 흙 묻은 관을 깨끗이 닦았다. 그리고 흰 천으로 관을 싸맨 뒤 마차에 실었다. 선산에는 벌써 다른 사람들이 묘 자리 작업을 해놓고 기다리고 있을 것이었다. 마을 친구가 앞에서 마차를 끌고 김만석과 아이들은 관 옆에 앉았다.

"여보, 정말 미안해요, 살아서 고생만 시키고 죽어서도 제대로 당신집도 마련해 주지 못하고, 이제는 정말 편히 쉴 데로 가니 내가 당신 곁으로 갈 때 까지 편히 쉬구려."

"예쁜 꽃도 낙화지면 오던 나비 아니 오네.
좋은 음식 쉬어지면 수챗구녕 찾아 들고.
나는간다 나는간다 북망산천 나는간다.
명사십리 해당화여 꽃 진다고 서뤄 마라.
명년 삼월 봄이 되면 너는 다시 피려니와.
이내 인생 죽어지면 어느 시절 다시 오리."

김만석의 구슬픈 노래 가락 속에 마차는 덜그럭 거리며 새로운 아내의 유택을 향해 가고 있었다. 〈끝〉

7

아버지와 아들

봉필현 단편

7 아버지와 아들

끝도 없이 펼쳐진 사막의 지평선 너머로 해가 지고 있다. 태양은 붉은 빛을 토해 내고 모래사막은 노을빛으로 물들어 가고 있다. 붉은빛으로 물든 사막위로 한 떼의 낙타들이 줄지어 행렬을 이루어 가고 있다. 동욱은 태어나 처음 보는 광경에 자신도 모르게 그들을 따라 찝차를 사막으로 몰기 시작했다. 사막용 타이어를 장착했기 때문에 찝차는 모래에 빠지지 않고 유유히 사막을 달린다. 한참을 가던 낙타 떼들이 물이 흐르는 오아시스에 도착했다. 그중에 대장격인 낙타가 물을 먹는 동안 다른 낙타들은 우두커니 서서구경만 하고 있다. 대장격인 낙타가 물을 다 마시고 물러나자 낙타 떼들은 한꺼번에 몰려들어 물을 먹기 시작한다. 동욱은 처음 보는 광경이지만 그들에게도 위계질서가 있다는 것에 대해 신기함을 느꼈다. 동욱은 차에서 내려 낙타 떼의 곁으로 천천히 다가가기 시작했다. 그때 대장 낙타가 불쑥 앞으로 나온다. 동욱은 흠칫 놀라며 한 발짝 뒤로 물러섰다. 대장 낙타는 머리를 흔들어 대며 강한 거부 반응을 나타냈다. 더 이상 접근하지 말라는 경고와도 같았다. 동욱도 더 이상 접근할 필요성을 느끼지 않았다. 다만 수많은 낙타무리에 매료되어 호기심에 차를 세우고 가까이 다가왔지만 그들의 세계를 전혀 방해하고 싶지는 않았다. 동욱은 한낮의 지열에 몸이 달구어져 몹시 끈적거렸다. 낙타무리에 끌리어 호기심에 차를 이곳까지 몰고 왔지만 더럭 겁이 났다. 얼마 전 입사 선배가 신기루에 홀려 끝없이 사막을 헤매다 차가 고장 나 허기와 갈증에 시달리다 지쳐 죽어가던 중 현지인에게 구사일생으로 구출 되었다는 이야기가 떠올랐기 때문이다. 도로가 새로 뚫렸지만 아직 개통이 되지 않았기 때문에 인적이라고 찾아보기 힘들었다. 시계를 들여다보았다. 그새 저녁 시간이 다 돼가고 있었다. 끝없는 사막 위로 8차선 도로가 시원하게 뻗어 있다. 이 도로는 동욱의 회사에서 공사를 한지 3년 만에 완공을 앞두고 있는 현장이다. 아직 개통을 하지 않아서 통행하는 차가 아직은 없다. 동욱은 아무런 장애가 없는 차로 위를 달렸다. 십여 분 남짓 걸려서 사무실에 도착했다.

"최주임님 편지 와 있어요."

하며 자재과에 이주임이 한통의 편지를 건넨다. 동욱은 겉봉투를 본다. 아버지의 편지다. 편지를 개봉하는 순간 무언가 모를 그리움이 전신을 휩쓸고 지나간다. 아버지의 편지는 너무 애틋하게 써 내려가 있어서 더욱 동욱의 마음을 아프게 흔들어 놓는다.

"동욱이 보거라."

"동욱아 그 무더운 열사의 나라에서 어떻게 지내고 있니. 여기는 너의 엄마와 동생들도 모두 건강히 잘 있단다. 너를 뜨거운 나라로 보내놓고 나는 늘 너에게 죄인의 심정으로 살아간단다. 내가 그런 실수를 저지르지 않았다면 네가 왜 뜨거운 남의 나라에 가서 고생을 하겠니? 다 네가 복이 없어 애비 잘못만난 탓이려니 해라. 이곳에선 아무리 어려워도 네가 보낸 돈은 한 푼도 축내지 않고 오는 대로 꼬박 은행에 예금을 하고 있단다. 부디 뜨거운 나라에서 무리하지 말고 건강한 몸으로 돌아오기 바란다."

애비가

아버지의 편지는 자신의 잘못으로 동욱이 고생을 한다는 내용이었다. 동욱은 아버지의 편지를 봉투에 넣고 하늘을 올려다 본다.

"아버지 감사합니다. 누구나 한번쯤은 길을 가다보면 돌부리에 걸려 넘어질 수 있어요. 아버지도 아버지의 인생길을 가시다가 돌부리에 걸려 넘어졌을 뿐입니다. 아버지 전 아무렇치도 않답니다."

해가 막 떨어지고 보랏빛이었던 하늘이 서서히 회색으로 물들기 시작한다. 까마득히 높은 하늘에 별들이 총총히 떠오른다.

동욱이 고등학교 3학년에 다닐 무렵 이였다. 갑용은 논이 삼십 마지기에 밭이 꽤 있는 부자였다. 시골에서 그 정도의 땅만 가지고 있어도 먹고 살고 아이들 학교 보내는 데는 아무런 걱정이 안 되는 부농이었다. 사람들은 마을에서 제일 행복한 집안이라며 부러워했었다. 그러나 호사다마라고 했던가,

불행은 예기치 않은 곳에서 생겨났다. 아랫마을에 사는 아버지의 친구가 찾아오면서 부터였다. 아버지 갑용은 아내 배씨에게 친구와 술 한 잔하고 오겠다고 나간 후 밤새도록 집에 돌아오지 않았다. 아내 배씨는 밤새도록 뜬눈으로 지 새며 기다렸지만 끝내 갑용은 돌아오지 않았다. 배씨는 뭔가 이상한 느낌을 받으며 불안해하고 있을 때 어둠이 채 가시지 않은 새벽에 갑용은 충혈 된 눈으로 돌아와 광에 가득 쌓여 있던 쌀을 마차에 실고 나갔다. 그 후 몇일 소식이 없던 갑용은 논마지기나 있던 것 마저 다 날린 후에야 집에 돌아 왔던 것이다. 갑용이 정신을 차렸을 때는 이미 너무 많은 것을 잃은 후였다. 그나마 산 언덕배기에 천수답이라도 남은 것이 다행이라면 다행이었다. 그 후에 갑용의 상심은 깊어갔다. 노름판이라는 생리를 전혀 모르고 친구 따라 갔던 갑용은 그들의 꾐에 빠져 그 많은 재산을 모두 날리고 보니 앞으로 아이들과 살아갈 일이 아득하기만 했다. 술만 마시면 노름판의 악몽이 자꾸 떠올라 어리석은 자신이 죽고만 싶었다. 얼마 전 마을에 머슴을 살던 젊은 일꾼이 일 년 삯으로 받은 쌀 열가마를 노름판에서 잃고 자살한 사건이 있었다. 한번만 잘하면 한 번에 일 년 죽어라 일해서 벌 돈을 단번에 벌 수 있다는 꾐에 빠져서 노름을 했다는 것이다. 그는 쌀을 받으면 고향에 노모와 어린 동생들에게 보내주려 했는데 꾐에 빠져 모두 잃고 나니 노모와 어린 동생들에게 보내줄 쌀이 없어 면목이 없었던 것이다. 그 생각을 하며 자살도 많이 생각 했지만 죽고 나면 아이들은 어떻게 될 것이며 몸이 약해 매일 약으로 사는 아내는 어떻게 될 것인가, 그 무거운 짐을 아내에게 지워주고 떠날 수는 없다는 생각이 들자 앞이 캄캄했다. 그러면서도 마음은 안 된다고 도리질을 치면서 몸은 계속 술을 먹어야 괴로움을 잊을 수 있었다. 아내가 한마디 싫은 소리만 하여도 기다렸다는 듯이 밥상을 엎고 살림살이를 부수기 일 수였다. 농사밖에 모르던 순했던 아버지가 악마처럼 변해가는 것을 보며 동욱은 삶에 대하여 심한 갈등을 겪기 시작했다. 갑용은 그렇게 사년이란 세월을 보냈다. 아내는 그런 남편이었지만 날이 저물도록 기다렸다가 늘 저녁상을 거르지 않고 차려주고 갑용이 잠든 뒤에 잠시 새우잠을 자고 다시 아침 일찍 일어나곤 했다. 그녀는 아플 새도 없었다. 그날도 갑용의 아내는 남편을 기다리고 있었다. 밖은 이월 달 아주 추운 날이었고 눈발이 간간이 날리고 있었다. 그때 누군가 대문을 급히 두들기고 있었다.

"동욱이 엄니! 빨리 문좀 열어봐유."

급박한 음성이었다. 갑용의 아내는 급한 마음에 맨발로 뛰쳐나갔다. 건너 마을에 사는 김씨가 문 밖에 서 있었다.

"동욱이 엄니 빨리 저 방죽 수문 옆에 가 보세유, 제가 들쳐 업고 오려 했는데 축 늘어져 혼자는 어떻게 할 수가 없어서 급히 뛰어 왔슈."

김씨는 볼일이 있어 올라오는 중이었는데 방죽 뚝 모퉁이에 갑용이 쓰러져 자고 있었다면서 가만 놓아두면 얼어 죽을 것 같아 급히 달려 왔다는 것이었다. 책을 보고 있던 동욱은 어머니가 뭐라고 말하기도 전에 밖으로 뛰쳐나갔다. 이렇게 추운 날에는 한시가 급한 일이었다. 술을 먹은 사람이기에 체온이 급격히 떨어질 것은 빤한 일이었다. 잘못하면 아버지가 죽을 수도 있는 것이다. 동욱이 급히 숨을 헐떡이며 뛰어가니 갑용은 추웠는지 몸을 웅크린 채 잠이 들어 있었고 목에서는 가래 끓는 소리가 심하게 들렸다. 동욱은 갑용을 들쳐 업고 빠른 걸음으로 집에 오니 추운 날씨임에도 등에는 땀이 흥건하게 젖어 있었다. 그 후로 갑용은 해수병에 걸려 꼼짝을 하지 못하고 안방에 자리보전을 한 채 누워만 있어야 했다. 그때만 해도 동욱은 아버지 갑용을 이해할 수가 없었다. 아버지가 가산을 탕진하고 방황하고 있는 동안, 어머니가 동욱과 함께 동생들과 살아온 길은 말로 표현하기 힘든 험난한 가시밭길과 같은 것이었다. 내 것이었던 농토를 하루아침에 남에게 빼앗겨 버리고 남의 품을 파는 농사일은 어머니에게는 익숙한 일은 아니었다. 동욱은 다니던 학교를 포기 할 수 없어서 시내에 나가 신문배달을 시작했다. 여름방학 때는 동생과 아이스케키 통을 메고 하루 종일 헤매고 다녔고, 밤이면 찹쌀떡을 팔고 12시가 다 된 밤에 동생을 자전거에 태우고 집에 돌아오곤 했다. 갑용은 그 후에도 자리에서 일어나지 못했다. 몇 년 동안 실의에 빠져서 술로 보낸 세월은 갑용을 쇠진케 했던 것이다. 아버지의 해수병은 더 깊어져 갔고 집안은 더 어떻게 할 수 없는 지경에까지 이르렀다. 그때가 동욱이 대학 1학년 때쯤이었다. 동욱이 어렵게 2학년을 마치고 군대에 다녀온 후 복학을 하려니 돈이 없었다. 모든 것을 포기하고 취직을 하려는데 외삼촌께서 찾아 왔다. 어머니의 동생이었지만 욕심이 없고 갑용의 집안일이라면 언제나 발 벗고 나섰다.

"동욱이, 나 좀 보자구나."

"네, 외삼촌."

"너 엄마 말을 들으니 돈이 없어 대학 포기한다 하더구나. 왜 그럼 마음을 먹었어?"

"외삼촌도 저의 집 사정 잘 아시잖아요."

"내가 2년간 등록금을 도와 줄 테니 학교 복학 하도록 해라. 대신 빌려 주는 것이니 졸업 후 벌어서 갚도록 해라."

"외삼촌 정말입니까? 감사합니다."

외삼촌이 한 말은 정말 갚으라는 말이 아니란 걸 누구보다 동욱은 잘 알았다. 자존심이 강한 동욱의 마음을 상하게 하지 않으려는 외삼촌의 배려였던 것이다. 복학을 하고 졸업이 가까울 무렵 중동의 건설 붐이 일면서 동욱은 우수 성적 졸업생으로 일찌감치 취직이 되었다. 국내에 일 년 육 개월을 근무를 하니 주임으로 발령이 나며 중동에 가서 근무를 하라는 명령이 떨어졌다. 건설회사에 입사를 하면 한번은 꼭 다녀와야만 하는 관례와 같은 것이었다.

"최주임 뭐하고 있어 저녁식사 안 할 거야?"

같은 중기부에 있는 동료 임과장 이었다.

"아~ 네 금방 현장에서 돌아왔거든요."

"그럼 빨리 식사 마치고 A-1 공구에 좀 다녀와야겠어. 크레인이 작동이 제대로 안 되는 모양이야, 정비사 한명 데리고 나가 점검 좀 시켜봐."

"네, 빨리 식사 마치고 다녀오겠습니다."

동욱은 식사를 마치고 크레인 정비에 일가견이 있는 유기사를 찾았다.

"유기사님, A-1 공구에 크레인이 작동을 하지 않는다는데 공구 좀 준비해 나가봐야겠는데요."

"네, 알겠습니다."

잠시 후 유기사는 공구와 함께 차를 대기 시켰다. a공구는 숙소에서 먼 거리였다. 많은 근로자들이 더 많은 돈을 벌기 위하여 모래에서 올라오는 뜨거운 지열을 무릅쓴 채 야간작업을 하고 있었다. 해가 완전하게 떨어진 상태였지만 지면에서 올라오는 열기는 낮과 별 차이가 없이 후덥지근하다. 곳곳에 자가 발전기를 환하게 켜놓고 일들을 하고 있지만 작업복은 땀에 절어서 소금기가 배어나와 하얗게 말라 있었다. a공구에 도착을 하니 대형크레인이 작동을 하지 않아서 많은 인부들이 아까운 시간을 허비하며 쉬고 있었다. 유기사는 크레인에 올라가 몇 군데 점검을 하더니 유압호스에 에어가 차서 오일이 들어가는 밸브를 열어주지 못하여 작동이 되지 않는다는 것이었다. 유기사는 간단하게 스파나 하나로 간단하게 밸브에 차있는 에어를 뽑아 주니 육중한 크레인이 우렁찬 엔진 소리를 내며 서서히 작동을 시작한다. 동욱보다는 7년 정도 연상인 유기사는 성실한 사람이었다. 그는 원래 선박 엔진을 정비하는 사람이었다. 배가 바다에 나가면 그도 배와 함께 바다로 나가 항해를 하게 되어 있었다. 배가 다시 육지에 들어 올 때까지 짧게는 며칠에서 길게는 몇 달이 걸리기도 했다. 항해를 마치고 오랜만에 들어온 어느 날 아내는 늙은 노모와 아이들만 남겨 두고 집을 나갔다는 것이었다. 큰 아이는 제 엄마가 남겨 놓고 간 편지를 전해 주며 흐르는 눈물을 훔치고 있었다. 편지의 내용은 다음과 같았다. 화장품 외판원이었던 친구의 빚보증을 섰다가 그동안 남편이 벌어다 준 저

축한 돈을 모두 없애고 면목이 없어 떠난다는 것이었다. 아주 짤막한 내용이었다. 그는 그날부터 아내를 찾기 위해 여러 곳을 헤매고 다닌 끝에 아내를 찾았다. 아내는 선술집에서 술을 파는 작부로 변해 있었다. 이미 몸과 마음은 가족을 떠난 후였고, 그는 자포자기하는 심정으로 중동행을 결심하게 되었다는 것이다. 그래서 그런지 그의 표정은 늘 우울해 보였다. 정말 이곳에 술이 있다면 술이라도 사주며 위로해 주고 싶은 심정이었다. 그래서 동욱은 가끔 유기사의 숙소로 알콜이 들어 있지 않은 쓴 맥주를 사가지고 가 함께 마시며 이야기를 나누곤 했다. 아이들은 늙은 노모가 맡아서 잘 키우고 있다지만 연로하여 건강이나 한지 그것이 늘 걱정이 된다는 것이었다. 그 말을 하며 그는 금방이라도 눈물을 쏟을 듯 큰 눈을 끔뻑거린다. 동욱은 공연히 아픈 곳을 찌른 것 같아 미안하기만 하다.

유기사가 크레인의 정비를 마치자 동욱은 차에 올랐다. 그러자 공구를 차에 실은 후 유기사가 운전석에 앉는다.

"출발 합시다."

차가 B공구를 막 지날 무렵이었다. 환하게 불을 밝히고 작업을 하던 B공구의 십장이 동욱을 부른다.

"최주임님, 고기 좀 드시고 가시지요."

"일하는 현장에 무슨 고기요?"

반문하는 동욱을 김십장은 묻지 말고 그냥 따라오라면서 동욱의 손을 잡아끈다. 동욱은 유기사를 흘끔 보며 같이 가자고 눈짓을 했다. 유기사도 차에서 내려 말없이 따라오고 있었다. 동욱은 마침 잘되었다는 생각이었다. 우울해 하는 유기사를 달래주고 싶었는데 무슨 일인지는 모르지만 재미있는 일이 있을 것만 같다. 김십장은 현장 외진 곳으로 동욱과 유기사를 안내했다. 몇 명의 인부들이 모여 앉아 있었고 용접기로 뭔가를 끓이고 있었다.

"그게 뭡니까?"

동욱은 궁금하여 물었다.

"이게 고기랍니다. 아주 진귀한 고기지요."

그러면서 한 인부가 솥뚜껑을 열었다. 솥 안에는 도마뱀이 푹 고아져 껍데기는 벗겨지고 하얀 살만 보였다. 도마뱀이 워낙 커서 한 솥 가득했다. 국물에는 누런 기름이 둥둥 떠 있고 국물은 쌀 뜸 물처럼 뽀얗게 우러나 있었다. 잠시 후 인부 한 명이 물통 하나를 가져왔다. 그 안에는 막걸 리가 들어 있었다. 그들이 몰래 만든 술이었다. 이곳에는 낙클이라는 야자수 열매가 있는데 보통 근로자들은 대추야자라 불렀다. 그 열매를 따서 빵과 이스트를 섞어서 물통에 넣고 모래땅에 묻어 놓으면 며칠 후 막걸 리가 되는 것이었다. 그들은 회사에서 이런 것을 금지하는 것을 알면서도 몰래 만들어 먹곤 하는 것이다. 회사에서 알면 자신들은 징계감이라는 것을 잘 알지만 동욱은 회사에 보고할 사람이 아니라는 것을 믿기에 초대하게 됐다는 것이었다. 동욱은 그들을 이해할 수 있었다. 끝도 보이지 않는 사막 속에서 덩그렇게 건물을 짓고 있는 그들에게 무슨 재미있는 일이 있겠는가. 그저 먹고 자고 일만하면 되는 것이다. 사막 속에서 스트레스를 풀만한 곳은 눈을 씻고 찾아봐도 없는 것이다. 우리 속에 갇혀있는 동물들과 다를 바가 없었다. 그러나 한결같은 그들의 소망은 이곳에서 열심히 일해 가난을 면해 보자는 일념뿐이었다. 그들에게는 낮과 밤이 따로 없었다. 미국 서부 개척시대에 많은 사람들이 신천지를 찾아 아메리카로 향했던 것처럼 이들에게도 중동은 새로운 삶의 개척지였다.

"먹는 것이 뭐 나쁜가요. 술을 먹고 아무 일이 없다면 뭘 걱정 하겠어요. 가끔 말썽을 일으키는 사람들 때문에 그렇지요. 아무튼 저를 생각해 주셔서 이렇게 초대를 해주시니 고맙습니다."

살코기를 소금에 찍어서 술과 함께 모두들 잘 먹는다. 그러나 동욱은 징그럽다는 생각뿐이다. 옆에 앉은 유기사를 보니 맛있게 고기를 씹고 있었다.

"최주임님, 어서 드세요. 맛이 괜찮은데요. 꼭 닭고기 같습니다."

그는 혼자 먹기가 미안 했는지 동욱을 보며 닭고기 맛과 비슷하다며 빙긋이 웃는다. 그러면서 옆에 놓여 있는 종이컵으로 국물은 퍼서 후르륵거리며 마셨다. 아주 맛이 있다는 표정이었다. 동욱은 그런 유기사의 모습을 보면서 예전의 기억 속으로 빠져 들었다.

월남전이 종전 되면서 중동의 건설 붐이 일기 시작했다. 그때는 초창기여서 건설회사에서는 많은 건설인력을 모집하고 있었다.

동욱은 D건설회사에 졸업을 하자마자 우수 학생으로 선발이 되어 특채로 입사를 하게 되었다. 입사 하기 전 연수를 받고 돌아 오는 길이었다. p역 근처의 친척집에 맡겨놓은 자전거를 타고 넓은 비포장도로를 달리고 있었다. 유월의 초여름이었지만 맑은 하늘에 비포장도로엔 먼지하나 일지 않는 좋은 날씨였다. 기분 좋게 페달을 밟고 가는 길에 적당하게 불어오는 바람은 기분을 상쾌하게 하여주고도 남았다. 아무 생각 없이 페달을 밟고 달리고 있는데 무언가 뭉클 하는 기분이 들었다. 뒤를 돌아다보니 커다란 뱀이 자전거 타이어에 치여 놀랐는지 황급히 도망을 가고 있었다. 뱀을 본 순간 동욱은 집에서 해수병으로 고생을 하고 있는 아버지의 생각이 떠올랐다. 언젠가 들은 이야긴데 해수병엔 뱀이 그만이라는 것이다. 동욱은 잠시 망설였지만 아버지의 모습이 아른거려 뱀을 그냥 보낼 수가 없었다. 황급히 자전거에서 내려 뱀의 뒤를 좇았다. 넓은 도로였기에 뱀은 미쳐 도망을 치지를 못했다. 동욱은 뱀을 꼭 잡아야 한다는 일념에 조금은 무섭고 징그럽기도 했지만 과감하게 뱀의 목을 움켜쥐었다. 뱀은 온몸을 꿈틀대며 동욱의 손아귀를 빠져 나가려 했지만 동욱의 손아귀 힘이 더 세다보니 역부족을 느꼈는지 축 늘어지고 만다. 한발이 넘는 큰 먹구렁이였다. 자전거 짐 바퀴에 감겨 있던 노끈으로 뱀의 목을 매었다. 그리고는 자전거에 매단 채 끌고 올 수밖에 없었다. 마침 집에 있던 어머니는 뱀을 본 후 기겁을 하여 이웃으로 마실을 가고 말았다.

동욱은 어머니가 기절하지 않은 것이 다행이라 생각하며 뱀을 그대로 놓은 채 그동안 쓰지 않던 무쇠 솥을 찾았다. 부엌에서 뱀을 삶을 수는 없어 밖의 화덕에 무쇠 솥을 걸은 것이다. 방에서는 아버지의 기침소리가 계속 들려왔다. 동욱은 뱀을 노끈에 묶은 채 물에 휭군 다음 무쇠 솥에 구렁이를 넣고

삶기 시작했다. 솥이 달궈지면서 구렁이가 뜨거움을 이기지 못해 발작하는 소리가 들렸다. 3시간 정도를 끓인 후에 솥뚜껑을 열어 보니 물은 반으로 졸아들고 구렁이는 껍질이 벗겨진 채 하얀 고깃덩어리로 변해 있었다. 동욱은 하얀 살 고기를 떼어내 그릇에 담고 뿌옇게 우러난 국물을 떠서 소금을 탄 후 아버지에게 갖다 준다. 아버지는 수척한 모습으로 동욱을 보며 무슨 고기냐고 묻는다.

"냄새가 좋은데 웬 괴기냐?"

"아버지, 제가 서울에 다녀오다 해수병에 좋다고 하여 좀 사왔어요. 이 고기를 잡수면 해수병이 낫는다고 해요. 많이 잡수세요."

아버지는 맛있게 국물까지 모두 마시고 잠이 들었다. 초저녁에 든 잠이 다음날 아침 늦게야 일어났는데 아픈 곳 하나 없이 몸이 너무 가뿐하다는 것이었다. 그래도 혹시나 했는데 아무 일없이 이웃에 마실 도 다니고 집안에 잔일도 모두 하게 되었다. 부모가 자식을 효자로 만든다 하더니 정말 그랬다. 아버지는 다니며 이웃들과 앉으면 동욱이 칭찬하는데 열을 올리곤 했다. 아버지가 좋아진 후 그 고기가 무슨 고기냐고 물었을 때 동욱은 거짓말을 할 수가 없었다. 그래서 구렁이를 잡게 된 이야기를 할 수밖에 없었다. 그러자 아버지는 감동을 하는 것 같았다. 그 후부터 아버지는 사람들과 이야기를 할 때마다 동욱의 자랑을 빼놓지 않았다. 아버지의 아들 자랑은 끝이 없었다.

"아 글쎄 우리 동욱이가 이 애비를 위하여 한발이 훨씬 넘는 구렁이를 잡아다 주어 내가 이렇게 해수병을 고쳤다오. 내가 자식농사는 잘 지었지. 허허허."

"암, 그렇고말고, 원래 인사세도 바르고 착했던 아이 아니었나. 애초부터 싹수가 보였지."

그 바람에 근동에서는 효자아들이 아버지 병을 고쳤다고 소문이 자자했다.

"최주임님 무슨 생각을 그렇게 골똘하게 하세요? 고기가 식으면 맛이 없어요. 뜨거울 때 빨리 드셔보세요."

유기사는 잔을 건네며 말했다. 동욱은 유기사가 주는 술을 받아 마신 후에 김십장을 보며 한마디 했다.

"술을 몰래 만들어 마시는 것은 말리지 않겠습니다. 윗사람들이 모르게 드시고 절대 표나지 않게 하십시오. 내가 여러분이 술 마시는 것을 보고도 위에 보고하지 않아 나중에 처벌을 받아도 여러분이란 것은 절대 밝히지 않을 겁니다. 이역만리 떠나와 무더위와 싸우면서 돈을 벌겠다고 왔으니 부디 몸 건강히 돌아갈 수 있도록 하십시오."

김십장은 동욱의 손을 꼭 잡으며 몇 번을 고맙다는 인사말을 한다. 동욱은 숙소에 돌아와 아버지의 편지를 다시 읽어 본다. 동욱이 보낸 돈은 한 푼도 쓰지 않고 꼬박 적금을 붓고 있으며 돌아 오며는 장가갈 밑천이 충분할 것이라는 것이었다. 요즘은 비가 내리지 않아 가뭄에 마음고생이 심하지만 아들 덕분에 건강하게 농사일을 열심히 하며 지내고 있다는 내용이었다. 한 때 아버지가 가산을 탕진하고 가족을 돌보지 않고 밖으로 나돌았을 때 차라리 아버지란 존재가 없었으면 하던 때도 있었다. 그러나 한 때지만 그런 마음을 먹었었다는 것 자체가 얼마나 부질없는 짓이었던가를 생각하니 부끄럽기만 하다. 부모가 자식을 생각하는 마음은 세상 그 어떤 것과도 비교가 될 수 없는 것이다. 동욱은 아버지에게 미루어 놓았던 편지를 쓰기 시작했다.

넓지 않은 선술집에 50대 중반의 사람들이 원탁의 탁자에 빙 들러 앉아 대접에 막걸리를 부어 놓고 왁자지껄 즐거운 술자리를 벌려놓고 있다. 술만 마시면 '가거라 삼팔선'을 목이 터져라 부르는 예의 친구가 또 다시 그 노래를 부른다.

"아~ 산이 막혀 못 오시나요. 아~ 아~ 아~ 물이 막혀 못 오시나요."

그는 고향이 황해도인데 육이오 때 어머니와 형제를 두고 아버지를 따라 피난 왔다고 했다. 그러나 빨리 올 줄 알았던 통일은 언제 될지 모르고 몸은 늙어가고 함께 피난 왔던 아버지도 세상을 뜬지 오래 전이라는 것이었다. 그는 고향이 그립고 북에 두고 온 어머니와 형제들이 그리울 때면 가끔 통일전망대에 와 북쪽을 향해 목이 터져라 '가거라 삼팔선'을 부른다고 했다. 갑용은 그 친구의 마음을 헤아릴 수 있을 것 같다. 갑용은 아들 동욱이 육개월 전에 중동으로 떠났건만 벌써 보고 싶어 안타까운데, 몇 십 년을 생사도 모른 채 지내는 그 친구를 볼 때마다 안타깝기만 하다. 오늘은 5일장이 서는 날이라 갑용은 아내와 함께 집에서 생산한 야채를 팔고 먼저 아내를 보낸 후 근동의 친구들과 어울려 술 한 잔을 하고 있는 것이었다. 노래를 마친 친구는 갑용을 바라보면서

"자네는 자식 농사는 잘 지었어, 요즘 동욱이 중동에서 돈을 잘 번다던데."

하면서 부러워한다. 갑용 역시 자식 자랑을 먼저 하고 싶었지만 팔불출이 되기 싫어 꾹 참고 있었는데 그 친구의 말에 한없이 어깨가 올라가는 기분을 느끼고 있었다. 갑용은 정말 아들이 자랑스러웠다. 개중엔 그 나이에 부모에게 돈을 뜯어내 술과 여자로 세월을 보내는 아이들도 있지만 동욱은 그런 류의 아이들과는 많이 달랐다. 빨리 철이 들어 제 몫을 다하며 사는 아들을 보면 대견하기도 했지만 자신이 못난 탓에 아들이 일찍 철이 들었나 해서 마음 한구석이 아프기도 했다. 동욱이 중동으로 떠나기 전이다. 갑용은 아들 덕에 완전하게 건강을 회복하자 아내와 동욱에게 자신의 마음을 보여주고 싶었다. 돈이 있다면 탕진해 버린 농토라도 찾아주고 싶었지만 그것은 자신으로서는 불가능한 일이었다. 갑용은 냇가 옆에 있는 밭을 돌아보러 가다 전에는 눈 여겨 보지 않았던 땅을 본적이 있었다. 넓은 하천부지였는데 그냥 방치되고 있었다. 잘만 일구면 좋은 농토가 될 만한 땅이었다. 노는 그 땅이라도 개간하여 살림에 보태고 싶은 마음이 생겼다. 지금 것 자신이 탕진한 재산에 비하면 아무 것도 아니지만 작은 것이라도 어려운 집안 형편에 도움이 되게 하고 싶었던 것이 솔직한 갑용의 마음이다. 다음날부터 곡괭이와 삽을 들고 놀고 있는 땅인 하천부지를 개간하기 시작했다. 그러나 새로운 황무지를 개간한다는 것은 쉬운 일이 아니었다.

다음날부터 갑용은 몸이 무거워 일어날 수가 없었다. 몸살이 난 것이다. 그동안 해수병으로 누워 있었기 때문에 병색이 완전히 가시지 않은 갑용의 체력으로는 감당하기가 어려웠던 것이다. 아내는 아직 몸이 성치 않아 어렵다며 극구 말렸지만 그의 고집을 꺾을 수는 없었다.

"그것 봐요. 내가 뭐랬수, 당신 몸으로는 안 된다고 하지 않았수."

"아니요, 내가 다시 일어나 꼭 그 일을 해내고야 말 것이요."

"그러다간 정말 죽어요. 그런다고 남의 손에 들어간 땅이 내 땅이 될 리는 없잖수."

"?..."

아내의 그 말에 갑자기 갑용은 할 말이 없어져 버렸다.

아버지가 하천부지를 개간하려다 쓰러졌다는 것을 어머니에게 듣고 알게 된 동욱은 아버지의 마음이 어떤 것이라는 것을 조금씩 알고 이해하기 시작했다. 한 때는 아버지를 이해하지 못하고 원망을 한 적도 있었다. 그러나 본의 아니게 저지른 실수가 평생을 두고 후회하다 갈 것이라는 것을 동욱은 잘 알고 있었다. 사람이 길을 가다가 돌부리에 걸려 넘어질 때도 있다. 긴 인생길을 걷다보면 그런 일이 일어나지 않는다고 장담할 수 없는 것이다. 동욱은 아버지를 모두 이해하기로 했다. 그는 그날로 아버지가 개간할 때 쓰던 장비를 가지고 나가 땅을 파기 시작했다. 젊은 혈기라 많은 땅이 논으로 변해가고 있었다. 동욱이 자신이 일구던 땅을 개간하러 혼자 나갔다는 말을 아내로부터 들었다. 갑용은 왜 진즉에 자신에게 말을 하지 않았느냐고 투덜대며 나와 보니 동욱이 땀이 범벅이 된 채 열심히 삽질을 하고 있다. 벌써 많은 면적이 농지로 변해가고 있었다.

"아버지, 몸도 불편하신데 무엇 하러 나오셨어요."

"일은 내가 저질러 놓고 고생은 네가 하는구나. 무식하면 가만이나 있어야지 괜스리 말썽을 일으켜 너를 고생시키는구나."

"아버지, 또 그 말씀이세요. 이젠 모두 잊으세요. 그런다고 잃은 걸 다시 찾을 수 있는 것은 아니잖아요."

갑용은 아들에게 미안해서 한 말인데 도리어 아들에게 위로를 받는 것 같아 더 미안하기만 하다.

"못난 애비가 미안하구나. 못난 애비 때문에 네가 고생이 많은걸 잘 안다. 그래, 이 땅이나 열심히 일궈보자."

해가 서산에 뉘엿 넘어갈 즈음 아버지와 아들이 땀을 흘린 뒤에 남은 것은 꽤 넓은 논이었다. 넓은 논을 보니 마음이 흡족해진 갑용은 흐르는 땀을 수건으로 닦아낸다.

"아마 올 가을엔 첫 수확을 올릴 수 있을게다."

"아버지 수고 하셨어요. 몸은 괜찮으신지요."

갑용은 아들이 중동으로 떠난 후 함께 개간한 논에 오는 것이 늘 즐거웠다. 그는 논둑에 서 있으면 논 한쪽에서 굵은 땀방울을 흘리며 일을 하고 있던 아들이 떠오르기 때문이다. 그는 그 논에 서있으면 중동으로 떠나기 전 아들이 한 말을 늘 기억하곤 한다.

"아버지 제가 나가 버는 돈은 아버지의 돈이에요. 아버지가 없었으면 제가 세상에 태어나지도 못했을 것이고 키워주시고 공부를 시켜 주셨기에 제가 이렇게 훌륭하게 성장할 수 있었잖아요. 그러니 그 돈으로 잃어버린 아버지의 명의로 된 논을 사세요. 제가 세상에 태어나 제 힘으로 벌어서 아버지께 드려보는 선물이 될 거에요."

있던 재산을 모두 탕진한 자신을 원망 한마디 없이 도리어

위로하는 아들이 너무 고맙기까지 하다.

"갑용이 자네는 이제 팔자 폈구먼. 아들이 돈을 잘 벌어오니 말일세."

그러자 옆에 있는 친구가 받아서 한마디 거든다.

"하하... 맞는 말이지, 저 친구 한 때 돌아다니느라 재산 다 날리기도 했지만 자식농사 하나만은 확실하게 잘 지었어. 사람마다 제 복은 타고나는 모양이야."

"그런 소리 말게나. 복이 하늘에서 그냥 떨어지남. 다 우리 아들이 죽자 살자 노력한 탓이 지. 못난 애비 원망 한마디 없이 얼마나 열심히 노력했나. 내 비록 그 아이 애비지만 그 애 생각만 하면 머리가 저절로 숙여 진다네."

갑용은 이렇게 말하면서 고개를 떨군다. 그러자 한 친구가 분위기를 바꾸기 위하여 그랬는지 건배를 제안한다.

"자, 축하 하는 의미로 건배나 하세."

다들 막걸리 대접을 들어 올리고 크게 건배를 외친다. 화제가 자신의 아들 자랑이 되는 바람에 기분이 좋아 술을 많이 마신 듯했다. 그래서 그랬는지 마음과는 달리 몸이 말을 듣지 않는다.

갑용은 슬하에 아들 셋을 두었다. 그는 자식에 대한 애정이 남달랐다. 그러던 그가 한 때의 잘못으로 집안을 어렵게 만든 것에 대하여 항상 미안함을 가지고 살았다. 그것이 괴로웠고 괴로움을 잊기 위해 술을 마시게 된 것이 자신도 모르게 아내와 자식들에게 누가 되는 행동을 하게 된 것이다. 갑용은 나이가 더 들기 전에 모든 것을 예전으로 돌려놓고 싶었다. 그러나 그런 생각들은 마음뿐이었다. 둘째와 셋째는 대학에 다니고 있었다. 힘이 들어도 될 수 있는 한 동욱이 보내온 돈은 모두 은행에 저축을 했다. 대학에 다니는 아이들의 등록금은 농사를 지어서 마련하기에는 턱도 없었다. 그래서 생각해낸 것이 송아지를 사서 중소가 될 때까지 키워서 파는 것이었다. 그렇게 하니 등록금을 내고도 송아지를 한 마리 살 수 있는 돈이 생겼다. 그렇게 반복을 하니 아이들 등록금은 자연스럽게 해결이 되는 것이었다. 그러나 요즈음 한 가지 걱정이 생겼다. 비가 내리지 않아서 모든 농작물의 피해가 막심했다. 새벽에 일어나 사람을 사서 두레박으로 물은 퍼서 논에 대었고 밭작물에도 물을 퍼서 햇볕이 따갑기 전에 주어야 했다. 그러나 더 큰 걱정은 비가 내려야만 농사를 지을 수 있는 천수답 논이 문제였다. 자신의 실수로 비가 내리지 않아도 농사를 지을 수 있는 논은 모두 팔았고 몇 마지기 남지 않은 저수지 밑의 논과 천수답 논이 전부였다. 저수지 밑의 논은 비가 내리지 않아도 걱정이 안 되었지만 천수답은 비가 얼마간만 오지 않아도 물이 마르기 일수였다. 오월까지만 해도 잘 자라던 벼가 누렇게 말라가기 시작했다. 갑용의 마음도 말라서 거북이 등처럼 갈라지는 천수답의 논처럼 타들어 간다.

술에 취한 갑용은 친구들과 헤어져 기분 좋게 집으로 오고 있었다. 어둠이 짙게 깔린 논둑에는 벌레들의 울음소리와 논에서 울어대는 개구리의 소리가 어우러져 제법 아름다운 전원 교향곡을 연출해내고 있었다. 그러자 문득 아랫도리가 묵직해져 옴을 느낀다. 막걸리의 힘인지 방광이 꽉 찼다는 신호다. 손을 더듬어 바지의 지퍼를 내렸다. 그리고 옆 논에 대고 시원스런 방사를 한다. 꽉 찼던 방광에서 오줌이 시원스럽게 쏟아져 내리는 소리가 논의 물과 마찰을 이루어 제법 크게 들린다. 그 소리에 놀랐는지 시끄럽게 울던 벌레와 개구리의 울음소리가 뚝 그치고 만다. 잠시 후 오줌소리가 그치자 약속이나 한 듯 벌레와 개구리의 전원 교향악은 여름밤의 하늘로 다시 울려 퍼진다. 갑용은 하늘을 쳐다본다. 하늘에는 별들이 초롱초롱 빛나고 있다. 내리라는 비는 오지 않고 청청한 하늘엔 별들만 가득해서 곧 갑용의 눈으로 쏟아져 내릴 것만 같다. 집에 거의 다다르고 있었다. 반쯤 감긴 눈으로 집 쪽을 바라보니 헛간 초가지붕 위에 파란 잎에 하얀 박꽃이 희뿌옇게 보인다. 아내가 문 앞에서 서성대고 있었다. 올 때가 됐는데 아직도 오지 않고 있는 갑용을 기다리고 있는 것이다. 순간 못난 자신을 기다려 주는 아내가 몹시 고맙고 사랑스럽다. 그는 아내를 와락 껴안고 지금 것 있었던 일을 모두 말했다. 기분이 좋아서 야채 판돈을 모두 술값으로 냈다고 했다. 아내는 남편의 호기 있게 쓴 돈에 대해 별 말이 없었다. 오히려 건강이 좋아져 친구들에게 술이라도 살 수 있으니 얼마나 좋으냐고 한마디 했을 뿐이다. 아내는 집안으로 들어가 우물에서 물을 퍼서 대야에 담아 가져온다.

"여보, 땀이 많이 났으니 어여 씻도록 해요."

"나 등에 물을 좀 부어 줘요. 시원하게."

아내가 등에 바가지의 물을 붓고 손으로 문지른 다음 수건으로 닦아 준다. 차가운 물로 더위를 식히고 갑용은 모깃불을 피워댄다. 밀과 보리를 턴 껍데기에 불을 붙이고 들에서 뜯어다 말린 약쑥을 얹었다. 하얀 연기 속에 매콤하면서 향기로운 쑥 향이 피어오른다. 갑용은 아내가 내온 밀 장국을 한 그릇 비우고 마당에 깔아 놓은 멍석에서 아련한 잠 속으로 빠져 들었다. 다음날 일어나니 안개가 자욱이 깔려 있다. 갑용은 농기구를 지게에 얹고 밭으로 향했다. 해 뜨기 전에 콩밭에 풀을 뽑으려고 서두르고 있는데 뱀 한 마리가 지나간다. 갑용은 화들짝 놀란다. 농사를 짓다보면 뱀을 만나는 건 늘상 있는 일이지만 뱀은 볼 때마다 징그럽고 소름이 돋는다. 뱀은 슬금슬금 도망치면서 머리를 곧추 세우고 혀를 날름거린다. 검은색과 빨간 줄무늬가 섞인 것으로 보아 율무기란 놈이다. 갑용은 흙을 한주먹 쥐고 뱀을 향해 뿌렸다. 뱀은 쏜살 같이 도망친다. 콩밭 일을 끝내고 갑용은 천수답 논으로 향했다. 물기 한 방울 없는 논은 이미 거북이 등처럼 갈라지기 시작했다. 주위를 둘러보고 하늘을 올려다보아도 별 뾰족한 수가 없다. 그저 하늘에서 비가 내려주기만을 기다리는 수밖에 없는 것이다. 벼 포기들이 말라가는 것을 보니 자신의 속이 타들어간다. 농부가 파종을 할 때는 가을의 풍성한 수확을 생각하며 농사를 짓게 마련인데, 이 지경이 되고 보니 너무나 암담하기만 하다. 갑용은 답답한 마음에 갈라진 논바닥을 호미로 파주기 시작했다. 적은 량의 비가 내려도 빗물이 빨리 스며들도록 해주기 위함이었다. 뜨거운 땡볕에서 논을 매고 있자니 고통이 이만저만이 아니다. 그러나 한낮에도 50도가 넘는다는 무더운 나라에서 고생하고 있을 아들을 생각하면 자신의 고통은 아무것도 아니라는 생각이었다. 땅거미가 내려앉을 무렵에야 갑용은 천수답에서 내려왔다. 집으로 향해 오는 작은 길에 개미 행렬이 이어지고 있었다. 비가 올 조짐이 보이는 것 같다. 조금 더 오니 이번에는 쇠똥구리가 소똥을 동그랗게 말아서 뒷발로 열심히 굴려가고 있는 모습이 보였다. 큰비가 내리기 전에 동물과 곤충이 먼저 안다더니, 비가 내려 준다면 얼마나 좋을 것인가. 갑용은 어둑해진 하늘을 올려다보니 별이 총총히 서려있다. 집안으로 개구리가 뛰어 들어왔다. 집에서 키우는 개가 앞발로 개구리를 툭툭 치면서 장난을 친다. 그 뒤를 이어 몇 마리의 개구리들이 집안으로 뛰어 들었다. 갑용은 좋은 조짐으로 보았다. 얼마나 애타게 기다렸는데 내일쯤은 꼭 비가 오리라 생각하며 잠이 들었다. 맑은 하늘에 검은 구름이 나타났다. 바람이 한차례 세차게 불고 지나간다. 그리고 하늘이 순식간에 새까맣게 변해버린다. 잠시 후에 번개가 번쩍 하더니 천둥이 세상을 집어 삼킬 듯 굉음을 낸다. 세찬 바람이 또 한 차례 휘몰아쳤다. 나무들이 금방이라도 쓰러질 듯 바람에 심하게 흔들린다. 그러자 커다란 빗방울이 툭툭 떨어지더니 갑자기 걷잡을 수 없이 쏟아지기 시작한다. 갈수록 빗줄기는 더 굵어지고 집 앞의 도랑이 흙탕물로 가득 채워져 콸콸 소리를 내며 흐른다. 갑용은 신이 났다. 덩실덩실 춤까지 추었다.

"여보 왜 그래요."

아내의 목소리에 눈을 떠보니 꿈이었다. 허전했다. 자나 깨나 비 걱정을 했더니 비 오는 꿈을 꾼 것이다. 혹시나 해서 창문을 열었다. 하늘엔 별이 촘촘히 떠 있고 비가 올 확률은 전혀 없는 것 같다. 그래도 혹시나 해서 TV를 켰다. 밤 마감 뉴스가 끝나고 일기예보 시간이 이어지고 있었다. 남지나해에서 발생

한 태풍이 북상중이라는 것이었다. 며칠 후에는 우리나라에도 그 영향을 미치겠다는 반가운 예보였다. 그래도 꿈이 틀린 것은 아니었다는 생각에 기분이 묘함을 느끼게 한다. 담배를 한 대 피워 물었다. 맛도 모르고 피웠던 담배가 오늘 따라 맛이 유난이도 달게만 느껴진다. 삼일 후에 정말 비가 내리기 시작했다. 오랜만에 내리는 시원한 빗줄기에 그동안 쌓였던 앙금이 다 쓸려 내려가는 기분이다. 비는 쉬지 않고 계속 내렸고 이제는 비 피해가 날까 걱정하게 되었지만 비가 내리지 않을 때보다 마음은 한결 가벼웠다. 그때였다.

"용이 올라간다. 용이 올라가~"

동네 사람들의 들뜬 목소리가 집 밖에서 들려 왔다. 갑용이 문을 박차고 뛰어 나간다. 동쪽 하늘에 검은 구름 속으로 커다란 물체가 꿈틀꿈틀 빠른 속도로 움직이고 있는 것 같다. 마치 용이 하늘로 오르는 것 같은 형상이다. 용오름 현상이었다. 그러나 마을 사람들은 용이 하늘로 승천을 하는 것이라 믿고 있었다. 그렇게 용오름 현상을 숨을 죽이며 보고 있던 사람들이 환호성을 올린다. 구름이 서서히 걷히더니 용오름 현상이 있었던 그 자리에 긴 오색 무지개가 떠올랐기 때문이었다.

"와~ 용이 타고 올라가는 하늘 다리다."

누군가가 그렇게 소리치고 있었다.

"오! 오!"

사람들의 감탄하는 소리가 여기저기서 들린다. 오색 무지개가 떠오른 아래로 누군가 자전거를 타고 오고 있었다. 편지배달부였다.

"최갑용씨, 사우디아라비아에 있는 아드님이 보낸 편지입니다."

갑용은 고맙다는 인사를 채 하기도 전에 편지 봉투를 뜯는다.

용오름 현상 뒤에 뜬 무지개는 분명 좋은 소식을 전해 올 것이라는 생각을 하면서… 〈끝〉

8

아직도 끝나지 않은 비극

봉필현 단편

8 아직도 끝나지 않은 비극

비바람이 몹시도 불었던 날이다.

경찰서 수사과 전화벨이 요란하게 울린다. 전화에서 들려오는 목소리는 매우 다급한 목소리였다.

평택경찰서 수사과 조석구 형사입니다.

"여~ 여보세요. 사람이 죽었어요 사람이 죽었단 말이에요!"

전화기 목소리가 떨려 무슨 말인지 잘 알아들을 수가 없었다.

"여보세요 차분하게 말해 보세요, 사람이 죽었다고요 거기가 어디죠?"

"조 석구 형사님이죠?"

"네, 그런데요."

"조 형사님이 전에 명함을 줬잖아요? 연탄가게에 무슨 일이 있으면 연락 달라고요?"

"뭐라고요? 그렇다면..."

"그 할머니 할아버지가 죽었단 말이에요."

"알았습니다."

그는 비가 오고 있다는 것도 잊은 채 빗속을 내 달리기 시작했다.

노인 내외가 손을 꼭 잡은 채로 숨져 있었다. 현장을 최초에 발견한 이웃집 아주머니는 매우 놀란 듯 했으나 발견당시를 차분히 설명했다. 손자가 죽고서부터 우울증에 시달리던 할머니가 자리에 눕고 할아버지 혼자 연탄배달을 했었다.

그런데 얼마 전 부터 할아버지의 모습이 보이지 않아 찾아가보니 문이 잠겨있어 그냥 돌아왔다는 것이다. 다음날도 보이지 않아 문을 따고 들어가니, 두 노인이 손을 꼭 쥐고 죽어 있었다는 것이다.

부검결과, 두 노인의 사인은 굶어서 죽었다는 것이다.

쌀독에는 쌀이 가득 있었는데도...

조 석구는 하늘을 한번 올려다보고 이내 고개를 떨 구며 중얼거린다.

"영빈이 미안하다, 이제는 할머니 할아버지도 자유로운 영혼이 되어 철책이 가로막힌 휴전선을 넘어 그립던 고향 땅에도 가 보실 수 있을 거야."

석양이 곱게 물든 저녁나절 밀짚모자를 쓴 노인이 리어카에 걸터앉아 매우 힘든 모습으로 거친 숨을 몰아쉬며 목에 걸친 수건으로 땀을 닦고 있다.

노인이 앉아있는 하늘위에는 수 없이 많은 잠자리 떼가 날고 있었다. 그중 한 마리가 장난이라도 치듯이 노인이 쓴 밀짚모자에 앉아, 노인이 움직일 때마다 앉았다 날았다 를 반복하고 있다.

노인은 잠자리가 머리에 앉았는지조차 모른 채 낙조가 붉게 물든 하늘을 뚫어질듯 바라만 보고 있다.

그러기를 한참, 노인의 눈에서 눈물이 맺혀 이내 주르르 볼을 타고 흘러내린다. 노인은 손에 쥐고 있던 수건으로 눈물을 닦는다. 그리고 조끼 주머니에서 곰방대를 꺼내 쌈지에 있는 담배를 곰방대에 밀어 넣는다.

성냥불로 곰방대에 불을 부친 노인은 담배를 길게 빤 후 긴 한숨과 함께 연기를 토해낸다.

노인은 답답한 듯 밀짚모자를 벗어 옆에 놓는다.

모자를 벗으니 이마에서부터 시원하게 벗겨진 머리가 드러난다. 이마엔 살아온 만큼의 주름이 깊게 파여 있다. 담배를 다 피운 노인은 쌈지와 곰방대를 주머니에 주섬주섬 밀어 넣고는 뭐라고 중얼거린다.

"이 사람이 밥이나 먹고 있는지?"

하고는 일어나 리어카를 끌고 어둠이 내리기 시작한 거리를, 힘없는 걸음으로 휘적거리며, 걷기 시작한다.

한 달 전

노인은 손자의 시신을 화장해 유골을 산에 뿌렸다.

그 후 부터 할멈은 시름시름 앓기 시작했다. 급기야 며칠 전부터 밥을 한 톨도 입에 대지 않았다. 노인은 아침에 나올 때도 미음을 쒀 먹이려다 손을 저어대는 할멈에게 머리맡에 놓고 가니 배고프면 일어나 먹으라고 당부를 하고 나왔었다.

노인이 집에 도착하니 불도 켜지지 않은 채 인기척 조차 없다.

노인은 불길한 예감이 들었는지 잽싼 몸짓으로 방으로 들어가 불을 켜고 먼저 할멈부터 확인을 했다.

그러나 할멈은 미동도 하지 않았으나 아직은 가는 숨소리가 들렸다.

"여보! 좀 어때요?"

할멈은 노인을 알아보는 듯 희미한 미소가 잠깐 스쳐갔다.

노인은 어깨에 힘이 빠져버리고 할멈 앞에 푹 쓰러졌다.

그리고 할멈을 흔들어보지만 아무런 기척이 없다.

할멈의 얼굴을 보니 입술이 바짝 말라 있었다. 너무 가여워 보였다. 노인은 할멈의 머리맡에 있는 주전자의 물을 컵에 딸아 숟가락으로 먹이기 시작했다. 몇 모금 마시던 할멈은 넘기지 못하고 이내 토해 내고 만다.

물도 넘기지 못한다면 곡기는 더욱 못 먹을 터, 이제는 할멈의 죽음을 불원간 맞이할 수 밖에 없다는 것을, 노인은 직감하고 있었다.

"이 할망구야 날 두고 먼저 가려고 그래? 난 어떻게 살라고 이 사람아 일어나 뭣 좀 먹어봐?"

노인은 먹이던 물 컵을 방바닥에 떨어트리고 할멈을 부둥켜 안고 울며 몸부림친다. 노인은 할멈이 없으면 혼자 살아갈 자신이 없다. 누워 있는 할멈이라도 노인에게 희망이 되었던 것은 그녀가 살아 있다는 것이었다. 손자가 죽고 나서도 사는 날까지는 먹고 살아야 했기에, 그 동안 전업으로 했던 연탄배달을 안 할 수가 없었다. 칠순이 넘은 나이에 연탄 배달이 힘에 부쳤지만, 목숨이 붙어 있는 날까지는 살아야 했다. 그 노인 부부에게 있어서 손자의 죽음은 세상의 끝이나 다름없었다. 그런데 할멈마저 내일을 기약 할 수 없는 지경에 이르렀으니 무슨 힘으로 살아가겠는가. 노인은 할멈이 결국은 오래 살지 못할 것이라는 것을 잘 알고 있었다. 또 한 자신도 마찬가지다. 남자라서 할멈에게 약한 모습을 보이면 안 되겠기에 하늘이 무너지는 슬픔을 참고 있는 것일 뿐이다. 할멈이 저렇게 가 버린다면 자신 또한 쉽게 무너질 것은 자명한 사실이었다. 노인은 할멈의 얼굴을 뚫어지게 바라본다. 눈이 흐릿해져오며 한 달 전 죽은 손자의 얼굴이 할멈의 얼굴에 포개져 겹쳐 온다. 할멈 걱정 때문에 언제 밥을 먹었는지 조차도 모른다. 노인은 피곤을 느끼기 시작한다. 긴장이 풀리는지 아니면 자포자기인지 할멈의 가슴에 얼굴을 묻고 잠이 들어 버린다. 잠 들어있는 노인의 눈가에 눈물자국이 말라붙어 있다. 노인은 행복했던 날들의 꿈을 꾼다.

"할아버지 할머니! 저 합격했어요."

"아니 뭐라고?"

"제가 공군사관학교에 합격을 했단 말이에요."

"아이고 우리 손자가 합격을 했다고? 아이고 기특해라."

"할머니 할아버지, 그 동안 제 뒷바라지 하시느라 고생 많으셨죠? 이제 제가 학교 졸업 할 때까지 조금만 더 기다려 주세요."

노인 부부는 공군사관학교에 합격한 손자가 마냥 대견스럽다. 훤칠한 키에 잘생긴 외모는 어디에 내놓아도 손색없는 장부다. 아침에 합격자 발표를 보러간다고 할 때만 해도 반신반의 했는데, 이렇게 합격했다는 소식을 손자에게 직접 듣고 보니, 기쁨이 이루 말할 수 없다.

노인의 이름은 황 일주, 고향은 개성이다. 뒷일을 처리하고 바로 따라 오겠다며 손자 영빈을 먼저 데리고 가라며, 손을 잡아주며 떠나는 황 노인 부부에게 손을 흔들던 아들 내외다.

"아버님, 먼저 가셔서 기다리세요. 혹, 못 만나면 수원역 앞에서 열흘 후 낮12시에 만나도록 해요."

그러나 쉽게 생각했던 아들과의 약속은 지켜지지 않았다. 전쟁은 치열했고 남측은 계속 밀리는 바람에, 황 노인 내외도 평택까지 밀려 내려왔던 것이다. 다행이 평택에서 함께 내려왔던 사람을 만나게 되어 자리를 잡아 이만큼 살게 되었지만 아들 내외는 죽었는지 살았는지 4살이던 손자가 19살이 되도록 소식이 없었다. 그 동안 이제나 저제나 소식이 있으려니 기다렸지만 영빈이 커 가는 것만큼 세월은 빨랐다. 피난 올 때 아들을 믿고 가져온 돈도 없었고 그렇다고 특별한 기술도 없었다. 황 노인은 평택시내에 북에서 피난 온 사람들과 함께 흙으로 쌓은 움집을 짓고 이곳에서의 생활을 시작했다. 그 동네는 옹기공장이 있는 동네였다 그래서 움집을 짓는 흙은 흔했다. 사람이 겨우 드나 들 수 있는 집들이라 그랬는지 사람들은 그 동네 이름을 토막이라 불렀고 또는 피난민 촌이라고도 불렀다. 노인은 토막에서 생활을 시작하며 옹기공장에 취직을 하였다. 특별한 기술이 없던 황 노인은 견습공으로 들어가 1년간을 배워 중간급 기술자가 되었다. 세 식구가 살만큼의 월급도 받을 수 있었다. 영빈이 커가는 재미에 황 노인 부부는 즐거운 삶이었다. 영빈은 부모 있는 아이들보다 철이 일찍 들어 황 노인 부부에게 걱정 끼친 적이 한 번도 없었다. 그렇게 시간은 십 수년이 훌쩍 흘렀다. 영빈은 학교에서도 항상 모범생이었고 늘 우등생이었다.

황 노인은 옹기공장에서 일을 하며 푼푼이 모은 돈으로 다른 사업을 하기로 하였다.

"여보, 영빈이도 많이 컸는데 우리가 뒷바라지를 더 잘 해주어야 되지 않겠어요?"

"무슨 일을 하려고요?"

"연탄장사가 괜찮을 것 같은데 당신 생각은 어때요?"

"당신이 괜찮다면 나도 힘껏 돕겠어요."

아내는 쉽게 승낙을 하였다. 연탄장사를 하기위해 집도 그곳에서 이사를 하였다. 그 토막 골 에서는 비좁아 연탄을 쌓아 놓을 곳도 없었기 때문이었다. 또한 웬만한 가게는 비싸서 엄두도 못 내고 함께 생활 할 수 있는 방이 딸린 집이어야만 했다. 고등학교에 들어간 영빈은 대학은 애초부터 포기한 채 공군사관학교를 목표로 공부를 하고 있었다. 학교에서 돌아오면 영빈은 황 노인을 도와 열심히 연탄배달을 했다.

황 노인이 하지 말고 그 시간에 공부를 하라 말려도 영빈은 힘든 일을 하고나면 머리가 맑아져 공부가 더 잘된다며 듣지 않았다. 황 노인은 영빈을 눈에 넣어도 아프지 않을 손자였다. 연탄 가게는 부지런한 황 노인 부부와 영빈의 성실함에 많은 집에서 이용하기 시작했다.

이제는 파는 게 문제가 아니라 힘에 겨워 배달하기가 힘들었다. 황 노인이 힘이 들어 할 때 마다 영빈의 도움은 커다란 힘이었다.

그 날은 일요일이었다. 배달하는 데는 일요일이 없게 마련이다. 전날 받아놓은 주문량이 오 천장 이었다. 오천장이면 한 달도 넘게 배달을 해야 할 물량이었다. 황 노인에게 그 숫자란 혼자하기에는 무리였다. 그때 어떻게 알았는지 여러 명의 친구들과 함께 영빈이 가게로 왔다.

"할아버지! 오늘은 쉬세요, 제가 친구들과 같이 연탄 배달을 할 게요."

"아니다, 공부하는 학생들은 공부를 해야지, 이 일은 내 몫이니 아무 걱정하지 말고 너희들 일이나 하렴."

그때 영빈의 친구인 석구가 눈을 쫑긋하자 친구들이 알았다는 듯, 우~ 하고 달려들어 황 노인을 방으로 밀었다.

그리고는 한 친구는 리어카를 대고 다른 친구들은 연탄을 리어카에 실기 시작했다.

여러 명이 달려들어 나르니, 잠깐 동안에 한 리어카에 꽉 채워졌다.

덩치가 제일 좋은 석구가 앞에서 리어카를 끌고 다른 친구들은 뒤에서 밀기 시작했다.

석구는 영빈의 제일 가까운 친구인데, 부친이 정육점을 운영하고 있어, 고기를 많이 먹어 그런지 덩치도 있었고 힘도 장사였다. 그는 영빈의 일이라면 무슨 일이든지 주저하지 않고 도왔다. 저녁 무렵이 되어서야 십여 명의 장정들이 하니 오천 장의 연탄을 다 배달이 완료 되었다. 황 노인 혼자 한다면 몇날 며칠이 걸릴지 모르는 일을 하루에 해치워버린 것이다. 땀과 연탄가루에 범벅이 된 친구들이 우르르 가게로 들어오며, 말했다.

"할아버지 오늘의 할당량은 무사히 마쳤습니다."

"아이고, 수고들 했다, 내가 저녁을 살 테니 어디 좋은 식당 아는데 있으면 말해봐."

그때 석구가 끼어든다.

"할아버지 걱정하지 마세요, 우리 집이 식당이잖아요."

그랬다. 석구 네는 정육점을 운영하며 옆에 식당도 함께 운영을 하였는데, 다른 식당에 비해 고기값도 쌌고 고기도 많이 주어 항상 손님이 끊었다.

석구는 공부는 그리 뛰어나게 잘 하는 편은 아니었지만, 의리와 리더쉽이 있었고 또한 책임감과 희생정신이 강했다.

그래서 그는 학교에서 대대장을 맡고 있었다.

"야 ! 오늘은 내가 한턱 쓸게 모두 우리 집으로 가자."

"와~"

친구들은 좋아라 소리를 지른다. 영빈은 뒤에서 매우 미안한 표정이다.

오늘 일은 영빈이 할아버지를 도와 함께 하려했던 일인데 어디 함께 놀러 가려 했던 석구가 영빈이 못가겠다고 하자 눈치 빠르게 알아채고, 친구들을 몽땅 끌고 왔던 것이다.

할아버지도 함께 가자고 했지만, 할머니와 함께 식사를 하겠다며 사양을 했다.

석구네 식당은 여느 때와 마찬가지로 손님이 만원이었다.

한 쪽 구석에 자리를 잡은 일행은 석구 어머니의 환대를 받으며 자리에 앉는다.

"어서들 오너라."

"어머니 안녕하세요?"

그때 석구어머니가 영빈을 바라보며 묻는다.

"영빈이는 공군사관학교가 목표라고 했지?"

"네."

"우리 석구도 너와 함께 가겠다고 하는데 영빈이는 실력이 되겠지만 우리 석구는 어떨지 모르겠구나."

"어머니 걱정 마세요. 석구는 충분한 실력을 가지고 있어요.”

“너희 둘이 함께 갔으면 얼마나 좋겠니?”

“어머니! 영빈이랑 석구는 틀림없이 공군사관학교에 갈수 있어요. 저희들이 보장해요.”

친구들이 합창하듯 한마디씩 거든다.

석구 어머니도 그 말에 싫지 않다는 듯 함께 웃는다.

“호호호...”

“하 하 하...”

“그래, 고맙다, 오늘은 실컷 먹도록 해라.”

피곤한 하루의 일과를 마무리하는 웃음이었다.

식탁에 세 식구가 앉아 저녁식사를 나누는 자리.

“할아버지 내일 학교에 좀 오시라는데요?”

“왜? 무슨 일이 있니?”

“아마 학교 진로문제 때문에 담임선생님과 학부형 간에 상의할 일이 있나 봐요.”

“너는 사관학교에 간다고 했잖니?”

“네, 저는 그런데요. 담임선생님 생각은 다른 가 봐요. 담임선생님이 뭐라 하든 제 생각은 변함이 없으니, 할아버지도 그렇게 말씀하세요.”

황 노인은 손자인 영빈의 속을 다 알고 있었다.

할아버지와 할머니께 조금이라도 수고를 덜어 주려는 마음에 진로를 공군사관학교로 정했다는 것을...

다음날, 학교에 들르니 다른 부형들도 많이 와 있었다.

황 노인을 만난 담임선생은 영빈이 공군사관학교 가기에는 실력이 아깝다는 것이다. 충분히 서울대에도 갈수가 있는데 영빈의 마음을 알 수가 없다는 것이다. 황 노인은 영빈의 마음을 알 수가 있을 것 같았다. 어린 나이에 부모와 떨어져, 조부모 품에서 자라면서 그들이 마음 아파할까봐, 숨겼던 것이다. 비행기 조종사가 되어 하늘에서 보면 지척인 고향을 멀리서나마 보고 싶었는지도 모른다. 그 곳엔 그리운 부모와 동생이 있는 곳이다. 영빈은 4살까지 그곳에서 살았다. 황 노인은 영빈이 정말 그럴 것이라 생각했다. 황 노인은 담임선생을 보며 영빈이 원하는 대로 해 주고 싶다고 말했다.

그 후 영빈은 합격했다.

동네는 잔치 분위기였다.

학교에서 공군사관학교에 간 아이들은 꽤 많았는데 다 떨어지고 영빈만이 합격이었다. 물론 석구도 함께 시험을 봤지만 떨어지고 말았다. 옆집 아주머니는 막걸리를 한말을 냈다. 앞집 아주머니는 안주로 시원한 동태 매운탕을 끓여 내왔다.

"영빈아 축하한다. 나는 떨어졌어도 네가 합격을 했으니 내가 합격한 기분이다."

"석구야 미안하다. 나만 합격해서 너와 함께 됐다면 얼마나 좋았겠니?"

영빈은 석구가 자신 때문에 떨어진 것 같아 더 미안했다. 석구는 영빈의 일이라면 물 불 가리지 않았었다. 연탄 배달이 많은 날이면 그것은 석구의 충동으로 석구와 친구들 몫이었다. 많은 연탄을 배달한 날이면 저녁 식사는 석구네 집에서 했다. 그렇게 영빈을 위하는 석구의 마음은 지극했다. 영빈을 좋아하는 만큼이나 영빈의 합격은 석구에게 있어서 대단한 것이었다.

처음부터 자신은 합격 할 수 없다는 것을 알면서도 영빈이 간다기에 따라간 것이지만, 요행수를 바랐던 것도 사실이었다. 영빈은 조부모님께 큰절을 올렸다.

"할아버지 할머니 두 분이 아니었으면 지금의 저는 없었을 겁니다."

"아니다, 에미 애비 없이도 이렇게 훌륭히 커준 네가 대견스럽구나, 고맙다."

남에 일이지만 동네는 영빈의 일로 늦도록 축제 분위기가 좀처럼 식지 않았다.

온 사방이 칠흑 같은 어둠에 쌓여 가야 할 방향을 잡을 수가 없다.

"아, 여기가 어디란 말인가?"

어느 방향으로 진행해야 할지 감을 잡을 수가 없다. 점점 어둠은 짙게 깔려오고 아무도 없는 공간에서 영빈은 탈출을 하려고 사력을 다했지만 매번 그 자리다. 그는 땀을 뻘뻘 흘리며 사력을 다해 달려본다. 달리던 발이 질펵한 무언가에 걸리어 넘어지며 나동그라진다.

일어나 걸으려 하자 발이 계속 빠져 들어가 나올 수가 없다. 도리어 몸을 움직일 때마다 자꾸 깊이 빠져든다. 늪이었다. 영빈은 소리를 질러보지만 말이 나오지를 않는다.

몸은 늪으로 조금씩 빠져들어 이제 머리까지 늪 속에 잠긴다. 이제 숨도 쉴 수가 없다. 가슴이 답답하다.

"아, 이렇게 죽는 거구나."

의식이 희미해지기 시작한다.

"아, 이대론 죽을 수 없어 난 살아야 해, 내가 죽으면 할머니 할아버지는 누가 돌보아 드려, 난 죽을 수 없어 난 살아야 해."

그는 몸부림치며 허우적거리다 땀에 범벅이 된 채 벌떡 일어났다. 꿈이었다. 기분 나쁜 꿈이었다. 그는 멍한 의식 속에서 멀지 않아 자신에게 닥쳐 올 죽음의 모습을 본 것 같았다. 불도 켜져 있지 않은 어두운 방은 죽음의 그림자가 드리워져 있는 것 같다. 그는 어두움 속에서 흘러내리는 눈물을 주체 할 길이 없었다.

"아, 어찌하여야 좋단 말인가?"

사관학교 입교 후 4년여 고된 훈련 속에서도 이제 얼마 후 졸업 해 임관 되면 조부모님을 편히 모시겠다며 참고 견디어 냈는데 청천벽력 같은 일이었다.

훈련 도중이었다.

머리가 아프고 어지러웠다. 처음엔 대수롭지 않게 생각했는데, 증세가 심해져 쓰러지고 말았다. 국군통합병원에서 정밀검사를 받은 결과 급성 골수성 백혈병이란 진단이 나왔다.

의사는 치료를 해도 큰 차도는 없겠지만, 치료를 하지 않을 경우에는 6개월 밖에 시간이 없다고 했다. 학교에선 퇴교조치가 내려졌다. 영빈은 죽는다는 것에 대한 두려움은 없었다. 다만 자신만 믿고 살아온 조부모님의 모습이 떠올라 견딜 수가 없었다.

"나 죽은 후에 두 분은 어떻게 한단 말인가."

영빈은 지나간 상념들이 떠오르며 오열한다. 마음대로 죽을 수도 없는 자신의 처지가 안타깝기만 하다. 영빈은 어려서부터 다른 아이들보다 철이 일찍 들었다. 영빈이라고 왜 부모가 그럽지 않았겠는가.

그도 다른 아이들처럼 부모에게 응석도 부리고 싶었고 엄마가 싸주는 도시락도 먹고 싶었다. 영빈이 괴로웠던 것은 석구네 집에 놀러 갔을 때 화목한 석구네 가족의 모습에서였다. 그런 모습들을 볼 때 마다 영빈의 마음속에는 늘 부러움이 내재하고 있었다. 그러나 부모 그리는 마음을 조부모님이 눈치 채고 속상해 할까봐, 전혀 내색을 하지 않았다. 이제는 너무 어려서 헤어진 부모의 얼굴도 기억 속에서 잊혀진지 오래다. 그러면서 자신만을 믿고 사는 조부모님을 볼 때 그가 부모를 그리워하는 것은 사치라고 생각했다.

몸이 좀 아파서 임시 휴학을 하라 해서 몇 개월 쉬어야 된다고, 조부모님께는 거짓말을 했다. 하지만 거짓말에는 한계가 있다. 몸은 점점 더 나빠질 것이고 약값과 치료비도 문제였다. 치료라 해야 병원에 가 몸이 더 나빠졌나를 확인하는 것에 지나지 않았다. 두 노인이 들을까 마음대로 소리 내어 울 수도 없었다. 시계바늘은 쉴 새 없이 돌아갔다. 자신이 무엇을 먼저 정리해야 되는지 혼란스럽다. 영빈은 석구를 만나서 모든 걸 털어놓고 상의해야 되겠다고 결심을 굳히고 석구를 찾았다. 퇴교 후 지금껏 석구를 만난 적이 없었다. 어차피 최종적으로 결심이 서면 모든 것을 석구와 의논할 참이었다. 지금껏 살아오면서 한 번도 영빈의 부탁을 거절해 본 적이 없는 세상에 하나밖에 없는 절친한 친구다. 그는 방위 제대 후 경찰 시험에 합격해 평택경찰서 수사과에 근무하고 있었다. 전화를 하려고 연탄가게에 나가니, 마침 노인 내외가 연탄배달을 나간 모양이다. 영빈은 수화기의 다이얼을 돌린다. 신호가 끊기고 수화기에서 석구의 목소리가 들린다.

"네, 수사과 조석구입니다."

"석구야, 나 황영빈."

"영빈이, 야! 너 언제 나왔냐?"

"응, 몇일 됐는데,,,,,,"

"그런데 이제 전화해?"

"사정이 생겼어."

"무슨 사정."

"만나서 얘기 했으면 해.“

"그래?"

전에 친구들과 늘 함께 했던 역마차 다방이다. 〈베싸메 무쵸〉란 팝쏭이 감미롭게 들린다. 참 오랜만에 들어보는 것 같다. 영빈이 도착해 5분정도 지나 석구가 부지런히 들어와 두리번거리며 영빈을 찾는다.

"석구, 여기야 !"

영빈이 손을 들며 석구를 부른다.

"야, 소식도 없이 별안간 웬일이야?"

석구의 얼굴은 의아 하다는 표정이다.

"석구야, 너에게 진지하게 부탁할 일이 있어. 놀라지 말고, 듣고 가부간에 대답해줘?"

석구의 얼굴에 의혹의 빛이 역력하다.

"야~ 궁굼 해 죽겠다, 무슨 말인지 빨리 좀 해라."

영빈은 지금껏 자신에게 일어난 일들을 소상하게 말했다.

"뭐, 뭐라고 말도 안 돼 너에게 어떻게 그런 일이..."

석구는 어이없다는 표정이다.

"영빈아 너 나에게 놀리려고 거짓말 하는 거지."

"석구야, 내 말 좀 잘 들어, 어제 밤 한숨도 못자고, 고민하다 너에게 전화 한 거야."

그때서야 진지해진 석구가 걱정 어린 표정으로 묻는다.

"영빈아! 그러면 빨리 서둘러 치료를 해야 되잖아."

"아니야, 지금은 약도 없고 이제 남은 시간이 고작 6개월 정도밖에 남지 않았어, 다행이 그 안에 치료제가 나온다면 몰라도..."

영빈의 눈에서 눈물이 흐른다.

"석구야, 내가 너에게 부탁하고 싶은 것은 우리 할머니 할아버지 문제인데 내가 떠난 후 두 분 돌아가시면 누가 제대로 초상이라도 치러 드리겠니? 너에게 부탁하고 싶다."

"짜식 죽기는 누가 죽어, 넌 안 죽어 내가 어떻게든 널 살릴 거야."

그렇게 말하는 석구의 눈에서도 눈물이 쉴 새 없이 펑펑 쏟아진다.

"그 많고 많은 사람 중에 하필이면 왜 영빈이 너냐? 지지리도 재수 없는 놈, 세상이 차라리 뒤집혀 씨~팔 몽땅 다 같이 갔으면 좋겠다."

"석구야, 나 내일부터 교회에 나가야겠다."

영빈의 말에 석구는 다 죽게 된 놈이 무슨 교회냐는 표정이다.

"야! 그런 몸으로 교회는 무슨 교회야, 진짜 하나님이 있다면 너같이 불쌍한 놈을 할아버지 내외를 두고 손자인 너를 앞세우겠니? 에라이 더러운 공평치 못한 세상..."

석구는 모든 것이 답답하다는 듯 허공만 쳐다본다.

"석구야, 혹시 어떻게 아니? 하나님께서 딱한 내 사정을 아시고 나에게 기적을 베푸실지…"

"그래 네가 정 그렇다면 내가 어떻게 말리겠니?"

"석구야 나 정말 살고 싶어, 할아버지 할머니를 내가 보내드리고 내가 죽더라도 꼭 그렇게 하고 싶은데…"

그날 이 후 영빈은 교회에 나가기 시작했다. 집 바로 아래에 교회가 새로 생겼는데 가까워서 좋았다. 영빈은 열심히 교회에 나가서 진실한 마음으로 하나님께 기도했다.

"주님! 지금까지 저와 조부모님 돌봐 주신 것 감사합니다. 그러나 저 죽는 것은 괜찮으나 저만 바라보고 고생하시며 사셨던 조부모님이 너무 불쌍합니다. 주여! 저를 살려 주십시요. 그 분들이 저보다 먼저 가실 수 있도록 하여 주십시오. 흐흐흐 흑 흑~"

기도하는 영빈의 얼굴엔 눈물이 쉴 새 없이 흘러내린다.

살아야 하겠다는 영빈의 바람과는 상관없이 교회에 나가는 동안에도 영빈의 병은 호전의 기미가 전혀 없었다.

영빈의 기력은 점점 쇠약해져 갔다. 나중에 할머니 할아버지도 알아차린 듯 했다.

"영빈아! 너 무슨 일 있지? 어디 아픈 거니?"

영빈은 더 이상 숨길 수 없다는 것을 알고 사실대로 털어 놓는다. 두 내외는 털썩 주저앉으며 대성통곡을 한다.

"복도 지지리 없는 녀석 같으니…"

그 소리는 영빈에게 하는 소리이자 자신들에게 하는 소리였다. 그 날 이후부터 할머니의 기력이 쇠해져가기 시작했다. 할머니는 매일 한숨과 눈물로 지새우는 게 하루의 일과였다.

"에구, 하느님도 무심하시지, 되려가려면 쓸모없는 우리 두 늙은이나 되려갈 것이지, 어떻게 저렇게 젊디젊은 우리 손자를 데려가려 하는지요?"

모두의 안타까운 기대와는 달리 영빈의 몸은 점점 수척해져 가고 있었다. 몇 일 전에는 내 출혈이 있었다. 위험한 고비를 겨우 넘기고 정신을 차린 영빈은 그래도 포기하지 않았다. 지금껏 신앙이 없던 그는 기독교에 귀의하고 여러 종류의 신문을 보며 새로운 백신이 없나를 열심히 찾았지만 간절한 기대와는 달리 별 신통한 소식은 실리지 않았다. 그리고 또 한 번의 출혈과 함께 그는 영영 일어 날수가 없다는 것을 직감한 듯 했다. 그는 혼신의 힘을 다해 문을 두드린다. 할아버지가 급히 들어온다.

"영빈아, 왜 그러니?"

"할아버지, 급히 석구 좀 불러 주세요. 빨리요."

영빈은 정신이 혼미해져 옴을 느낀다. 그러나 정신을 놓지 않으려 이를 악문다. 그렇게 얼마의 시간이 흐르고 난 뒤 석구가 급히 달려 왔다. 그는 급히 오면서 이것이 마지막 만남일거라는 생각을 지울 수가 없었다. 석구의 눈에 쉴 새 없이 눈물이 흐른다.

"아, 영빈아 내가 갈 때 까지는 죽으면 안돼."

석구를 본 영빈의 얼굴에 희미한 미소가 돈다.

"석구?"

"응, 그래. 나, 석구야."

"부탁 한다, 할머니 할아버지를..., 그리고 내가 죽으면 화장해 내가 태어난 개성과 가까운 휴전선 근처에 내 뼈를 뿌려다오, 그곳에서 영혼이나마 부모님을 가까이에서 볼 수 있게 또한 나 죽으면 할머니 할아버지도 곧 나 쫓아 오실거야, 두 분 내외분도 나와 같이 같은 곳에 화장해 뿌려다오, 그분들은 나보다도 고향을 더 그리워 하셨을 거야, 아~ 통일된 조국을 보지 못하고 가는 것이 안타깝구나. 석구야, 내가 저 세상에서 다 갚아 줄께"

"영빈아, 걱정 마. 내가 다 책임질게. 아무 걱정하지 말고 너나 빨리 일어나."

석구는 영빈이 이제 다시 못 일어날 것이라는 것을 알면서도 그렇게 말했다. 영빈이 알았다는 듯 힘없이 고개를 끄덕인다. 영빈은 그렇게 부탁을 하고 스물 네 살의 젊은 꽃봉오리는 피워 보지도 못한 채 져 버리고 말았다.

"영빈아, 죽으면 안 돼, 흐흐흐흑..."

벽제에서 화장한 영빈의 유골은 석구와 친구들에 의해서 그의 고향 개성과 가까운 산에 뿌려졌다. 평소 바다보다는 산을 좋아했던 영빈이었고 또 그의 마지막 유언이었기에 누구보다 영빈을 잘 아는 석구가 영빈의 뜻대로 산에 뿌렸던 것이다.

"영빈아, 평소에 네가 좋아했고 또 네가 부탁했던 네 고향이 지척에 있는 산 이란다. 이제 네가 있는 산에 아름다운 새들의 노래, 풀벌레소리, 너를 기쁘게 하여줄 바람이 들려주는 노래도 있단다. 나에게 할 말이 있으면 바람에게 전 하렴, 그 바람이 내 창가를 두드리면, 바람소리가 네가 전하는 말이라 생각할게."

영빈의 장례가 끝난 후 석구는 두 노인 내외를 자주 찾아뵈었고 그 날도 그 쪽으로 가려 했는데 비바람이 몰아쳐 잠시 머뭇거리고 있을 때 전화가 왔던 것이다.

황 노인은 꿈을 꾼다.

꿈에서도 잊지 못했던 고향이다. 그 옛날 할멈과 함께 걸어보았던 정몽주가 이방원의 자객에 의해서 죽었던 선죽교 다리, 한때 고려의 도읍지였던 개성의 고적을 돌아보았던 일들. 노인의 잠든 얼굴에 죽음의 그림자도 함께 드리워진다.

할멈의 숨소리는 멎은 지 이미 오래. 황 노인의 숨소리도 가늘어진다. 그는 무의식중에 할멈의 손을 꼭 쥔다.

"할멈 나하고 같이 가, 내가 손잡아 줄게"

노인의 얼굴에 행복한 미소가 피어오른다. 〈끝〉

9

혼자 사는 남자

봉필현 단편

9

혼자 사는 남자

현묵 형의 소식이 끊긴지 꽤 오랜 시간이 흘렀다. 나는 현묵 형의 근황이 궁금했다. 오래 전 서울대 역 근처의 식당에서 저녁을 먹고 헤어진 것이 가장 최근의 일이었다. 나는 궁금한 나머지 전화를 해보았다. 가끔 전화를 해봤지만 거의 받지 않아 통화가 성공한 예는 거의 없었다. 그러나 현묵 형의 소식이 너무 궁금했던 나는 전화를 받을 것이라는 생각은 지운 채 무심히 전화를 했다. 그런데 전화에서 들려오는 음성은 여자의 목소리였다,

"여보세요. 누구세요? 최현묵씨 전화입니다."

나는 전화 속의 여자가 누구인지 호기심이 발동해 물었다.

"전화를 받으시는 분은 어떤 분이시지요?"

"저요? 저는 최현묵씨 딸이에요."

"아, 따님이 한분 있다고 하더니 그 따님이었군요."

"네."

"그런데 현묵 형은 지금 어디 계십니까?"

"여긴 병원인데 아버지 지금 병원에 입원해 계세요."

"아니, 왜요? 어디가 편찮으신데요?"

"전부터 아프시던 데가 안 좋으셔서 입원 하셨어요."

"병원이 어디지요?"

"을지로6가 국립중앙의료원 ○○호실입니다."

"네, 알겠습니다."

나는 대답을 하고 퇴근길에 병원을 들리기로 했다. 하루 일과가 끝난 후 나는 지하철 2호선을 타고 동대문역사문화공원에서 내렸다. 그리고 13번 출구를 빠져나왔다. 출구를 빠져 나오니 날이 몹시 춥다. 조금 걸으니 국립중앙의료원이 나왔다. 나는 정문을 통하여 들어가 병원 매점에서 두유를 한 박스 사서 병실을 찾았다. 현묵 형은 오랜만에 보는 나를 보고 반색을 하며 반긴다. 그러면서 그동안 밀렸던 이야기보따리를 풀어 놓는다.

"형 이제 가지고 있는 재산 딸에게 주고 형이 앞으로 가지고 살 수 있을 만큼만 갖고 살도록 해요."

"나도 그러려고 해. 그건 그렇고 조금만 있어봐. 내가 퇴원하면 좋은 일이 있을 거야."

"무슨 일인데 좋은 일이라는 거예요?"

"글쎄, 조금만 기다려. 일단 내가 퇴원을 해야 하니까."

나는 그렇게 한참을 현묵 형과 시간을 보내고 집으로 가기 위해 현묵 형과 작별 인사를 하고 나왔다. 에레베이터 앞에 서 있는데 현묵 형의 딸이 와서 나를 잠시 보자고 한다.

"저, 저 좀 잠시 보고 가셔요."

"아, 그래요. 무슨 일이죠?"

"저의 아빠 못 일어나실 겁니다."

"그게 무슨 말이지요?"

"아빠 폐암 말기세요."

"뭐라고요? 요즘 병원에 계속 다닌다고 했는데 그럼 병원에 다니며 무엇을 보았다는 겁니까?"

"저번 세브란스 병원에 갔을 때 폐암이라고 하며 한쪽 폐를 떼어내야 한다고 했는데 아빠가 별 것 아니라고 생각했는지 수술 않겠다고 해서 그냥 왔어요. 이번에 여기와 폐 사진을 찍어보니 암이 폐 전체에 퍼져 손을 댈 수가 없다고 합니다. 지금도 폐에 물이 차서 계속 폐에서 물을 뽑아내고 있는 중이에요."

나는 현묵 형의 딸이 하는 소리를 듣고 왈칵 눈물이 쏟아졌다.

"어차피 고칠 수 없는 병이라면 아버지께 알려 드려 죽음 준비하게 하는 것이 원칙이 아니겠어요?"

"저도 그렇게 생각했어요. 그런데 의사들이 그렇게 하지 말라고 했어요. 그 말을 듣는 순간 환자들은 더 빨리 죽고 만답니다. 그래서 아빠께 말을 하지 않고 있어요."

그 말도 일리가 있는 말이라는 생각이 들지만 어차피 나을 병이 아니라면 죽음을 준비하는 것이 원칙이라고 나는 생각했다. 그러나 그 말이 입에서 뱅뱅 돌았지만 정작 그 말은 할 수가 없었다. 왜냐 하면 나는 현묵 형의 딸 입장에서 볼 때는 3자에 불과 했기 때문이었다. 나는 현묵 형의 딸에게 형이 폐암 말기라는 소리를 듣고 그대로 갈 수가 없었다. 나는 다시 현묵 형의 병실로 가기로 했다.

"나 아버지 한 번 더 보고 가야 되겠어요. 그런 소리를 듣고 그냥은 도저히 갈 수가 없어요."

"그렇게 하실래요?"

"그래야만 내 마음이 편할 것 같아요."

나는 다시 현묵 형의 병실로 갔다. 다시 오는 나를 보고 현묵 형은 반가운 표정으로 말했다.

“아니, 간다고 인사까지 하고 왜 되돌아 왔어?”

“형 얼굴이 별안간 한 번 더 보고 싶어서 그래요.”

“보고 싶긴 이 얼굴이 뭐가 보고 싶어. 세수도 못하고 수염도 깎지 못하고 있는데”

그렇지 않아도 병실에 들어올 때부터 현묵 형의 얼굴을 보았는데 얼굴에는 텁수룩하게 하얀 수염이 빳빳하게 자라 있었다.

“하하하, 그렇잖아도 나는 형이 텁석부리 인줄 알았어요.”

“하하하, 그런가.”

형은 내가 다시 오니 기분이 매우 좋아 보였다.

“아우님, 이제 고생 그만 해도 돼.”

“무슨 일이 있어요?”

“응, 이제 돈이 많이 나올 때가 있어. 내가 빨리 나가서 판을 짜야 되는데 몸이 이러니 현재로서는 어떻게 할 수가 없으나 의사가 곧 나가게 된다고 했으니 나가면 멋지게 일해 보기로 하자구.”

상당히 큰일을 진행하고 있다는 것이었다. 그러나 내 마음은 도리질을 치고 있었다. 속으론 울면서 마음으로 말했다.

“형, 형 마음 나 다 알아. 그러나 이제 형은 그 꿈 깨고 정말 기적이 일어나 몸이나 나았으면 좋겠어.”

의사의 말은 한 달을 버티기도 힘들다고 했다는데 자신은 나아서 나가면 큰일을 하겠다고 말하고 있는 것이다. 이제 한 주, 두 주, 지나면 몸은 급격하게 나빠질 것이다. 그날 나는 더 이상 할 말이 없었다. 쓸쓸하게 집으로 돌아가는 발걸음이 무겁기만 했다. 집으로 돌아온 나는 어떻게 하면 현묵 형을 살릴 수 있을까를 고민했다. 그러자 머리에 번개처럼 떠오르는 것이 있었다. 내가 시골에 있을 때 만들어 놓았던 쇠비름 발효액이었다. 자연요법이지만 폐암에는 이것처럼 좋은 것은 없을 것이었다. 얼마 전 아는 지인이 폐암이라 하여 4년간 숙성해 놓았던 쇠비름 발효액을 먹여 완벽하게 살린 적이 있었다. 그러나 그 발효액의 행방을 찾아야만 했다. 그것을 잃어버린 지 약 4년이 되고 있었다. 그러나 사람을 살려야 되는 일이었다. 나는 물건을 맡긴 친구에게 전화를 했다. 어떤 일이 있어도 그 발효액을 찾아야 된다고 하며 한 사람의 생명이 달린 일이라고 했다. 그러자 그 친구가 수소문 하여 한 개는 찾을 수 있다는 것이었다. 그는 쇠비름발효액을 급히 찾아 집에 가지고 왔다. 나는 고맙다고 인사만 하고 돌려보낸 후 급히 건더기를 건져내고 찌끄러기를 삼베 천에 걸러낸 다음 걸러진 쇠비름발효액을 페트병에 담았다. 그리고 급히 가지고 가서 딸에게 먹이도록 권했다.

"이걸 먹이면 아빠를 살릴 수 있을 겁니다. 폐암 말기 환자도 나았으니 꼭 거르지 말고 먹이도록 하세요."

그렇게 전달한 후 일주일이 지나 병원에 다시 들렀다. 현묵 형은 지난번 올 때와 별반 달라져 보이지 않아 있었다. 그래서 물어 보았다.

"형 내가 갖다 준 약 먹었수?"

"아니, 모르겠는데?"

"내가 따님에게 갖다 주며 꼭 먹이라고 부탁했는데 먹이지 않았나보죠?"

그때 마침 밖에 나갔던 딸이 들어 왔다.

“먼저 번 내가 갖다 준 약 아버지 드렸어요?”

“네, 드렸는데 아버지께서 안 잡숫겠다고 해서 드리지 못했어요.”

참 기가 막힌 일이었다. 그걸 먹이면 그들이 상상도 못할 기적 같은 일이 일어날 수도 있는데 너무 아쉬웠다. 나는 다시 문병을 갈 때 내가 타가지고 간 것을 컵에 따라서 현묵 형에게 주었다. 형은 그것을 받아먹고 맛이 좋다는 것이었다. 나는 딸에게 아버지께서 맛이 좋다고 하니 꼭 매일 세 번씩 드리라고 당부를 하고 돌아 왔다. 그러나 다음 주에 갔을 때 현묵 형은 전주보다 상태가 많이 나빠져 사람을 알아보지를 못했다. 그동안 내가 갖다 준 것은 먹이지 않은 것이 분명했다. 보나 마나 현대의학만 믿고 자연요법을 믿지 못하는 딸이니 먹였을 리 없었던 것이다. 조금만 자연요법을 이해하고 먹였더라면 상황은 180도 틀려져 있었을 것이다. 왜냐하면 나는 그 쇠비름 발효액으로 몇 사람을 살려 냈기 때문에 그 효능을 너무나 잘 알고 있었다.

현묵 형은 전에 내가 살던 독산동 집에 올 때는 단 한 번도 빈손으로 온 적이 없었다. 무언가를 손에 들고 와야만 했다. 내가 무엇 하러 그런 것 사들고 오느냐고 하면 같이 먹고 싶어서 사오는 거라고 웃으며 말하곤 했던 형이다. 그렇게 다정다감했던 현묵 형을 이제는 더 이상 볼 수가 없을 것이라 생각하니 마음이 아프다. 집에 돌아와 잠이 오지 않아 거의 뜬눈으로 보냈다. 비몽사몽 잠결에 전화가 온 것 같다. 일어나 휴대폰을 들여다보니 현묵 형의 이름이 떠있다. 형이 내가 보고 싶어 전화를 했는데 내가 받질 못한 것 같아 미안한 마음이 들어 바로 전화를 했다. 그러나 전화를 받지 않는다. 아마 정신이 났을 때 내가 보고 싶어 전화를 했는데 내가 받지 않으니 휴대폰을 옆에 두고 있었지만 내가 전화를 했을 때는 이미 약에 취해 정신을 놓고 있었기에 전화를 받을 수 없는 상태가 되어 있었을 것이라고 생각했다. 나는 다음 날 일찍 병원으로 가려고 했지만 일 때문에 오후에 갈 수밖에 없었다. 여전히 날씨는 쌀쌀했으나 동대문역사문화공원역 13번 출구를 빠져나와 나는 중앙국립의료원으로 향했다. ○○호실로 들어서니 현묵 형은 폐에 호스를 꼽고 물을 빼내고 있었다. 팔을 보니 링겔주사를 맞은 자국 때문에 검게 멍이 들어 있었다. 측은해 보였다. 그는 고개를 숙이고 있었다. 내가 옆에 앉으며 어깨를 툭쳤다. 그러자 나를 유심히 보더니 얼굴에 미소가 피어오른다. 그리고는 나의 손을 반갑다고 잡는다. 그리고 잠시 후에는 다시 나를 몰라봤다. 약 기운 때문인지는 모르겠으나 정신이 들락날락 하고 있는 것 같았다. 나는 그 자리에 더 이상 앉아 있어야 형에게 도움이 될 것 같지도 않아 딸에게 간다고 인사를 하고 나왔다. 그것이 형과의 살아서의 마지막 만남이었다.

현묵 형이 우리 집에 왔을 때 자신의 과거에 대하여 이야기를 해준 적이 있다. 형은 원래 건설회사를 운영했었다. 한강개발 때도 토목 공사에 참여하여 활발하게 회사를 운영해 나갈 때였다. 회사도 탄탄했고 가정은 남매를 키워 행복한 가정을 영위하고 있었다. 그 행복한 가정을 시샘했는지 마(魔)가 찾아들었다. 아들이 군대에 입대하고 오랜만에 휴가를 얻어 집에 왔다. 며칠은 집에서 놀고 있으니 심심했던 모양이다.

"아버지, 어머니, 오늘 친구들과 놀러 가기로 했어요."

"어디로 가는데?"

"춘천으로 가려고요. 친구 차로 가기로 했거든요."

"조심해 다녀와라."

"네, 걱정하지 마세요. 친구가 운전은 베스트니까요."

"그래도 그럴수록 더 조심하라고 해라."

"네, 아버지, 그렇게 하겠습니다."

그날 아침 그렇게 인사를 하고 나간 것이 살아서 아들과 마지막 대화일 줄은 아무도 몰랐던것이다. 그렇게 아들이 떠난 후 아무 일도 없는 다른 때와 다름이 없었는데 사무실로 한통의 전화가 걸려 왔다. 춘천 경찰서라고 했다. 형은 춘천 경찰서에서 전화가 걸려올 일이 없는데 하며 무심히 전화를 받았다고 한다.

"여보세요. 최현묵씨 댁이지요?"

"그렇습니다. 제가 최현묵입니다만."

"아, 그렇습니까? 다름이 아니고 혹시 최정빈씨가 아드님 되시지요?"

"예, 맞습니다."

춘천경찰서에서 아들의 이름을 부르며 묻자 무슨 일로 경찰서에 가 있는 것인지 의아한 마음으로 전화를 받고 있었는데 경찰의 다음 말에서 현묵 형은 큰 충격을 받고 말았다.

"다름이 아니고 최정빈씨가 교통사고를 당하여 사망을 하였습니다."

"뭐라고요? 사망이라고요?"

그는 믿기지 않았다. 아침에 친구들과 춘천으로 놀러 간다고 나간 아들이 죽었다니 도저히 믿을 수 없는 소식이었다. 이 소식은 현묵 형에게는 하늘이 무너지는 소식이었다. 그러나 현묵 형은 자신에게도 놀라운 소식이었지만 자신보다는 집에 있는 아내가 들으면 더욱 놀라 까무러칠 일이라는 것을 너무도 잘 알고 있었다. 그는 이 일을 어떻게 아내에게 알려야 할지를 고민하지 않을 수 없었다는 것이다. 그러나 자식의 죽음인데 알리지 않을 수도 없는 입장이었다. 그는 그날 밤 마시지 못하는 술을 마시고 집에 들어갔다. 문을 두드리니 아내가 나왔다.

"아니 오늘은 왜 이렇게 늦게 들어오며 생전 마시지 않던 술을 다 마시고 왔어요."

"흐흐흑, 여보."

"여보, 당신 왜 그래요. 오늘은 생전 하지 않던 짓을 하네요."

"흐흐흑, 우리 정빈이가..., 우리 정빈이가 죽었대요."

"뭐라고요? 정빈이가 왜 죽어요? 오늘 친구들과 춘천에 놀러 갔잖아요. 그런데 걔가 왜 죽어요."

"아까 춘천 경찰서에서 전화가 왔어요. 차가 커브 길에서 낭떠러지로 떨어져 셋 중 한명만 살고 둘은 죽었는데 우리 정빈이도 죽었다고 하네요."

"뭐라고요? 아니에요. 뭔가 잘못 안 것이에요. 우리 정빈이가 왜 죽어요. 당장 춘천으로 가요."

그날 밤으로 현묵 형은 아내와 함께 춘천으로 향했다. 경찰서에서 가르쳐준 병원은 강원대학병원이었다. 아직 보호자가 오지 않았기에 아들의 시신은 응급실에 그대로 있었다. 이상하게도 아들의 시체는 상처하나 없이 깨끗했다. 절벽으로 구르며 심장에 충격을 받은 것 같다는 것이었다. 충격을 받을 때 심장이 파열된 것 같다는 의사의 소견이었다. 아들은 잠자는 듯 침대에 누워 있었다.

"흐흐흑, 여보 우리 정빈이 죽지 않았어요. 바늘 좀 가져오세요. 우리 정빈이 손가락을 따면 곧 일어날 거예요."

아내의 모습은 살아 있었지만 산 사람의 모습이 아니었다. 현묵 형이 정신이 없어 어디에서 구했는지 모르지만 바늘을 구해다 주니 아내는 아들의 손가락을 일일이 다 따는 것이었다. 그러나 피가 잘 나오지 않았다. 그러자 잠시 후 의사가 말했다. 이 환자 죽은 지 오래 됐어요. 지금 바로 시체실로 옮겨야 됩니다.

"안돼요. 우리 정빈이 죽지 않았어요. 흐흐흑."

아내는 원래 성격이 조용해 밖으로 자신의 마음을 여간해서는 표현하지 않는 사람이었다. 그런 그녀가 아들의 죽음을 보며 병원 바닥에 앉아 큰소리로 울고 있는 것이다. 아내의 충격이 얼마나 큰 것인지 현묵 형은 잘 알고 있었다. 물론 자신도 아픈 마음이야 말할 수 없을 만큼 쌓여 있지만 아내와 같을 수는 없어 자신은 아픔을 가슴에 담고 밖으로 표현만 하지 않고 있을 뿐이었다. 잠시 후 병원 사람들이 시체를 싣는 운반용 침대를 가져와 아들의 시체를 시체실로 옮겨갔다. 아들의 시체가 시체실로 옮겨지자 아내는 넋이 나간 듯 바닥에 앉아 우두커니 보고만 있었다. 아들의 장례는 3일 장으로 하고 벽제 화장터에서 화장해 강물에 뿌렸다. 납골당에 안치하면 아내가 매일 찾아가 가슴앓이만 할 것 같아서였다. 아들의 장례를 치루고 아내는 한동안 말이 없이 지냈다. 아내의 얼굴에선 웃음기가 사라지고 늘 하늘을 바라보는 습관이 생겼다. 현묵 형은 그때마다 아내는 아들이 하늘로 갔으니 하늘만 쳐다보는 것이라 생각했다고 한다. 아들이 사고로 떠난 지도 2년 정도의 세월이 흘렀다. 이젠 현묵 형에겐 자식으로서는 하나 남은 딸이 전부였다. 딸의 이름은 정아였다. 정아는 전부터 사귀던 사람이 있었다. 빨리 결혼을 하고 싶었는데 별안간 오빠의 죽음으로 인하여 결혼을 시켜 달라고 말을 할 수가 없었다. 그렇게 차일피일 미루다 보니 2년이란 시간이 흘러간 것이다. 정아의 신랑감은 대학 문학 동아리에서 만난 친구였다. 착하고 순수한 사람이었지만 집안이 그리 부유하진 않았다. 부모의 상속은 바랄 수도 없는 그런 사람이었다. 그러기에 정아는 그 사람을 부모님께 정식으로 인사를 시키지 못한 것이었다. 부모님의 반대가 두려웠기 때문이었다. 그러나 그들은 이미 너무 사랑했기에 혼전 임신을 하고 말았다. 아직 배는 불러 오지 않았지만 시간이 문제일 뿐이지 배는 점점 불러올 것이었다. 그녀는 그것이 두려웠다. 정아는 부모님께 말을 해야 된다고 생각은 하면서도 선뜻 부모님께 말을 하는 것이 부끄럽기도 했고 한편으로는 혼전 임신이라고 야단이나 맞는 것이 아닌지 두려움도 존재하고 있었다. 그러나 언제까지나 그렇게 미룰 수는 없는 노릇이었다. 그녀는 용기를 내기로 했다. 그날은 현묵 형과 아내가 함께 있는 날이었다.

"아빠, 엄마, 나 부모님께 할 말이 있어요."

그러자 현묵 형이 딸을 보며 말했다.

"무슨 말인데? 할 말 있으면 해봐."

"나 결혼 시켜줘요."

"뭐? 남자는 있니?"
"그럼 짝도 없이 결혼을 시켜달라고 하겠어요?"
딸의 기습적인 말에 현묵 형은 딸의 얼굴을 보며 어느새 저 아이가 장성해 시집을 갈 때가 되었구나 생각을 했다 한다.
정아야, 네 나이 올해 몇 살이지?"
"저 올해 25살이에요."
"그래 25살이면 결혼을 할 나이가 되었구나. 그럼 결혼할 사람을 보여 주어야 될 것이 아니겠니?"
"아빠, 그럼 날 잡아 볼까요?"
"그렇게 해라. 날 잡아 알려 주면 장소를 잡아 알려 주마."
"아빠, 그러실 것 없어요. 그 사람 집으로 데려올 테니 집에서 보도록 해요."
"그래, 그럼 너 좋을 대로 해라. 네가 날짜를 정해 온다고 하면 그날 엄마와 함께 보기로 하자."
그렇게 딸과 약속을 한 후 며칠이 지난 후 딸 정아가 회사로 찾아왔다.
"아빠, 그 사람이 일요일 시간을 내서 온대요. 괜찮지요?"
"응, 알았다. 그 사람이 그렇게도 좋으냐?"
"아이 아빠도 별걸 다 물어요."
"그 사람이 아빠와 엄마보다 더 좋은 것 같아 질투 나서 그런다. 하하하."
그렇게 딸과 약속을 한 후 일요일이 되었다. 저녁 시간에 딸의 신랑감이 찾아왔다. 호리호리한 몸매에 갸름한 얼굴이 차분해 보이는 사람이었다.
"안녕하세요. 안우진이라고 합니다."

현묵 형이 보기에 착해 보이긴 했지만 크게 능력은 있어 보이지 않았다. 분명 딸을 고생시킬 것 같은 예감이 들게 하는 친구였다. 말하자면 크게 마음에 들지는 않았다는 얘기였다.

"술 한 잔 하겠나?"

하고 현묵 형이 물었다. 물론 현묵 형은 술을 할 줄 모른다. 그러면서 사위 감에게는 묻고 있는 것은 그가 어떤 사람인가 알아보기 위함이었다.

"아닙니다. 전 술은 마시질 못합니다."

"요즘 젊은이 치고 술을 마시지 못한다니 꽤 착실한 사람이군요."

"전 지금까지 술은 마셔본 적이 없습니다."

"그럼 담배는 피우겠군요?"

"담배도 피울 줄을 모릅니다."

"그럼 뭐를 할 줄 아는가?"

"열심히 사는 것 외에는 없습니다."일단 이야기를 듣고 보니 딸아이를 시집을 보내도 크게 걱정은 할 일은 없겠지만 사내가 배포가 크질 않은 것 같아 그게 조금 불만스러운 부분이었다. 그러나 시집을 갈 사람인 딸인 정아가 좋아 한다니 어쩔 수 없는 노릇이었다. 그렇게 집에 와 선을 본 후 집안끼리 상견례도 없이 결혼을 하였다. 딸아이가 결혼을 하고 나니 집은 너무 쓸쓸했다. 2년이 넘은 시간이 지났지만 아내는 아직도 아들 정빈의 환영에서 벗어나지 못한 상태였다. 옛날 행복했던 시절로 돌아갈 수가 없었다. 그것은 아내가 늘 쓸쓸한 모습을 하고 있었기 때문이었는데 현묵 형이 별에 별 일을 해보자고 해도 아내는 응하지 않았다. 모든 것이 재미가 없다는 것이었다. 아내는 아들 정빈이 죽고 난 후 너무도 변해 있었다. 아내가 그러니 현묵 형 또한 그렇게 지낼 수밖에 없었다. 그렇게 지내던 아내가 어느 날부터 피곤하다며 누워 있는 날이 많아졌다. 누워 있는 날이 많아지더니 급기야 자리를 깔고 누워 일어나지를 못했다.

"여보, 어디가 그렇게 아파?"

"모르겠어요. 그냥 기운이 없고 힘이 없어요. 그래서 자꾸만 눕고 싶어요."

"그럼 병원에 한 번 가보기로 해요."

"병원은 뭐 하러 가요. 이러다가 낫겠지요."

"내가 보기엔 그런 것 같지 않아요. 병원에 가서 처방을 받아 약을 먹어도 편하지 않겠어요."

그러나 아내가 괜찮다고 하는 바람에 차일피일 미루다가 급기야 아내가 정신을 잃고 마는 사고가 일어나고야 말았다. 급히 병원 앰브런스를 불러 병원으로 가야만 했다. 응급실로 옮겨져 촬영을 하고 야단법석을 떨고 난 후 담당 의사가 소견을 말했다.

"아직 확실히 말할 단계는 아니고 간에 이상이 온 것 같습니다. 좀 더 정밀 검사를 해야만 확실한 병명이 나올 것 같습니다."

"그럼 어떻게 할까요."

"일단 입원을 하고 병실로 옮겨야 될 것 같습니다."

현묵 형은 아내의 입원수속을 하고 한숨을 돌릴 수 있었다. 그리고 다음 날부터 아내의 정밀 검사가 시작되었다. 여러 장기를 촬영했으나 다른 곳은 아무런 이상이 없었다. 그러나 간에 이상이 있는 것을 발견한 것 같았다.

"김복희씨 보호자 분 잠깐 보아야 될 것 같습니다."

의사가 보호자를 보자고 했을 때 현묵 형은 예감이 좋지 않았다고 했다. 불길한 예감 같은 것이 있었다는 것이다. 그러나 무슨 일이 있겠는가 하는 마음으로 진찰실로 들어가 담당 의사 앞에 앉았다. 그리고 물었다.

"예, 무슨 일이지요?"

"김복희씨 보호자 맞습니까?"

"예, 그렇습니다."

"왜 이리 늦게 왔어요?"

의사는 이것저것 묻지도 않고 왜 이리 늦게 왔느냐고 묻는 것이었다.

"무슨 말씀인지 자세히 말해 주십시오."

"김복희 환자 간경화증입니다."

"네?"

"아마 속상한 일이 많이 있었나 봅니다. 병원에서 주는 약을 복용하시고 마음을 안정시키면 좀 낫겠지만 만약 위험해지면 급히 병원으로 와야 합니다."

"네, 알겠습니다."

그렇게 한 후 더 이상 병원에서는 할 일이 없다며 퇴원하기를 권하는 것이었다. 현묵 형은 병원에서 주는 약을 타가지고 아내를 퇴원시킬 수밖에 없었다. 그렇게 아내는 십여 년간을 살았다고 했다. 아내는 피곤을 달고 살았다. 얼굴이 검어지고 살이 많이 빠지던 어느 날 현묵 형이 밖에 나갔다 오니 아내가 문밖에 쓰러져 있었다. 급히 병원으로 옮겼으나 그 날을 넘기기 힘들다는 것이었다. 처음 병원에 갔을 때 간경화증이라고 말하며 조심하라 했을 때 얼마 못살 줄 알았는데 그래도 이만큼 살았으니 많이 산 것이었다. 현묵 형은 오늘을 넘기기 힘들다 했으니 딸 정아를 불러야 했다. 임종은 보아야 했기 때문이다. 그는 시집간 딸에게 전화를 걸었다.

"아빠가 웬일이야?"

"정아야, 엄마가 오늘을 넘기기 힘들다고 한다. 빨리 와야 되겠다."

"아빠, 그러면 진즉에 말하지 왜 이제야 말했어. 나 빨리 갈게."

"약 두 시간 정도가 걸려서 딸 정아가 도착을 하였다. 눈에는 벌써 들어오면서부터 눈물이 흘러내리고 있었다.

"엄마, 엄마. 어떻게 해."

"조용해. 엄마가 뭐라고 말하고 싶은가봐."

그때 아내가 눈을 뜨고 가쁜 숨을 몰아쉬며 무슨 말을 하려고 하는 것 같았다. 그녀는 현묵 형의 손과 딸 정아의 손을 양손에 잡고 말했다.

"여보, 고마웠어요. 그리고 미안해요. 당신을 두고 먼저 떠나게 되어서요. 그리고 정아야, 엄마 먼저 떠나면 아빠가 불쌍해 어쩌니? 아빠는 라면도 한 개 끓여 잡숫지 못하는 사람이란다. 네가 자주와 아빠를 돌보아 드려야 한다. 혹시 재혼이라도 한다면 좋겠지만 말이다."

그렇게 숨이 차서 간신히 말을 마치고 아내는 숨을 거두었다는 것이다. 그렇게 아내를 잃고 혼자 살면서도 현묵 형은 옷은 깨끗하게 입고 살았다. 마치 홀아비가 아닌 것처럼 말이다.

나도 오래 전 처음 만날 때 현묵 형이 홀아비인줄 몰랐었다. 형이 홀아비라고 말해서 알았지 말을 하지 않았으면 몰랐을 것이다. 나는 현묵 형이 홀아비라도 나처럼 밥 같은 것은 잘해 먹는 줄 알았다. 딸인 정아가 말해서 뒤늦게 안 것이지만 전혀 라면 하나도 끓여 먹을 줄 모르는 사람이었다는 말에 놀랐다. 그래서 저녁에 헤어질 때는 꼭 밥을 먹고 들어가자고 했던 것을 뒤늦게 알았던 것이다. 진즉에 알았다면 내가 먼저 밥을 먹자고 했을 것을 뒤늦은 후회가 되었지만 이제는 모두가 부질없는 후회일 뿐이었다. 현묵 형이 라면 하나도 끓이지 못하는 사람이었다면 집에서 밥인들 제대로 해먹지도 못했을 것이다. 그러니 하루 세끼 중 몇 끼나 찾아 먹을 수 있었을까를 생각해 보았다. 아마 먹는 끼니보다 굶는 끼니가 더 많았을 것은 자명한 일이었던 것이다. 굶기를 밥 먹듯 했으니 면역력이 떨어졌을 것은 빤한 일이고 면역력이 떨어지니 약해진 몸에 암 균이 현묵 형의 가장 취약한 부분인 폐를 공격한 것일 것이다.

나는 중앙국립의료원을 나와 집으로 향했다. 나는 현묵 형의 문병을 가고 싶었지만 이제는 가 봐도 사람도 알아보지 못하니 가 봤자 아무 소용이 없다는 생각에 더 이상 가지 않았다. 그날은 날씨마저도 몹시 추운 날이었다. 아침에 눈을 뜨니 한통의 메시지가 날아들었다. 자세히 보니 현묵 형이 죽었다는 부고를 딸인 최정아의 이름으로 보낸 것이었다.

"아, 현묵 형이 기어이 떠나고 말았구나."

하며 나는 안타까워 할 수밖에는 없었다. 나는 다음 날 병원 장례식장으로 갔다. 둘째 날 오전이라 문상객은 별로 없었다.

나는 무릎을 수술해 꿇고 절을 할 수 없어 절은 하지 않고 국화 한 송이를 빈소에 올려놓고 향을 살랐다. 향이 타는 냄새가 코를 자극한다. 나는 고개를 숙이고 기도를 했다.'현묵 형이 예수님 오실 때 꼭 구원의 대열에 설 수 있도록 도와 달라'고 하늘에 계신 높으신 분께 간구를 한 것이다. 문상을 마치고 차려 놓은 음식상으로 자리를 이동했다. 마침 찾아온 손님과 이야기를 하고 있던 현묵 형의 딸인 정아가 나를 보고 내 자리로 왔다.

이런 저런 이야기를 하고 있는데 현묵 형의 입관을 한다고 해 정아가 나에게 양해를 구하고 자리를 떴다. 나는 함께 간 동료와 함께 식사를 하고 나왔다. 나오며 현묵 형의 빈소에 있는 영정의 모습을 떠올려 보았다. 인자한 모습이 영원히 잊혀 지지 않을 것 같다. 나는 현묵 형에게 푸념하듯 마음으로 말했다.

"형, 이제 하늘에서는 편히 사슈.
이제는 밥도 굶지 말고 마음 것 드슈.
그리고 먼저 가신 형수님과 재회도 하시고.
아들래미도 만나 이젠 하늘에서나마 행복을,
누리시길 바라우.
형, 편히 가시오."

병원 모퉁이를 돌아오는데 바람이 차다. 매운바람이다. 현묵 형이 마지막으로 나에게 주는 선물이라 생각하며 흐느적거리며 나는 동대문역을 향하여 걸었다. 〈끝〉

10

인생에 우연한 만남은 없다

(중편)

봉필현 중편

10 인생에 우연한 만남은 없다

후연은 오늘 내겐 특별한 손님이다. 설이 지난 지 얼마 되지 않았지만 타국에서 보냈을 설날이 그녀에게는 외로움이었을 것이다. 그래서 특별히 내가 그녀를 초대한 것이다. 나의 안내로 집안으로 들어온 그녀는 환호성을 지른다.

"와~ 아저씨 집이 너무 깨끗해요."

"깨끗하면 좋지 않아?"

"그게 아니고 깨끗하긴 한데 뭔가 빠진 것 같아 허전한 느낌이 들어서요."

"깨끗하긴 한데 뭔가 빠진 것 같이 허전하다? 그게 뭔데?"

"혹~ 아저씨 혼자 살고 있지 않아요? 호호호"

그녀는 뜬금없이 물었다.

"아니 내가 왜 혼자 산다고 생각해?"

"가족이 함께 사는 집이라면 이런 정도의 집엔 적어도 화분이나 꽃 정도는 싱싱하거든요. 또 훈훈함도 있고요. 그런데 이 집엔 꽃이나 화분은 있어도 물도 제대로 주질 않아 나뭇잎이 누렇게 죽어 있잖아요. 그래서 그런지 훈훈함도 없어요. 여자의 손길은 전혀 느낄 수가 없어요. 아저씨를 처음 봤을 때 큰 눈망울에 왠지 모르게 고독한 분이구나 하고 느꼈어요. 외로움에 금방이라도 눈물이 흐를 것 같았거든요. 가족과 함께 행복하게 사는 사람이라면 절대로 그런 눈을 가질 수 없어요. 나는 아저씨를 공항에서 처음 볼 때 직감적으로 그걸 느꼈거든요. 그래서 동정은 아니고 그냥 아저씨의 친구가 되어야겠다는 생각을 했어요. 아저씨의 친구도 되어 주고 딸 같이 어리광도 부려보고 또 음~ 애인도 되어 주고요. 호호호"

나는 말을 마치고 웃는 후연의 예리한 직감에 놀라지 않을 수가 없었다. 나는 사실 아내와 이혼을 하고 혼자 산지가 꽤 오래됐다. 집을 아내와 아이들에게 내주고 작은 오피스텔에서 살다가 얼마 전 새로운 아파트를 분양 받아 입주한 것이었다. 아내와는 결혼 초기부터 성격 차이로 늘 티격태격 했기 때문에 아이들에게 아버지로서 본이 되지 못하고 있다는 판단 때문에 이혼을 결심했던 것이다. 이렇게 가족과 떨어져 사는 것이 나에겐 차라리 편했다. 아내와는 성격 차이로 잠시도 긴 대화를 나눌 수가 없었다. 조금 대화가 길어지면 어느새 언성이 높아져 고성 때문에 아이들이 불안해했다. 나는 후연의 말을 듣고 할 말을 잃었다. 그녀가 한 말이 하나도 틀린 것이 없었기 때문이었다.

"맞아 후연이 한 말이 하나도 틀리지 않아, 맞는 말이야. 처음 보고 그런 걸 느꼈다면 후연의 사람 보는 눈이 보통은 아니야. 이왕 왔으니 오늘은 내가 솜씨를 한번 발휘해 볼게. 내가 만드는 음식 맛이 괜찮을 거야. 요리 솜씨가 괜찮은 편이거든."

"아저씨, 정말요?"

"그럼?

"그런데 아저씨, 아저씨가 지난번 말했죠? 서울구경 시켜

준다고 했었죠?"

"그랬지. 그건 걱정 하지 마. 나야 예쁜 아가씨와 데이트를 하는데 그것처럼 좋은 일이 어디 있어. 하하하"

그녀는 미녀였으며 귀여운 구석이 많은 아가씨였다. 누구나 처음 볼 땐 새침 떼기로 보이지만 그녀에게 조금 더 가까이 다가가 보면 그렇지 않음을 금방 알 수가 있다. 나는 나의 모든 솜씨를 발휘하여 그녀를 위한 식탁을 꾸몄다. 4년 간 한국에서 살았기에 그녀는 한국 음식은 뭐든지 잘 먹는다고 했다. 내가 제일 잘하는 음식은 해물탕이었다. 생태와 오징어 조개 따위를 넣고 국물을 시원하게 우려내기 위해 양파와 무를 썰어 넣는다. 그런 후 각종 양념을 넣고 적당하게 간을 맞추고 고춧가루를 넣으면 훌륭한 해물매운탕이 되는 것이다. 매운탕이 부글부글 끓자 그녀는 내가 요리를 하는 것을 유심히 지켜보며 말했다.

"아저씨, 많이 해본 솜씬데요."

"혼자 사는 사람이 이 정도는 해야 굶어죽지 않지. 하하하"

"냄새가 구수한 게 맛이 있을 것 같아요. 호호"

"자, 밥도 다 됐고 매운탕도 끓었으니 후연인 식탁에 앉지."

"아저씨, 나머지는 제가 할게요."

"아니야. 후연인 오늘 내 손님인 걸, 거기 앉아있어."

반찬 몇 가지와 해물 매운탕을 곁들이니 훌륭한 식탁이 되었다.

"자, 아가씨 맛있게 드시지요. 후후후"

"아저씨가 먼저 드셔야 저도 들지요."

"그러지 말고 함께 들자고..."

"네."

매일 혼자 식사를 하다가 후연과 식사를 함께 하니 사람이 사는 맛을 느낄 수 있었다. 사실 집에서 가족과 살 때는 함께 모여 식사를 한 적이 별로 없었다. 이렇게 집을 나와서도 늘 혼자 해 먹는 밥이 맛이 있을 리 없었다. 그런데 오늘은 후연이 손님으로 와 함께 식탁에 앉으니 완전히 다른 느낌인 것이다. 식사가 끝나자 내가 커피를 한잔씩 탔다.

"아저씨, 잘 먹었어요. 해물탕이 정말 맛있었어요."

"반찬도 없는데 맛있게 먹어 줘 내가 기분이 좋은 걸."

"아저씨 같이 좋은 분을 만나 한국에 있는 동안 마음이 따뜻하고 든든했어요. 아저씨는 잊지 못할 거예요. 귀국하면 꼭 초청하고 싶어요."

이야기를 나누는 가운데 시간이 9시를 넘고 있었다. 후연이 숙소까지 가려면 2시간 이상은 걸리는 곳이었다. 지금 출발을 한다 해도 11시가 넘을 것이었다.

"시간이 많이 늦었어, 지금 출발해도 도착 하려면 12시가 가까울 거야."

"아저씨, 나 빨리 가라고 쫓아 보내는 거죠. 그렇죠? 호호호 그녀는 하얀 이를 드러내며 웃는다. 그 모습이 장난스럽고 천진해 보인다.

황하를 다녀온 후 귀국 3일을 앞두고 몸살이 났다. 고열과 토사를 반복하며 고생을 하고 있을 때 30여 년 전에 가신 어머니가 꿈에 보였다. 3일간을 꼬박 어머니가 그렇게 보였다. 꿈에서라도 보고 싶던 어머니가 3일 동안을 계속해 꿈에 현몽한 것이다. 나는 어머니 꿈을 꾼 후 어머니를 꿈에서 본 것이 좋은 일인지 나쁜 일인지 알 수가 없었다. 그렇지만 공항까지 올 동안은 아무런 일이 일어나지 않았다. 그러나 공항에 도착한 후 남들이 말하는 우연이란 돌발 변수가 발생한 것이다. 오랜 기간의 중국 산동성(山東省)에서의 일정을 마치고 함께 간 동료와 제남(濟南)공항을 통해서 귀국하려 비행기에 탑승을 하려고 수속을 밟던 중이었다. 그런데 함께 갔던 동료가 출국 수속이 지연되고 있었다. 한참을 지연 시키고 있던 공안이 그 친구에게 일단 의자에 앉아 기다리라고 하였다. 나는 그와 함께 갔기에 올 때도 함께 와야 했으므로 수속이 무사히 끝나기만 기다리고 있었다. 그러나 아무리 기다려도 공안들은 아무런 통보도 없었다. 비행기 이륙시간은 다가오고 마음이 조급해오기 시작했다. 많은 시간이 흐른 후에 공안들이 중국어로 뭐라고 말을 하는데 무슨 말을 하는지 통 알아들을 수가 없었다. 출발 시간은 가까워 오고 마음은 급한데 중국어를 한마디도 할 수 없어 왜 그런 것인지 묻지도 못하고 답답한 가운데 애매한 시간만 흘러가고 있었다. 그러자 공안 한명이 비행기로 부친 화물을 찾아 가지고 왔다. 함께 간 동료는 출국할 수 없고 비행기 출발 시간이 다 됐으니 나만이라도 출국하라며 내 짐 가방을 가지고온 것이었다. 함께 출국하기로 했던 동료는 한국으로 가지 못할 것 같다며 자신이 필요한 물건만 빼고 나머지 짐은 집에 전해 달라고 부탁한다. 그 바람에 나는 가지고 나올 짐이 많아졌다. 그러나 무슨 영문인지 몰라 답답하기는 마찬가지였다. 그때였다. 한 묘령의 아가씨가 급히 뛰어왔다. 그리고는 나에게 한국어로 묻는 것이었다.

"무슨 일이지요?"

그러나 나는 그 아가씨의 물음에 답을 하기보다 그 아가씨의 모습에 흠칫 놀라며 소름이 돋는 것을 느껴야했다. 그 아가씨의 모습이 30여 년 전에 세상을 떠난 어머니의 모습과 너무도 닮아 있었기 때문이었다.

"그래서 어머니가 꿈속에 보인 걸까?"

나는 넋을 놓고 그녀를 유심히 보고 있는데 재차 그녀가 물어 왔다.

"무슨 일로 그러세요?"

나는 당황하며 지금까지의 상황을 설명했다. 그러자 묘령의 아가씨는 중국 공안들과 유창한 중국어로 말을 하더니 출국이 안 되고 있는 상황을 자세하게 설명을 해주는 것이었다.

"이 사람들 말은 아저씨 친구가 중국에서 공장에 일을 시키고 돈을 주지 않아 그 사람들이 출국 금지 신청을 해 출국이 정지 되었다고 합니다. 돈을 줄 때까지는 출국이 안 된답니다. 오늘은 아저씨만 가셔야 할 것 같아요."

"아, 그랬군요. 감사합니다."

묘령의 아가씨에게 인사를 하고 시계를 보니 비행기 이륙시간은 이십 여분 남짓 남아 있을 뿐이었다. 부랴부랴 다시 화물로 짐을 부치러 가니 이미 화물칸이 닫힌 상태라 화물을 부칠 수가 없다는 것이었다. 그러자 공안이 짐 가방을 들고 그냥 비행기를 타라고 한다. 그러나 아무리 시간이 없어도 가방을 들고 검색대는 통과해야만 했다. 그러자 그녀는 검색대의 아가씨들과 중국어로 무슨 말을 주고받는 것이었다. 검색원들은 고개를 끄덕이더니 가방은 열지 않고 검색대만 통과 시킨 후 곧 바로 비행기를 타라고 하는 것 같았다.

"아저씨 통과하랍니다."

시간을 보니 비행기 타야할 시간이 촉박했다. 서둘러 가방을 들고 급히 이륙 직전인 비행기로 달렸다. 그 과정에서도 그 묘령의 아가씨는 나에게 힘이 되어 주었다. 짐 가방을 끌고 여객기까지 가려니 짐이 많았다. 그녀는 내가 손에 든 짐을 자신이 받아서 들고 비행기에 오르는 친절도 베풀어 주었다. 너무 고마웠다. 비행기에 오르니 이상하게도 그녀의 좌석이 나와 한 라인에 있었다. 그 라인이 텅 비어 있어 내 옆에 앉으라고 권했다. 그러자 그녀는 아무 말 없이 내 옆 좌석에 앉았다. 나는 그녀를 처음 본 순간 어머니의 젊었을 적 모습과 너무도 흡사하게 닮았던 터라 관심을 가질 수밖에 없었다. 나는 그녀에게 검색대에서 검색원들에게 뭐라고 말을 한 것인지 궁금했다.

"아까 검색대에서 뭐라고 말했기에 빨리 통과를 시켜주었습니까?"

"비행기 시간이 급하니 빨리 보내 달라 했을 뿐입니다."

"아~ 그랬군요."

나는 그녀의 유창한 한국어 구사 능력을 보고 혹 한국 유학생이 아닐까 해서 물었다.

"혹 중국에 유학 온 한국 유학생입니까?"

하고 물었다. 그러자 그녀의 대답은 의외였다.

"아니에요. 전 중국 사람입니다."

"그런데 어떻게 한국말을 그렇게 유창하게 잘하지요?"

그녀는 수줍게 웃으며 말했다.

"저 한국에서 4년 살았습니다."

"그래요? 그럼 한국에서 무슨 일을 하고 있죠?"

"직장을 다니고 있어요."

"고마워서 그러는데 전화번호를 알려 줄 수 있겠어요?"

그녀는 아무런 의심 없이 노란 메모지에 이름과 휴대폰번호를 적어 주는 것이었다.

"저는 명함 같은 것 없어요. 메모지에 적어 드려 죄송해요."

메모지에는 전화번호와 후연이라는 이름이 적혀 있었다. 나는 그녀의 전화번호를 받은 후 나의 명함을 그녀에게 건넸다. 내 명함을 한참 드려다 본 후 그녀가 물었다.

"소설을 쓰시나 봅니다."

"네, 그렇습니다."

"소설을 쓰는 사람들은 중국에서는 좋은 대접을 받고 있는 걸로 알고 있습니다. 제가 좋은 분을 알게 된 것 같아요."

"별 말씀을 다 하십니다. 한국에서는 돈 못 버는 사람들이 소설가랍니다. 몇몇 사람은 잘 나가는 사람들도 있지만 말입니다. 하하하"

그렇게 이야기를 하고 오는 동안 기내식이 왔다. 도시락처럼 생긴 기내식인데 중국 비행기라 그런지 모두가 중국 음식이라 내 입맛에 맞지를 않아 통 먹을 수가 없었다. 그녀는 중국인이어서 그런지 기내식을 그런대로 잘 먹는 것 같았다. 중국 제남에서 인천국제공항까지는 그리 먼 거리가 아니었다. 한 시간 반 정도 걸려 인천국제공항에 비행기가 착륙을 하였다. 짐을 들고 공항을 빠져 나오는데 그녀가 화물을 찾으려 기다리고 있었다. 함께 찾아 주려 하니 그녀는 미안한지 천천히 찾아 가겠다며 먼저 가라고 하는 것이었다.

"후연씨, 너무 고마웠고 시간이 되는대로 연락을 드리겠습니다."

"네, 저도 아저씨 덕분에 심심치 않게 올 수 있어 즐거웠어요."

나는 그녀와 작별인사를 하고 공항을 빠져 나왔다. 마침 집으로 가는 공항 리무진 버스가 도착을 하고 있었다. 짐을 화물칸에 넣고 버스에 올랐다.

중국에서 귀국을 한지 며칠이 지났지만 줄 곳 그녀 생각만 했다. 어머니와 너무도 닮은 모습에 그녀가 머리에서 떠나질 않고 반복해 떠올랐다. 마침 회사에서 중국에 공사를 할 일이 생겼다. 공사에 들어갈 서류를 중국어로 번역을 하였으나 미진한 부분이 많이 있었다. 그러나 어느 부분이 미진한 것인지 알 수가 없었다. 나는 서류를 그녀가 보아 주었으면 좋을 것 같다는 생각을 했다. 가능할 것이라는 생각이 들자 그녀에게 전화를 했다.

"여보세요. 후연씨지요?"

"네, 아저씨?"

"아, 나를 기억하고 있군요."

"그럼요, 무슨 일 있어요?"

"네, 무엇을 부탁할 일이 있어서 전화 했어요."

"그러세요. 제가 능력이 되는 거라면 해드릴 수 있어요."

"한국어 서류를 중국어로 번역하는 곳에서 번역을 하였는데 미진한 부분이 많아 마음이 놓이지 않아서 그런답니다. 딱 잡아 어디가 잘못 된 건지 알 수가 없어요."

"그러면 제가 보아 드릴게요. 어디로 가면 되지요?"

나는 그녀에게 만날 장소를 가르쳐 주고 시간을 약속했다.

회사가 동대문이었기에 종로6가 IBK은행 앞에서 만나기로 하였다. 아직 겨울이라 햇볕은 있었으나 바람이 차가와 상당한 추위를 느낄 수 있는 날씨였다. 그녀는 페딩 점퍼를 입고 나왔는데 얼굴을 보니 추위를 많이 느끼고 있는 모습이었다.

"이렇게 추운데 나오라 해서 미안해요."

"괜찮아요. 사무실이 어디예요?"

"여기서 멀지 않은 곳에 있어요."

나는 걸어서 10여분 쯤 걸려 그녀를 사무실에 안내 하였다. 그리고 직원들에게 그녀를 인사 시키고 서류에 대한 브리핑을 시켰다. 그녀는 서류를 유심히 보더니 모두가 틀렸다는 것이었다.

"어디서 서류를 번역했는지 모르지만 모두 틀렸어요. 시간이 좀 걸리지만 급한 것이 아니라면 제가 정확히 번역해 드릴테니 시간을 좀 주세요. 저의 메일 주소인데 이리로 보내 주시면 바로 번역해 보내겠습니다."

"그랬군요. 미안하지만 부탁 좀 드리겠습니다."

그녀는 성격이 쾌활하고 활달한 성격의 소유자였다.

"전 이제 가도 되지요?"

"아니요. 점심식사는 하고 가야지요."

"그럼 그렇게 하지요."

우리는 회사 사무실 1층에 있는 순두부를 전문으로 하는 식당으로 갔다.

"입에 맞을 런지 모르겠어요."

"전 한국 음식 잘 먹어요."

식사를 마친 그녀는 친구가 부평에 산다며 부평을 들려 가겠노라며 부평행 버스를 탄다. 그렇게 떠난 그녀에게서 정확히 3일 후 전화가 왔다.

"서류 번역이 완성이 됐어요. 메일 주소를 보내주시면 바로 보내 드릴게요."

"수고 했어요. 지금 곧 메일 주소를 전화로 보낼게요."

나는 바로 회사 메일 주소를 보냈다. 잠시 후 메일이 도착을 하였는데 번역사에서 번역한 것보다 정확한 번역물이었다. 물론 그녀의 번역으로 인하여 중국에서 진행된 공사가 순조롭게 이루어 진 것은 말할 나위도 없이 성공이었다.

그 일이 있은 후 한동안 연락이 끊겼다. 한 달 반가량 지난 후 그녀에게서 연락이 왔다.

"아저씨, 언제 한번 만나요."

"어디에서?"

"전 그때 아저씨와 헤어진 후 한 달 반이 넘도록 하루도 쉬질 못했어요. 이번 월요일이 쉬는 날이거든요. 그때 만나요. 제가 전화를 드릴게요."

"그렇게 해요."

그러나 월요일이 되었는데도 그녀에게선 연락이 없었다. 바빠서 그렇겠지 하며 하루해가 저물 무렵 그녀에게서 전화가 걸려왔다.

"아저씨, 오늘 저녁에 명동에서 만나요."

하는 것이었다. 날씨가 무척 추운 날이었다.

"명동 어디서 만나죠?"

"명동 입구에서 기다리고 있을게요. 나오실 때까지 전 명동 구경을 하고 있을 거예요."

"네, 그러죠."

나는 전화를 끊고 바로 외출복으로 갈아입고 명동으로 출발을 하였다. 명동역에서 내려 명동 입구에 도착해 서 있으려니 날씨가 너무 쌀쌀해 옷깃을 여미게 한다. 잠시 있으니 그녀가 숨을 헐떡이며 뛰어 왔다.

"많이 기다렸어요?"

"아니요. 방금 왔어요."

"저녁 식사 안 하셨지요?"

"그래요. 저녁 먹으러 가요."

그녀는 한국 사람인 나보다도 명동을 더 잘 알고 있었다. 내가 명동을 다녀 간지가 너무 오래 되었고 밤이라 휘황찬란해 어디가 어딘지 분간하기 어려운데 그녀는 나를 끌고 사람 숲을 헤집고 다람쥐처럼 잘도 빠져나가고 있었다. 연말이어서 그런지 명동은 젊음의 열기로 뜨거웠다. 나는 여러 곳의 통로를 따라가며 물었다.

"어디로 가는 거죠?"

"롯데백화점 음식코너로 가는 거예요. 거기 가면 음식도 먹고 커피도 마실 수도 있어요."

그녀는 명동과 그곳 지리에 상당히 밝은 것 같았다. 이곳저곳 모르는 곳이 없었다. 식당 코너에 들어서니 가족단위의 손님과 연인들끼리 온 손님으로 북새통을 이루고 있었다. 손님으로 꽉 차서 자리를 잡기가 쉽지 않았다. 한참을 돌고 돌아 겨우

한자리를 잡을 수 있었다. 자리를 잡은 후 그녀가 물었다.

"뭐 드실래요?"

"글쎄 후연씨는 뭐로 할래요?"

내가 도리어 물었다. 그녀는 식당가를 돌아보더니 중국식 국수를 먹겠다했고 나는 전주비빔밥을 시켰다. 그러나 음식을 만드는 식당이 따로 있어 그녀는 그곳에서 멀리 떨어져 있는 식당에서 중국식 국수를 가져왔다. 나도 전주비빔밥이 나와 함께 식사를 마치고 커피코너로 자리를 옮겼다. 커피를 마시는 그녀를 보니 제남공항에서 느꼈던 그대로였다. 어머니를 너무도 닮아 있었다. 아담한 몸매에 예쁘장하고 수수한 모습을 한 귀염성 있는 아가씨였다. 그녀는 나를 물끄러미 보더니 아무렇지도 않게 한마디 툭 던진다.

"아저씨, 저와 사귀실래요."

하는 것이었다. 엉뚱하기도 했고 어린 아가씨에게 그런 제의를 받으니 당황스럽기도 했지만 당돌하다는 생각이 들었다.

"사귀는 건 좋은데 나를 어떤 사람인줄 알고 사귀자고 해요?"

"제가 보기엔 아저씨는 착한 분이예요."

" 허허~ 그럼 이렇게 하기로 해요. 차라리 후연씨는 내 딸이라고 해요. 나에게 중국 딸이 있는 것도 괜찮을 듯해요."

"아저씨는 젊으신데 절 딸이라 해도 돼요?"

나는 실제 나이 보다는 동안이어서 사람들은 훨씬 젊게 보아 주는 경향이 있었다.

"아저씨 40대 뿐이 더 됐겠어요?"

"허허~ 이래 뵈도 내가 나이가 좀 들었거든요."

"그럼 좋아요. 아저씨 편하신 대로 하세요. 호호"

그녀는 명랑한 표정으로 말했다. 그리고는 그녀는 의외의 말을 했다.

"저 얼마 있으면 중국으로 아주 가요."

나는 의외라 생각하며 물었다.

"직장을 잡고 있다며 왜 벌써 가려고 해요?"

"사실 전 직장인이 아니라 학생이어요. 한국으로 유학을 왔걸랑요."

"그럼 졸업을 하는 거군요."

"네, 졸업과 동시에 비자가 만료가 된답니다. 비자 연장은 어렵거든요. 사실 전 한국에 더 머물며 직장을 잡고 살고 싶어요."

"그러면 기업체에서 초청을 하면 다시 나올 수 있다고 알고 있는데요."

"네, 그건 전 모르겠어요. 법인이 있는 회사에서 초청을 하면 가능할 런지 모르지요."

"내가 후연씨한테 도움을 주면 안 될까요?"

"정말이에요?"

"그럼요. 그런 일이라면 내가 해줄 수 있지요."

"전 좋은데 무리하진 마세요. 중국에 가도 일 할 수 있는 곳은 많아요. 제가 가면 아저씨 꼭 초청하고 싶어요."

"하하하 그렇다면 나도 고맙고, 하여튼 마음을 편하게 갖도록 해요. 내가 한국에 다시 나오도록 꼭 그렇게 조치해 볼게요."

"아저씨, 고마워요. 그리고 아저씨, 저를 딸이라고 했으니 존대는 하지 말아요. 딸한테 존대하는 사람이 어디 있어요."

"아~ 그랬나. 알았어요. 다음에 만날 때부터는 그렇게 할게요. 하하하 그러면 시간도 많이 됐으니 피곤 할 텐데 헤어지기로 해요. 다음에 또 만나기로 하고."

"네, 전 다음에는 2주 후 월요일에 쉬어요. 2주 후 월요일에 만나기로 해요. 제가 하루 전날 먼저 연락을 드릴 거예요."

우린 밖으로 나왔다. 명동입구에 서 있으니 무척 추위를 느꼈다. 그녀도 추위를 느끼고 있는 것은 마찬가지인 것 같았다. 입에선 연신 하얀 입김이 뿜어져 나오고 있었다.

"너무 추운데 빨리 가도록 해요."

"네, 아저씨도 빨리 들어가세요."

그녀와 헤어진 나는 곧바로 명동역으로 나와 지하철을 타고 집으로 돌아 왔다. 그녀와의 만남은 남들은 우연이라고 말할 것이다. 그러나 나는 후연과의 만남은 우연이 아니라 운명이란 생각이 강하게 들었다. 그날 만남에서 후연이 먼저 그 말을 했다.

"아저씨, 이상하죠. 비행기 탈시간을 기다리며 졸고 있었는데 공안이 급히 달려와 한국어 통역을 해달라는 것이었어요. 한국말을 할 수 있는 사람이 아무도 없었어요. 그래서 내가 얼떨결에 뛰어간 거지요. 나도 그때 생각을 하면 분명 운명적이란 생각이 강하게 들어요."

그녀는 그때의 만남은 분명 우연한 만남은 아니라는 것이었다. 후연도 나와 똑같은 생각을 하고 있는 것을 알 수가 있었다. 이것이 어떤 모습으로 바뀔지 모르지만 운명적인 만남이란 것에는 그녀도 나도 동감을 하고 있었다. 2주의 시간이 흐른 후 그녀에게서 연락이 왔다. 이번 주는 그녀가 쉬는 날이었다.

"아저씨, 이번 주 월요일 제가 쉬는 날인데, 시간 있으세요?"

"나야 시간을 만들면 되는 거지."

"그럼 그날 만나요. 아저씨에게 드릴 선물이 있어요."

"무슨 선물인데?"

"만나서 보시면 알아요."

"먼 타국에 와서 돈 벌기도 힘든데 웬 선물이야. 난 괜찮아 받은 거로 할게."

"아니에요. 아저씨께는 제가 꼭 드리고 싶어 그래요."

"그럼 알았어, 그날 만나기로 하지."

그렇게 전화를 끊고 약속 날이 되었다. 저녁 시간인데 그녀에게서 연락이 왔다. 동대문 두타에서 만나자는 것이었다. 그러겠노라고 하고 동대문 두타로 나갔다. 날은 그날따라, 매섭게 추웠다. 옷을 두툼하게 입고 나갔지만 몸이 추위를 견디지 못 하는지 마구 후들 거리며 떨려왔다. 동대문역에서 내려 청계천을 건너 두타로 가니 그녀가 두타 안에 있다가 나를 보고 반갑게 뛰어 나온다.

"아저씨, 지금 오셨어요? 너무 추워 안에 들어가 기다리고 있었어요. 어디 가서 차도 마시고 밥도 먹기로 해요."

"그래, 그러면 어디 따뜻한 곳으로 들어가 몸도 녹일 겸 뜨거운 커피라도 마시는 게 어때?"

그러나 두타가 월요일이라 휴무인지 모두 문이 닫혀 있었다. 주위를 아무리 둘러보아도 근처에는 차를 마실만한 곳이 전혀 없었다. 할 수 없이 건너편의 D호텔 커피숍으로 가기로 했다. 가는 동안 그녀는 몹시 추운지 나의 팔을 끼고 착 달라붙어 걷는데도 몹시 추워 보였다. 커피숍 안으로 들어가니 매우 따뜻했다. 테이블에 앉아 커피를 시키니 그녀는 배가 고프다고 했다. 그럼 식당에 가서 식사를 하자고 하니 햄버거 하나면 된다고 한다. 하는 수 없이 카푸치노 두 잔과 햄버거 한 개를 시켰다. 그녀는 햄버거 한 개면 요기가 되고도 남는다는 것이었다. 나는 그녀가 햄버거를 먹는 동안 카푸치노를 마셨다. 그녀는 2월 말까지 하고 있는 일은 그만 두기로 하고 3월 15일 출국 날까지는 쉴 것이라는 것이었다. 그러면서 그녀는 나에게 부탁할 것이 있다며 말을 했다.

"아저씨, 나 중국 가기 전에 서울에 있는 고궁을 구경시켜 주세요. 4년 동안 한국에서 살았지만 학비를 벌기 위해 알바를 하느라 구경할 시간이 없었어요."

"그런 것이라면 얼마든지 해 줄 수 있지. 그건 걱정 안 해도 돼."

"감사합니다. 참 그리고 오늘 늦더라도 저 이태원에 다녀와야 해요."

"이태원엔 왜?"

"군복을 사러 가야 하거든요. 오빠 것을 사가지고 가야 해요."

"군복을 뭐하려고?"

"오빠가 군에 있거든요. 군대에서 필요한가 봐요."

"그럼 나도 함께 가기로 하지."

"함께 가주실래요?"

"추운데 남의 나라에 와 고생인데 조금 거들어 주어야지."

"그러면 저야 좋지요. 아저씨, 고마워요."

그녀는 지하철 노선도를 자세하게도 여러 개를 가지고 다녔다. 용산 녹사평역까지 4호선을 타고 가야 한다는 것이었다. 이태원에 내려 군복을 파는 집을 쉽게 찾을 수가 있었다. 날이 몹시 추웠고 내린 눈이 꽁꽁 얼어 녹지 않아 길이 무척 미끄러웠다. 문을 밀고 들어가니 군대 용품이 가지런하게 진열 되어 있었다. 내가 군모와 군복을 찾는다고 하니 이것저것 보여 준다. 그러나 후연이 마음에 들지 않는지 다른 집으로 가자고 한다. 별로 친절하게 대하지 않는 것이 마음에 들지 않은 것 같았다. 사실 나도 손님을 대하는 주인의 태도가 마음에 들지 않았던 참이었다. 나에게 어디 사람이냐고 묻기에 중국인이라고 했더니 얕보는 것 같은 태도를 보였던 것이다. 그곳에서 나와 다른 곳으로 가보니 물건이 더 많고 좋았다. 그곳에서 흥정만 하고 월급을 타면 사기로 하고 그날은 그냥 왔다.

휴대폰에서 운명 교향곡이 울린다. 후연에게서 연락이 온 것이다.

"아저씨, 저 후연이에요."

"후연이가 , 웬일이야?"

"오늘 무슨 날인줄 아세요?"

"오늘이 무슨 날이긴 월요일이지."

"헐, 아저씨도, 오늘이 발렌타인데이 잖아요."

"그런 날이 있다고는 들었는데 오늘이 그날인가?"

"오늘은 여자가 남자에게 초콜릿 선물을 주는 날이래요. 그래서 아저씨께 초콜릿 선물 드리려고 전화했어요. 시간이 되세요?”

“후연이가 만나자고 하면 없는 시간도 만들어야 하지 않나? 그런데 선물은 안줘도 괜찮아.”

“아저씨께 선물 줄 사람도 없잖아요. 그런데 아저씨 어디서 만날까요?”

“음~ 동대문에 오면 진고개라는 식당이 있어. 거기서 점심을 먹기로 하지.”

“정말이요?”

“그럼.”

“아저씨, 그럼 이따가 뵐게요.”

전화를 끊고 집이 먼 곳에 있는 나는 미리 후연이와 약속한 진고개로 나갔다. 잠시 기다리니 후연이가 동대문 방향에서 횡단보도를 건너오는 모습이 보였다.

“여기야.”

나는 후연을 보고 손을 흔들었다.

“아저씨, 일찍 나오셨나 봐요.”

“아니야. 나도 방금 나왔어. 들어가지.”

식당 안으로 들어가니 점심시간이라 손님이 빽빽이 들어차 있다. 식탁에 앉으니 안내원이 메뉴판을 가져온다. 그녀는 메뉴판을 열심히 보더니 황태구이를 먹겠다고 한다.

“저 한국 음식 아무거나 잘 먹어요.”

“다행이야.”

나도 후연이와 같은 황태구이를 시켰다. 음식이 나오는 동안 후연이 나에게 물었다.

“그런데 아저씨, 왜 내게 잘해줘요?”

"후연이가 예쁘고 착하니까."

"전 아저씨를 좋아하니 당연히 아저씨도 나를 좋아한다고 생각해요."

"하하하 그래 후연이 말이 맞아. 사실 난 제남공항에서 후연일 보고 무척 놀랐거든. 30여 년 전에 돌아가신 우리 어머니를 너무 닮았어. 마치 어머니가 환생을 하여 돌아오신 줄 알았다니깐."

"정말이에요? 그렇다면 이건 먼저 말한 것처럼 우연이 아니네요. 왜 이제 말하셨어요?"

"사실 그때 중국에서 황하를 돌아보고 와 몸살이 났었어, 그때 3일간 앓으면서 어머니가 꿈속에서 계속 나타나셨지. 그날 공항에서 일어날 일을 미리 걱정 하셨나봐. 그런데 어머니와 너무도 닮은 후연이 와서 도와주었으니 내가 후연일 왜 좋아하지 않겠어. 안 좋아 한다면 그것이 비정상이지. 혹시 어머니가 중국에서 후연으로 환생한 것이 아닌가 하고 놀랐는걸."

"그런지도 모르지요. 그런데 저 진짜 아저씨를 좋아하고 사랑해요."

"그래, 나도 후연이를 사랑해. 하하"

"저 농담 아니란 말이에요."

후연은 농담이 아니라는 듯 정색을 하고 말하는 것이었다.

"내가 지금 몇 살인데 후연이와 사랑을 논하겠어. 내가 먼저번에 뭐라고 했어. 딸 하자고 했잖아."

"아저씨는 넘 착해요. 전 인생을 아저씨보단 적게 살았지만 아저씨만큼 산 것 같은 기분이 들어요. 제가 한국 책에서 읽었는데 책속에서 이런 글을 읽었어요."

"'오는 줄도 가는 줄도 모른 채 가는 게 인생'이래요. 전 사실 아버지를 일찍 여의였어요. 홀어머니 밑에서 오빠와 함께 자랐지요. 늘 옆에서 삼촌이 돌봐주어 덜 힘들었던 것 같아요. 중국에서 대학에 다닐 때나 한국에 와서 유학을 하면서도 단 한 번도 누구의 도움을 받은 적이 없어요. 늘 외로웠고 힘들었어요. 그런데 공항에서 아저씨를 만난 후 일찍 돌아가신 아버지가 생각이 났어요. 공항에서 처음 만날 때부터 아저씨가 너무 따뜻하게 보여 도와 드리고 싶었고요. 부성애 같은 것을 느꼈다고 할까요. 그게 차차 사랑으로 바뀌더군요. 그건 아주 짧은 시간이었어요."

"나도 아내와 이혼을 한 후 오랜 시간을 혼자 살다보니 외로움 속에 살아온 건 맞아. 늘 가슴 한쪽 어딘가 뻥 뚫린 것 같은 외로움 속에서 살았지. 그런 때에 그 큰 구멍을 후연이가 채워 준 것 같아 고마웠어. 그러나 나이를 먹은 내가 후연이를 사랑한다면 파렴치한 사람이 될 것 같아. 이제 귀국날도 얼마 남지 않았으니 잘 있다가 가도록 해. 가서 한국이 그리워서 다시 오고 싶다면 내가 우리 회사 이름으로 초청을 해 줄게."

"아저씨, 그렇지 않아요. 아저씨를 더 좋아하는 것은 전데요."

명절이 지나고 다음날 후연이 집으로 나를 찾아 왔다 간 후 시간은 빨리도 갔다. 2월 말까지 일을 마치고 후연은 3월부터 귀국준비를 했다. 나는 그녀와 서울의 고궁을 함께 돌았다. 처음 비원을 돌아보고 경복궁을 돌아 창경궁 덕수궁까지 이틀에 걸쳐 모두 돌아보았다. 그리고 시간은 빨리도 흘러 3월 15일 그녀가 떠나는 날이었다. 나는 그녀의 집에서 인천공항으로 함께 갔다. 11시 20분 비행기였다. 그녀는 수속을 다 밟고 나에게로 왔다.

"이제 가면 언제 볼지 몰라요. 아저씨, 나 아저씨 정말 사랑해요. 한번만 안아주면 안돼요?"

그녀는 정말 간절한 눈으로 나를 바라보며 말했다.

"나도 후연이 정말 좋았어. 그리고 사랑했어. 그러나 우린 같은 동시대를 살고 있지만 딸과 같다는 것이 걸림돌이었지. 내가 후연이와 같은 또래라면 벌써 결혼 하자고 했을 거야. 그게 너무 진하게 아쉬운 거지."

그녀는 나의 품에 안겨 울고 있었다. 그때 마이크에서 비행기에 탑승 하라는 멘트가 나오고 있었다. 나와 그녀는 출구 앞에 섰다.

"아저씨, 안녕, 연락 할게요."

"그래, 잘가. 그리고 정 이곳이 그리우면 초청해 달라고 연락을 줘. 알았지?"

"그럴게요."

그녀는 손을 흔들며 총총히 출구로 빠져나갔다. 나는 그녀가 보이지 않자 왠지 마음이 허전해 왔다. 11시 20분이 지나자 비행기가 이륙하는 것을 보고 나는 쓸쓸히 대합실을 빠져 나왔다. 그때 내 휴대폰에 멧세지가 왔다고 알린다. 후연이 비행기에서 떠나며 보낸 메세지였다.

아저씨!

길을 걸으며 수없이 스쳐지나가는 사람들...

인연이 아닌 사람들은 바람처럼 그냥 스쳐지나갈 뿐입니다.

자신의 인생에서 만나고 또 친구가 되는 것은 악연이든 인연이든 운명적으로 만날 사람들이기에 만나는 것입니다. 세상에 나올 때 절대자가 그렇게 운명적으로 만들어 주었기 때문입니다. 죽음으로 사별을 하든 성격파탄으로 갈라서든 모든 것은 절대자가 정해 논 각본대로 살아가는 것이지요. 내 생각이 틀린 것인지는 나도 모릅니다. 나는 절대자가 아니기 때문입니다. 그러나 나는 그럴 것이라 믿습니다. 아저씨가 저를 어리다고 해도 저와 인연이라면 꼭 만나게 될 것입니다. 아저씨 제가 꼭 중국으로 초청 할 거예요.

후연 올림

그녀는 그렇게 떠난 후 가끔 메일로 편지를 띄웠다. 메일에 나타난 그녀의 중국 일정은 여행으로 채워진 것 같았다. 따뜻한 지역인 광저우로 한 달 이상의 여행을 하고 왔다는 내용도 포함이 되어 있었다. 그리고 놀만큼 놀았으니 지금은 어느 유학원에 취직을 했다는 것이었다. 마침 내가 회사에서 중국으로 출장을 갈 일이 생겼다. 목적지는 지난(濟南)에서 상당히 떨어진 궈뎬(郭店)이었다. 그러나 내가 비행기를 타고 가서 내릴 공항은 지난(濟南)공항이었다. 그래서 후연에게 지난(濟南)공항에 도착할 시간을 알려 주었고, 또한 비즈니스로 갈 목적지의 한의사에게도 도착 시간을 알려 주었다. 공항에 도착을 하고 화물을 찾아 나오니 제일 먼저 내 눈에 띈 것은 후연이었다. 그리고 옆에 한의사 부부가 함께 와 있었다. 나는 한의사 부부를 후연에게 인사를 시키고 짐이 든 가방을 끌고 한의사 부부가 가져온 차로 걸어가고 있었다. 그때 후연이 물었다.

"아저씨, 어디로 가실 거예요?"

두 팀이 나왔으니 대답하기가 곤란했다. 그러나 후연이 반갑기는 했으나 일단은 회사의 출장으로 왔으니 비즈니스가 먼저일 수밖에 없었다.

"후연, 미안해, 비즈니스로 회사 일을 보러 왔으니 궈덴(郭店)으로 가는 것이 원칙이겠지. 내가 연락할게."

"아니에요. 제가 내일 궈덴(郭店)으로 갈게요. 오후 4시쯤 도착 할 겁니다."

그렇게 대답을 한 그녀는 한의사에게 그곳의 주소를 받아 적고 있었다. 한의사의 자택 전화도 물론 적었다. 그녀는 주소를 다 적고 난 뒤에 나에게 가겠다고 인사를 한다.

"아저씨, 갈게요. 내일 뵈어요."

인사를 하고 돌아서서 가는 그녀의 모습이 허탈해 보였다. 나는 그녀에게 손을 흔들고 곧 차에 몸을 실었으나 그녀의 마음이 어떨 것이라는 것을 대략 알 수 있을 것 같았다. 차는 도심을 벗어나 벌판을 달리고 있었다. 지난 가을에 왔을 때는 푸른 초원처럼 보였는데 오늘은 아무 것도 없는 허허 벌판이었다. 한의사의 말에 의하면 작년에 푸르게 보였던 것은 밀이 싹이 나서 어느 정도 자라 푸른 초원처럼 보였을 것이라는 이야기였다. 그런데 이제 밀이 다 자라 여물어 수확을 했기 때문에 허허 벌판처럼 보인다는 것이었다. 약 40여 분을 넓은 들을 달려 궈덴(郭店)에 도착을 하였다. 약 7개월 만에 다시 와보는 곳이어서 낯이 설지 만은 않다. 날이 더워 간단히 씻고 여장을 풀었다. 다음날 새벽이 되니 아직은 여명이 밝아 오기 전인데 새의 지저귀는 소리에 잠이 깼다. 나는 원래 새로운 환경에 적응을 잘 못하는 편이다. 매일 누워 자던 잠자리가 틀리니 밤새 뒤척이다 새벽녘에야 잠시 눈을 부쳤는데 새소리가 설 잠을 깨운 것이다. 침대에서 뒤척이다 보니 더 이상 잠이 올 것 같지 않았다. 일어나 웬 새가 아침부터 시끄럽게 하는가 하며 밖으로 나가 살펴보니 현관 문 위에 제비가 알을 품고 있었다. 혹 적이 침범하여 품고 있는 알을 해치지나 않을까 하여 소리를 내어 미리 방비하는 것 같다는 생각을 했다. 아침식사를 하고 한의사와 비즈니스에 대한 상의를 마친 후 잔무 처리를 마치고 쉬고 있는데 한의사의 휴대폰 벨 소리가 울린다. 옆에서 전화 내용을 들으니 후연에게서 걸려온 전화 같았다.

"저 어제 공항에서 만났던 아가씨 같은데요. 전화 한번 받아 보시지요."

하며 한의사가 전화를 나에게 건넨다.

"전화 바꿨습니다."

"아저씨, 후연이에요. 이따가 4시쯤 제가 그곳으로 갈 거예요."

"알았어."

"뭐라고 합니까?"

한의사가 물었다.

"4시까지 오겠다고 했어."

점심을 먹고 2층 침대에서 한숨 자고 나니 3시가 되어가고 있었다. 일어나 나갈 준비를 했다. 샤워를 하고 옷을 갈아입은 후 잠시 있으려니 한의사가 올라와 전화를 건넨다.

"그 아가씨한테 전화가 왔어요."

전화를 받으니 후연이 벌써 근처에 와 있다는 것이었다.

"벌써 여기 와 있다고 하네. 지금 바로 나가봐야겠는데."

"그럼 제가 함께 나갈게요. 아가씨를 만나게 해드리고 저는 들어오면 되잖아요."

"그러면 나야 고맙지."

둘이 함께 나가니 후연은 건너편에 서 있었다. 내가 그녀를 부르니 알아듣고 바로 건너온다. 후연과 만나니 한의사는 후연에게 나를 인계하고 집으로 돌아갔다.

"아저씨, 제남에서 궈덴까지는 상당히 먼 거리예요. 저도 처음 와 봤는데 아마 서울에서 인천 정도의 거리가 되는 것 같아요."

내가 지난해에 왔을 때 많이 다녀 봤지만 승용차만 타고 다녔고 길이 막히질 않아 그 거리를 잘 알지 못했다. 그러나 그날 후연의 말을 듣고 버스를 타고 가보니 정말 먼 거리라는 생각이 들었다. 중국에 와 버스를 타보기는 처음이었다. 버스 요금 체계가 아직 한국처럼 전자카드를 쓰지 않아 현금을 내어야만 되었다. 시내버스를 타니 어디나 마찬가지겠지만 시장을 방불케 할 정도로 시끄러웠다. 그런 것이 사람 사는 모습이려니 하니 재미있었고 중국에 와서 버스를 타보는 것도 좋은 경험이라는 생각을 했다. 버스가 도심에 깊숙이 들어오자 후연이 내리자고 했다. 버스에서 내린 후 택시를 타고 다시 이동을 해야 했다. 나는 이곳의 지리를 모르니 후연이 안내하는 곳으로 갈 수밖에 없었다. 택시가 멈춘 곳은 식당이 양 옆으로 즐비하게 늘어선 골목이었다. 저녁때라 그런지 골목은 사람들의 왕래가 많았고 식당마다 손님이 꽉 들어차 있었다. 후연이 내가 먹기에 좋을 것 같다는 식당으로 안내를 했다. 음식은 생선탕에 순두부 감자볶음이었다. 그러나 음식에서 나는 중국 특유의 냄새가 비위를 상하게 한다. 그러나 후연의 정성에 입에 맞지 않아도 먹지 않을 수 없었다. 조금씩 먹는 둥 마는 둥 하자 후연도 음식을 먹는 것 같지 않다. 아마 그녀는 음식을 먹고 싶지 않았지만 나를 위하여 일부러 밥을 먹으러 온 것을 나는 잘 알고 있었다. 그녀는 그랬다. 나를 위하여 뭐든지 최선을 다하고 싶은 것이었다. 길을 걸으면서도 예쁜 구두를 보면 말했다.

"아저씨, 저 구두 사드릴까요? 예쁘잖아요."

"아니야. 나 구두 많아."

"치~ 난 아저씨한테 사드리고 싶어서 그러는 건데."

그녀는 아쉽다는 표정이다. 그러나 나는 월급도 많이 못 받는다는 그녀에게 부담을 주고 싶지 않았다.

"아저씨, 저 가방 어때요? 저 가방 하나 사드릴게요."

"나 집에 가방도 많아. 왜 돈 벌기 힘든데 쓸데없는 곳에 돈을 쓰려고 해."

"나 아저씨한테 돈 쓰는 것 쓸데없는 짓 아닌데..."

그녀는 뾰로통한 것 같았다. 나는 그녀를 달래야 했다.

"후연, 우리 커피 마시러 가자. 어때?"

"좋아요. 그런데 중국에는 커피집이 한국처럼 흔하진 않아요. 대신 전통 찻집은 많이 있어요."

그랬다. 중국 사람들은 어려서부터 중국 전통 차를 즐겨 마셔 그 차(茶) 문화가 몸에 배 있는 것 같았다. 궈뎬(郭店)의 한의사 집에만 해도 그랬다. 앉으면 늘 중국 전통 차(茶)가 나왔다. 그 사람들은 차(茶)를 좋아하기도 하지만 차(茶)문화를 즐기고 있는 것 같았다. 후연과 나는 식당에서 나와 커피 집을 찾았으나 커피 집은 쉽게 눈에 띄지 않았다. 마침 표돌천 공원 맞은편에 커피 집이 있었다. 앉아서 먹을 만한 장소는 없었고 지나는 사람들에게 파는 곳이었다. 냉 모카라떼를 두 잔을 사서 하나씩 들고 표돌천 공원으로 입장을 하였다. 아무리 보아도 중국인들은 우리처럼 커피를 들고 다니는 모습을 볼 수가 없었다. 이미 4년간 한국의 물이 든 후연은 한국의 관습이 몸에 밴 것 같았다. 자연스럽게 커피를 들고 다니며 마시는 우리의 모습은 이방인의 모습 그것이었다. 표돌천 공원의 샘이 솟는 곳에서 사진을 찍고 후연이 바위에 걸터앉아 쉬어 가자고 한다. 한적한 그곳에 자리를 잡은 후연이 조용히 말했다.

"아저씨, 나 어제 질투나 혼났어요."

"어째서?"

"어제 공항에서 의사 아저씨가 아저씨를 데리고 갔잖아요."

"왜 그런 생각을 했어. 내가 그랬잖아 비즈니스로 왔기 때문에 그리로 먼저 가야 한다고."

"나 아저씨 사랑한단 말이에요. 아저씨가 공항에서 출국장을 빠져 나올 때 양복 입은 모습이 그렇게 멋이 있을 수가 없었어요. 그래서 너무 좋아 했는데 의사 선생님과 함께 간다니 제 마음이 얼마나 허전했는지 알아요? 혼자 걸어가면서 속상해서 울었어요. 아저씨 그런 제 마음 모르죠?"

그런 말을 하고 있는 그녀가 사랑스럽고 귀여웠다. 그녀는 작은 입으로 귀여운 새가 지저귀듯이 쉬지 않고 말을 했다.

"아저씨, 나 그 의사 선생님 미워질 것 같아요. 공항에서 아저씨를 빼앗아 갔잖아요."

어제 공항에서의 일이 매우 서운 했던 모양이었다.

"허허허"

나는 헛웃음을 웃을 수밖에 없었다.

"이젠 아저씨가 중국에 다시 오면 다른 사람에게 절대 뺏기지 않을 거예요."

"하하하, 후연이 나를 그렇게 생각을 해준다니 영광인데. 그런데 그 의사 선생님 미워하지 마, 좋은 사람이야."

"피~ 그럼 아저씨도 미워요. 이제부터 아저씨도 미워할 거야."

"하하하, 나 후연에게 미움 받아서 어떻게 하지?"

"헐~ 난 아저씨 안 미워해요. 호호"

그녀는 그렇게 쉴 새 없이 말을 하더니 한동안 아무 말도 하지 않은 채 무언가 고민이 있는 듯 침묵을 지키고 있었다. 그렇게 침묵을 지키고 있던 그녀가 입을 열었다.

"아저씨, 아이들이 몇이에요?"

"그건 왜 묻지?"

"그냥 대답해 주면 안돼요?"

"음~ 딸 둘에 아들 하나."

"그럼 아이들은 뭐해요?"

"큰 딸은 방송국에서 일하고 작은 딸은 아직 대학에 재학 중이지. 막내는 아들인데 가수 지망생이야."

"와~ 다 멋지네요."

"잘 풀려야 좋은 거지."

"그럼 아저씨는 솔직히 지금 몇 살이에요."

그녀의 돌발적인 질문에 말이 막혀 버리고 말았다. 그녀는 실제 나이와 다르게 동안인 나를 젊게 보고 있었다. 사실 이곳에 와 본 중국인들은 나이에 비해 훨씬 늙은 모습의 사람들이 많았다. 내 나이를 묻는데서 그녀의 의중을 알 것 같았다. 궈뎬(郭店)에서 버스를 타고 나올 때 내가 그녀에게 물었었다. 마침 그녀와 맞을만한 사람이 있었기 때문이다.

"한국 대학을 나온 사람인데 소개해 줄까?"

"아니요. 전 필요 없어요."

그녀는 일언지하에 거절을 했다. 나는 더 이상 물을 필요가 없어서 잠자코 있었다. 그녀의 속셈을 명확하게 알았기 때문이었다. 지금까지 그녀가 나에게 한 말들은 모두가 진실이었던 것이다.

"전 나이와 상관없어요. 우리 아버지가 살아 계셨다면 50대 중반이거든요. 그러나 그게 무슨 상관이에요. 아저씨가 우리 아버지보다 나이가 더 많으면 어때요. 내가 좋으면 되는 거지요. 엄마에겐 이미 아저씨에 대하여 말했어요. 엄마도 나만 좋으면 내 마음 가는대로 하라고 했어요."

그녀의 말을 들으며 나는 중국인들의 대륙성 기질을 알 수 있을 것 같았다. 한국 같으면 나이도 한참 차이가 나는 이혼남에게 시집도 가지 않은 어린 딸을 주겠다는 부모는 한 사람도 없을 것이기 때문이었다. 나는 그녀의 마음을 받아 드릴 수가 없었다. 30여 년이나 차이가 나는 20대 후반의 그녀를 받아 드릴 수 없다는 생각이 나를 지배하고 있었기에 그녀의 진지한 말을 듣고만 있을 뿐이었다. 그러면서 한편으로는 또 다른 생각을 했다. 연이란 참으로 끈질긴 것이란 것을 말이다. 지금까지 내가 결혼 후 단 한 번도 행복을 느끼지 못한 채 아내의 냉대를 받으며 산 것과 이혼이란 수순이 결국은 후연을 만나기 위한 운명적인 것이라 느껴졌다. 표돌천 공원을 이곳저곳을 돌아보고 나오니 넓은광장(廣場)엔 많은 사람들이 공연을 즐기고 있었다. 광장에 마련된 무대에서 젊은 아이돌이 연주를 하고 있었다. 마치 한국의 젊은 아이돌이 길거리 공연을 하는 것처럼 느껴졌다. 그들의 공연을 보고 있으려니 어느새 어둠이 내리고 있었다.

"후연! 해가 지고 있어. 난 들어가 봐야 되겠어."

"걱정하지 말아요. 제가 안전하게 모셔다 드릴게요."

"응, 고마워."

"음, 근데 아저씨 제 말 다 안 끝났어요."

"뭔데?"

"중국에 오신 길에 우리 엄마 좀 만나고 가세요. 아저씨를 엄마가 한번 보고 싶대요."

"왜?"

"그냥 우리 엄마 한번만 보시면 안돼요?"

"그런 건 아니지만 정 그렇다면 그렇게 해."

"아저씨 조금 늦게 가시면 어때요. 이곳에 호텔도 많고 또 우리 집에서 주무시고 가시면 어때요?"

그녀의 그 말에 나는 아무런 대답을 할 수가 없었다. 그저 그녀의 뒤를 묵묵히 따라갈 수밖에 없었다. 광장을 빠져나온 그녀는 택시 타는 곳으로 가 택시를 타자고 하였다. 택시를 타니 5분도 안되어 그녀가 사는 집골목에 차를 멈춰 세웠다. 집으로 들어가니 중국 전통의 집 같았다. 거실에는 큰 침대가 있었고 방에는 침대문화를 하는 그들이라 모두 침대가 놓여 있었다. 거실 탁자에는 중국 전통의 차가 준비 되어 있었다. 그녀는 그의 어머니에게 나를 소개했다. 중국어로 말을 하는데 나는 한마디도 알아들을 수가 없었다. 나는 간단히 그녀의 어머니에게 목례를 하고 의자에 앉았다. 그녀의 어머니는 나를 찬찬히 뜯어보는 것 같았다. 약 30초 정도를 그렇게 보고 있던 그녀의 어머니는 후연에게 무엇인가 속삭이듯 말한다. 어머니의 말을 듣고 후연이 나에게 통역을 해준다.

"엄마가 그러는데 아저씨 멋지고 착하게 보인대요. 호호호"

그러더니 어머니가 후연에게 또 뭐라고 말을 한다. 후연이 그 말을 받아서 나에게 다시 통역을 해준다.

"중국에는 결혼하기 전 1년 정도 여자 집에서 함께 살다가 결혼을 하거든요. 어차피 혼자 살고 있으니 중국에서 저와 결혼해 사는 게 어떠냐고 하네요."

"응, 그래?"

나는 무슨 말을 해야 할지 당황스러웠다. 나는 후연과 결혼해 함께 살고 싶다는 생각을 한 적도 없고 그런 표현을 한 적은 더욱 없었다. 그녀가 공항에서 위기 때 도와준 것이 고마웠고 또 그녀가 참신해 좋았지만 내 딸아이보다 더 어린 아이와 산다는 것은 나의 상식으로는 도저히 받아들일 수 없는 일이었다. 나는 그저 중국에 있는 수양딸과 같이 생각하고 싶을 뿐이었다.

"후연이, 나 한국에 아직 처리할 일이 있어 다녀와야 하거든, 얼마 있으면 명절이니 명절이나 지내고 올게."

나는 그렇게라도 핑계를 대고 이 위기를 모면해야만 했다.

그녀는 어머니와 대화를 나누더니 나에게 흔쾌히 다녀오라고 대답하는 것이었다.

"엄마가 그렇게 하래요."

그러나 표정은 어딘가 모르게 서운한 표정이 역력했다. 그러나 나로서는 비록 혼자 살고 있었지만 딸과 같은 후연과는 결혼해 산다는 것은 마음이 허락지 않았다. 나는 후연의 집에서 자고 가라고 하는 것을 뿌리치고 내가 묵고 있는 숙소로 가기로 하였다. 후연이 잡아 주는 택시를 타고 숙소에 도착을 하여 다음날 공항에 나갈 준비를 하였다. 다음날 새벽 지난 공항에 택시를 타고 가는데 안개가 짙게 끼어 차가 거북이걸음 같다. 비행기 뜰 시간이 가까워 오는데, 차는 앞으로 전진이 되질 않고 있으니 마음에 조바심이 인다. 간신히 공항에 도착을 하니 안개로 인하여 비행기가 연착이 되었다는 것이었다. 나는 안도의 숨을 쉬고 비행기에 탑승을 했다. 잠시 후 비행기가 굉음을 울리며 지상을 박차고 이륙하기 시작한다. 지상은 안개로 그득했지만 하늘위로 비행기기 진입을 하니 하늘은 맑기만 하다. 나는 비행기 안에서 그녀와의 관계를 정리하여야할 때가 되었다고 생각했다. 한 시간 정도 지나서 비행기는 인천국제공항에 착륙을 한다. 나는 비행기에서 내린 후 짐을 찾아 공항리무진에 몸을 맡겼다. 리무진을 타고 가며 가깝게 인천대교의 위용이 눈에 들어 오고 있었다. 〈끝〉

봉필현 단편소설 모음 2

가난한 자를 위한 슈바이처의 꿈

초판인쇄일 | 2021년 9월 8일
초판발행일 | 2021년 9월 13일

지은이 | **봉 필 현**
발행인 | **이 형 중**

발행처 | 도서출판 **동 강**
주 소 | **서울시 성동구 성수2가 3동 277-1**
전 화 | **02-2277-0423**
팩 스 | **02-2277-0423**
이메일 | sjmj0423@hanmail.net

정가 15,000원